Sleepless in Scotland

INSONNE IN SCOZIA - 2nd Italian Edition

Serie della famiglia Pennington

May McGoldrick

with

Jan Coffey

Book Duo Creative

Grazie per aver scelto *Insonne in Scozia*. Se ti piace questo libro, ti invitiamo a condividere le buone parole lasciando una recensione o a metterti in contatto con gli autori.

Pubblicato in precedenza da St. Martin's Press, Macmillan Publishing nel 2018.

Copertina di Dar Albert, WickedSmartDesigns.com

ENJOY!

Nikoo & Jim

Mary / Jan C

Dedicato con amore a

Lettori di lunga data dei romanzi di May McGoldrick.

Ci date un enorme supporto

e incoraggiamento.

Capitolo Uno

Edimburgo, Scozia
Giugno 1818

MENTRE DUE FIGURE si affrettavano a superare le mura scure e gocciolanti di St. Giles, le campane della torre suonarono le undici. Erano in ritardo.

High Street, che costituiva la spina dorsale del centro storico di Edimburgo e andava da Castle Hill fino al palazzo, pulsava ancora di vita, nonostante il brutto tempo e l'ora tarda. Una manciata di festaioli si riversò fuori dalla porta di una taverna sulla la strada acciottolata, guidati da una coppia che gridava l'uno contro l'altro ed era pronta alla rissa. Sotto le lampade a olio tremolanti, altre persone si accalcarono per assistere all'imminente battaglia. In tutto ciò, sotto la scarsa copertura fornita dalle sporgenze e dalle porte dei negozi, i senzatetto si rannicchiavano per combattere l'umidità e rivolgevano occhi spaventati all'imminente violenza.

Phoebe Pennington guardò il campanile della cattedrale, perso nell'oscurità e nella nebbia. Tirando su il colletto del cappotto, contro la pioggerellina insistente, cercò di tenere il passo con Duncan Turner, il burbero Highlander che impiegava per notti come questa. Vestita da uomo anche quella sera, si aspettava che nessuno li degnasse di uno sguardo, ma non era una sciocca. A volte, i posti dove doveva andare richiedevano braccia forti, riflessi pronti e una conoscenza approfondita delle strade. Come ex agente di Edimburgo, licenziato dopo essere stato ferito in servizio, Duncan possedeva tutto questo.

Quella era una di quelle volte.

Phoebe non era mai stata nelle Vaul t, sotto South Bridge. Originariamente progettate per formare l'arco di sostegno del ponte, che attraversava la valle urbana conosciuta fin dall'Alto Medioevo come Cowgate, le Vault erano ormai note come la parte più squallida delle cantine, dei tunnel e delle caverne che formavano la città sotterranea di Edimburgo.

Dopo neanche cinquanta passi, Phoebe trovò il vicolo buio che le era stato indicato e guardò Duncan. Lui annuì senza parlare. Quando svoltarono nel vicolo, una voce mite li chiamò da una nicchia torbida.

"Ha un centesimo di riserva, signore?".

Apparve una ragazza piccola e cenciosa che si teneva a distanza. Phoebe si fermò. Nell'oscurità alle sue spalle, un fagotto di stracci si agitò e il suono della tosse affannosa di una donna giunse alle sue orecchie.

"Cosa ci fai qui a quest'ora?".

La stanchezza offuscava gli occhi della ragazza. "Mia madre è malata".

Phoebe non ebbe bisogno di chiedere altro. Doveva trattarsi di un altro caso in cui il malato veniva cacciato dall'ospizio.

Guardando quella figura cenciosa davanti a lei, Phoebe sentì una vampata di rabbia. Con l'arrivo di una commissione da Londra per ispezionare gli ospizi dei poveri, nell'ultimo mese gli amministratori di tutta la città avevano svuotato di nascosto le loro strutture dai malati e da coloro che erano troppo vecchi per lavorare. Le strade di Edimburgo, dal Grassmarket a Leith, pullulavano di donne e bambini come quei due.

Ed era proprio questo il motivo per cui avrebbe incontrato il suo informatore quella sera.

Scrivendo segretamente per l'*Edinburgh Review* e usando un nome falso per nascondere la propria identità anche ai redattori, Phoebe aveva prodotto articoli sulla corruzione e ha dato voce a coloro che non potevano farsi sentire.

Quello che stava accadendo ai poveri della città era una

vergogna e lei intendeva denunciarlo. L'uomo che avrebbe incontrato quella sera aveva i registri degli sfratti e i verbali delle riunioni. Prove che avrebbe potuto usare nei suoi articoli.

Sentì la presenza impaziente di Duncan alle sue spalle.

"Tua madre può camminare?" chiese. Ottenendo un cenno affermativo dalla ragazza, continuò. "Svegliala e scendi lungo High Street fino alla strada vicino alla Taverna Bull's Head. Non è lontano. Alla fine della strada troverai una casa con una lanterna verde alla finestra. Ti accoglieranno. Mi capisci?"

"Sì, grazie, signore".

Il governo stava fallendo nei confronti di quei due, ma i rifugi come quelli finanziati da sua sorella Jo erano sparsi in tutta la città.

"Brava ragazza". Phoebe le mise in mano una moneta e la guardò ritirarsi nell'oscurità.

Iniziando a percorrere il tortuoso viottolo, sentiva l'uomo alle sue spalle mordersi la lingua mentre camminavano.

"Di' quello che devi dire, Duncan", ordinò a bassa voce.

"Non potete salvarli tutti, milady", ringhiò, con il suo accento da Highlander che risuonava nel vicolo umido.

"Lo so, ma posso aiutare quelli che trovo", rispose in un sussurro. "E non chiamarmi '*milady*'".

"Sì, ma quella ragazza potrebbe essere stata una complice di qualche delinquente in agguato".

"È per questo che ho te", rispose lei.

Duncan sbuffò e fece un gesto verso il corridoio. "Perché le Vault?"

"Non ho scelto io il posto. È stato lui. Non mi avrebbe incontrato in nessun altro posto se non lì. Mostra un po' di quel coraggio delle Highlands di cui continuo a sentire parlare". Phoebe scivolò sul ciottolato bagnato ma si riprese. Il sentiero, che si snodava lungo la collina tra i palazzi di pietra fatiscenti che incombevano su di loro per quattro o cinque piani, era insidiosamente scivoloso.

"Coraggio? Tu mi conosci. Tutti a Edimburgo mi conoscono. Sono l'uomo che si è preso una pallottola da Mad Jack Knox e l'ha comunque trascinato dentro", disse Duncan, irato. "Conosco le vie di questi vicoli meglio di qualsiasi uomo di Auld Reekie e ti dico che non è una buona cosa che tu vada laggiù. E quando mia moglie scoprirà che ho accettato di venire qui con te, inchioderà la mia pelle alla porta di St. Giles laggiù".

Phoebe sorrise nel buio, pensando che era un bene che ci *fosse* qualcuno di cui Duncan avesse paura. Dopo aver saputo che l'ex poliziotto aveva perso il lavoro, l'aveva aiutato a mettersi in proprio come agente mercantile. Ora stava collaborando con la città per iniziare a installare le luci a gas nelle strade.

Mentre proseguivano, osservava le ombre profonde delle porte e dei gradini di pietra che conducevano ai sotterranei. Era un labirinto buio e insidioso, ma dovevano essere vicini.

Un attimo dopo, Duncan si avvicinò con la spalla a una porta bassa nel muro e Phoebe sentì il rumore di una pietra pesante che si spostava sul pavimento. Lui entrò per primo, poi si girò e le fece cenno di entrare.

La luce fioca del vicolo illuminava poco la cantina e l'odore di muffa e di tomba, di terra umida e di parassiti, assalì immediatamente i suoi sensi. Su una parete, una scala di pietra conduceva a un piano superiore, ma lui fece un gesto per superarla.

"Seguiremo questa strada fino alle Vault", disse a bassa voce. "Resta dietro di me e fai attenzione ai malviventi e agli altri furfanti. Si sa che molti ladri si nascondono in stanze come queste".

Annuì e lo seguì attraverso l'oscurità in un'altra camera, meravigliandosi della sua capacità di orientarsi nel buio quasi totale. Superata un'altra porta, Phoebe vide che avevano raggiunto le Vault.

Come le segrete che aveva visto nei vecchi torrioni normanni nel sud dell'Inghilterra, i passaggi ad arco conducevano nell'oscurità. Suoni lontani di voci maschili e la risata stridula di una donna riecheggiavano lungo le pareti di pietra.

In lontananza, una lampada tremolava all'esterno di un'arcata più grande, con un panno rosso e squallido appeso all'apertura di una porta.

"Allora, dov'è il tuo uomo?", ringhiò l'Highlander.

"Ha detto che ci saremmo incontrati lì", gli disse, guidandolo verso la porta rossa improvvisata. "Sto pagando troppo perché ci lasci al freddo".

All'ingresso si fermò. Nell'aria aleggiava un odore fumoso e stucchevole. La corrispondenza di Phoebe con l'impiegato le chiedeva di trovarsi li. Lui l'avrebbe aspettata e ci sarebbe stato un rapido scambio. Per una dozzina di secondi, i suoi piedi rimasero immobili. Ascoltò i suoni provenienti dall'interno e respirò l'odore caratteristico.

"Questo è un covo di drogati". Duncan aggrottò la fronte. "Quell'uomo è un fumatore di oppio?".

"Così sembra". Aprì la tenda.

La camera con la volta a botte era ampia e profonda, illuminata da candele appese a scaffali arcuati, simili a catacombe, lungo le pareti esterne. Attraverso il fumo basso, Phoebe poteva vedere i pagl
ericci, occupati da uomini e donne, allineati sul pavimento. I guardiani senza giacca si aggiravano portando vassoi con pipe e carboni ardenti.

Lei si affacciò, ma Duncan le afferrò il gomito. "Non potete entrare lì. Vi scambieranno per una nobildonna in un battito di ciglia. E se siete un'aristocratica che non partecipa, allora diventerete un bersaglio per ogni delinquente della Città Vecchia." Phoebe non era una sciocca. Sapeva di non poter entrare. "Se è lì dentro, voglio vederlo".

"Aspettate qui e non muovetevi". Duncan le passò davanti.

Mentre la sua guardia del corpo si aggirava tra le file di pagliericci, un addetto gli venne incontro e, dopo un breve scambio, condusse l'Highlander all'interno del caveau. Conosceva già il nome dell'impiegato e una breve descrizione. Sperava che fosse sufficiente.

Phoebe pensò al tipo di persone che frequentavano un covo come quello. La fiducia che nutriva nei confronti della sua fonte e la credibilità dei documenti che era disposto a produrre, stavano perdendo rapidamente terreno. Anche se pubblicati sotto falso nome, i suoi articoli erano rispettati in quanto commenti onesti sulla politica della città. Non voleva che la sua reputazione venisse distrutta da imprecisioni o bugie.

Senza preavviso, un corpo che sembrava non essere altro che pelle e ossa le piombò addosso ad alta velocità, facendola sobbalzare e facendole cadere la tenda di mano. Allungò la mano per trattenere la creatura che stava cadendo. Un giovane ragazzo, alto quasi come un uomo, guardò freneticamente alle sue spalle.

"Cosa c'è che non va?"

Il ragazzo si liberò dalla sua presa e si allontanò di scatto, inciampando e sbattendo contro un muro di pietra mentre correva.

Mentre osservava stupita la sua ritirata, Phoebe si allontanò dalla porta e si trovò direttamente sulla strada di un uomo, vestito di nero, che quasi la travolse mentre le passava accanto.

Lo intravide appena mentre cercava di recuperare l'equilibrio. Ma il brivido che sentì era inconfondibile. Era il movimento oscuro che si vede ai margini del bosco. Il vento che ulula e graffia le finestre in una notte d'inverno. Era l'ombra del male. L'immagine della Morte - con la veste incappucciata e la falce - le balenò davanti agli occhi. Era Satana, arrivato per raccogliere un'anima.

Un grido arrivò dal passaggio.

"Lasciami vivere!", risuonò la voce. "Non farlo!"

Il ragazzo non era riusciton a scappare. Il rumore di una colluttazione la raggiunse. Il cuore di Phoebe martellò per la paura e lo stomaco le salì in gola. Omicidio.

"Duncan", chiamò. La tenda rossa si stendeva spessa e pesante sulla porta.

Non poteva aspettarlo. Phoebe non sapeva come avesse trovato il coraggio di fare un passo, poi due. Ma li avrebbe seguiti.

Impugnando il bastone come una clava, si avviò lungo il passaggio. Dopo neanche quaranta passi, si imbatté nei due, che lottavano in un arco dove una robusta porta era socchiusa.

L'aggressore, vestito di nero, era in carne e ossa. Per metà spingeva e per metà trascinava il ragazzo, che lottava come se sapesse che la sua vita dipendeva da questo.

Phoebe non esitò e attaccò, brandendo il bastone mentre si precipitava verso di loro. Il primo colpo colpì la schiena dell'uomo, provocando un latrato di dolore. Facendo ondeggiare nuovamente il bastone, gliassestò un colpo sulla spalla, ma l'aggressore si aggrappò al bastone, glielo strappò dalle mani e lo mandò a sbattere contro un muro.

Il ragazzo, liberato, le passò accanto e se ne andò.

Disarmata, di fronte a un mostro che non era abbastanza forte per combattere o abbastanza veloce per scappare, indietreggiò, cercando una via di fuga. L'aggressore le si avvicinò e lei gli sferrò un calcio all'inguine.

Lui barcollò per un istante, ma lei riuscì a spostarsi solo di due passi e poi lui si avventò su di lei come un toro infuriato. Phoebe vide, quasi troppo tardi, la lama che luccicava nella mano di lui mentre la colpiva al volto. Si abbassò e sentì la punta del coltello tagliarle la gola sopra il colletto del cappotto.

Lui si avventò di nuovo su di lei e lei gli tirò un calcio sulla mano. Il coltello volò via dalla sua presa.

Si voltò per correre e vide dei gradini di pietra che scendevano verso il basso. Fuga. Ma quando raggiunse il gradino più alto, lui le afferrò l'ulster, facendola indietreggiare mentre il suo pugno la colpiva sotto l'occhio.

Il colpo secco le intorpidì il viso e Phoebe sentì le ginocchia cedere mentre si rovesciava all'indietro nel vuoto dell'ombra.

Ian Kerr Bell abbassò la testa sotto la cima di un arco e cercò di ignorare l'odore nauseabondo di decadenza e di morte che permeava l'aria e le pietre stesse di quel luogo.

I sotterranei. Un livello dopo l'altro di corruzione ignobile e puzzolente. Un covo di depravazione e criminalità.

lì, sotto i vivaci negozi e le taverne di South Bridge, quella catacomba di stanze e passaggi, originariamente utilizzati come magazzini e officine per le attività commerciali sovrastanti, era stata da tempo lasciata al degrado, chiusa dai muri fatiscenti degli edifici popolari che vi si affollavano.

Ian sapeva che quando le aziende di sopra chiudevano l'accesso ai livelli inferiori, nuovi occupanti trovavano la strada per entrare. L'infernale labirinto di stanze anguste e buie ospitò presto i più poveri tra i poveri della città. I pub illegali trovarono un posto dove operare. Inferni del gioco d'azzardo. Bordelli. E peggio ancora.

Niente luce del sole, niente aria fresca, niente acqua pulita. Non c'era nemmeno la legge, se non quella delle strade. Rapine e omicidi erano eventi quotidiani nei sotterranei.

Ma con ogni problema - anche con l'omicidio, pensò cupo - gli imprenditori più intraprendenti vedono un'opportunità. I morti avevano un valore. A Edimburgo era nato un mercato di cadaveri. I corpi erano richiesti dagli anatomisti. Le scuole di medicina della città compravano tutti i cadaveri su cui riuscivano a mettere le mani.

Cadaveri come quello di sua sorella.

Tre anni. Tre anni da quando Sarah era scomparsa. L'ultima volta che qualcuno l'aveva vista viva, stava curiosando in un negozio di vestiti a South Bridge con un'amica. E poi era sparita. Svanita nel nulla tra la folla di persone che ogni giorno frequentava il trafficato tratto di mercato.

In qualità di vice-tenente di Fife e giudice di pace, Ian era un uomo importante. Aveva potere e conoscenze. Ma nonostante la sua influenza, gli ci erano voluti mesi per risolvere l'enigma della scomparsa di sua sorella.

Era stata uccisa e abbandonata nei sotterranei. Il suo prezioso corpo era stato spogliato di tutti gli ornamenti e il suo cadavere era stato venduto ai chirurghi dell'università. Solo accedendo ai meticolosi registri tenuti dai commessi e dagli studenti di anatomia, Ian era riuscito a identificare sua sorella. Le quattro ossa rotte che Sarah aveva subito al braccio destro cadendo da cavallo all'età di undici anni corrispondevano alle lesioni descritte in dettaglio durante la dissezione del "soggetto femminile sconosciuto".

Respirando a fatica nonostante il familiare nodo alla gola, Ian si infilò in un altro arco. Anche dopo aver saputo cosa ne era stato di sua sorella, continuava ad andare lì. Doveva farlo.

Trovare i suoi resti e trasferirli nella cripta della chiesa di Bellhorne non servì a lenire il dolore. Il suo assassino non era mai stato scoperto. Il mistero di come si fosse separata dalla sua amica e avesse trovato la strada per arrivare fin lì continuava a tormentarlo. Anche se Sarah aveva solo vent'anni all'epoca, Ian sapeva che era intelligente, sveglia e saggia come una persona più adulta. Non era avventata. Non si sarebbe messa in pericolo. Non c'era alcuna possibilità che fosse andata lì di sua spontanea volontà. Tre anni prima, il luogo non era meno famoso per i pericoli che vi si nascondevano. La reputazione dei sotterranei era sufficiente a tenere lontana qualsiasi persona razionale.

Mentre si muoveva lungo il passaggio, l'eco di una colluttazione e un grido sommesso attirarono l'attenzione di Ian sull'oscurità in cima a una rampa di scale davanti a sè. Aveva spesso usato il suo robusto bastone da passeggio come arma in quel luogo e si preparava a usarlo di nuovo.

Molte volte negli ultimi tre anni si era imbattuto in qualche povera anima aggredita. Più volte di quante ne ricordasse era intervenuto e aveva salvato una vita, anche se solo per quella notte. E molte volte si era imbattuto in vittime lasciate morire. Alcune erano state picchiate o accoltellate. Molti erano ubriachi fino all'oblio. Alcuni bruciavano di febbre.

Quando raggiunse la tromba delle scale, un corpo cadde dalla cima, atterrando in un mucchio ai suoi piedi.

Scrutando le scale, non vide nessuno nell'oscurità del piano superiore, ma sentì la debole eco di voci lontane. Chiunque stesse combattendo, l'avversario non voleva proseguire l'incontro.

Ian si accovacciò accanto al corpo. L'uomo era a faccia in giù, con le gambe aperte sui gradini inferiori e l'ulster sollevato sopra la testa. Il suo cappello giaceva lì vicino.

"Una caduta difficile", commentò.

Nessuna risposta. Quando Ian spinse il cappotto verso il basso per girarlo, rimase sbalordito quando le sue dita sfiorarono i morbidi capelli intrecciati e fermati in una spirale.

"Porca miseria", mormorò. "Siete una donna".

La fece rotolare delicatamente. Il passaggio era troppo buio per permettergli di distinguere i suoi lineamenti. Era priva di sensi, ma respirava. Immaginò che avesse battuto la testa almeno una volta mentre cadeva.

"Non so a quale gioco avventato abbiate giocato venendo qui, ma non vi lascerò fare".

Facendo leva sul bastone da passeggio, Ian la prese in braccio e si avviò nella direzione da cui era arrivato. Alta per essere una donna ma abbastanza leggera da essere trasportata facilmente, giaceva completamente inerme tra le sue braccia.

Nella sua mente si affacciarono ipotesi casuali su chi fosse e cosa stesse facendo lì. L'abbigliamento maschile lo incuriosì. E la qualità del cappotto di lana gli fece capire che non era una delle legioni di poveri che si rifugiavano lì sotto. Naturalmente, avrebbe potuto facilmente rubare i vestiti.

Tornando sui suoi passi, salì diverse rampe di scale e alla fine sbucò in un vicolo che portava al livello stradale del ponte.

Il suo valletto, Lucas Crawford, stava aspettando vicino alla carrozza e Ian lo vide scambiare un'occhiata con il conducente. Nessuno dei due fu sorpreso dalla vista del loro padrone che emergeva dai sotterranei con un corpo. L'autista aprì la porta mentre Lucas si avvicinava per aiutarlo.

"Avete preso una trota stasera, capitano?".

Ian scosse la testa. "Non c'è statto bisogno di una rete. Mi è caduta in grembo".

"Och, è una donna!". esclamò Lucas, scrutando il suo volto mentre Ian la portava davanti a un lampione. La donna si agitò e gemette, ma poi tacque di nuovo.

"Beh, almeno è viva", disse il valletto, sembrando sollevato.

Raggiunta la carrozza, Ian la depose su un sedile e la ispezionò per verificare che non avesse emorragie. Aveva un piccolo bernoccolo sulla testa e una ferita sotto l'occhio, ma non vide ferite da taglio.

Lucas si guardò alle spalle. "Ed è anche una bella ragazza".

Ian le lanciò un'occhiata in faccia. Si sedette di colpo. La conosceva.

Dannazione.

Il cervello di Ian rischiava di esplodere. Era impossibile comprendere. Da sola. In abiti maschili. Nel cuore della notte. Nel posto più pericoloso della Scozia.

E conosceva l'ignobile corruzione che si trovava in cima a quei gradini dove l'aveva trovata. La miseria che consumava i sotterranei.

Tra tutti i posti in cui una giovane donna poteva aggirarsi, perché *diavolo* si trovava lì?

Vestita da uomo. A combattere... *combattere!* E con Dio sa chi. A quanto pare, stava scappando per salvarsi la vita.

Gli sarebbe piaciuto pensare che fosse una sciocca, ma sapeva che non lo era. La conosceva da anni. Si infervorò ancora di più al pensiero che quella donna, un tempo, avesse un legame con sua sorella. Sarah aveva socializzato con la sua famiglia, la considerava un'amica e la guardava con rispetto. Aveva visitato spesso la loro casa a Baronsford quando erano in residenza. E l'aveva invitata a venire a stare con loro a Bellhorne.

Perché un comportamento così sconsiderato? Si infuriò. Non riusciva a trovare una risposta sensata. Sarebbe potuta morire laggiù quella notte, uccisa proprio come era successo a sua sorella.

"La conoscete, capitano?" chiese il suo valletto.

"Accidenti a me", imprecò, fissandolo. "È Lady Phoebe Pennington, la sorella minore del Lord Justice".

Capitolo Due

Stava ripendendo conoscenza.

Il ragazzo. Era scappato. Lei lo aveva visto correre. Grazie a Dio.

Quel pensiero diede un po' di sollievo alla sua mente, ma non servì a lenire i dolori del suo corpo. Phoebe si sentiva come se una mannaia le avesse spaccato il cranio in due e, nel punto in cui era stata colpita, il suo viso pulsava terribilmente. Non sapeva da quanto tempo fosse svenuta nei sotterranei, ma il dolore sotto l'occhio le diceva che almeno era viva. I suoi arti sembravano intatti e indossava ancora gli abiti da uomo che aveva messo prima di uscire con Duncan quella sera.

Duncan. Sarebbe impazzito quando se non l'avesse trovata, uscendo.

Il martellamento nella testa non accennava a diminuire, ma si costrinse a non pensare al dolore e a prestare attenzione a ciò che la circondava. Era appoggiata all'angolo di una panchina, con la testa appoggiata a una parete laterale imbottita. Dall'odore di cuoio e dal nitrito di un cavallo impaziente all'esterno, sapeva di essere in una carrozza e che non si stava muovendo.

Phoebe aprì gli occhi di un soffio e sbirciò attraverso le ciglia, ma li richiuse rapidamente. Altri due occupavano la carrozza insieme a lei e uno di loro le stava addosso, troppo vicino per essere rassicurante. Tuttavia, non percepì alcuna minaccia.

Lasciò rotolare leggermente la testa e la cravatta che indossava sfregò contro la gola. Un dolore pungente le riportò alla memoria quanto accaduto nei sotterranei. Sentendo il grido del ragazzo, aveva dovuto seguirlo. Mai in vita sua Phoebe si era trovata in una situazione in cui si stava commettendo un omicidio. Non poteva restare a guardare e lasciare che accadesse.

Il sudore freddo le imperlava la fronte anche ora, al ricordo del coltello in mano a quell'uomo. Aveva intenzione di uccidere. *Uccidere*. E quando lei aveva interferito, la sua furia si era rivolta a lei.

La sua gola. Aveva un taglio. Ma doveva essere solo un graffio, perché era sopravvissuta. Ogni muscolo del suo corpo si tese mentre riviveva la lotta nella sua mente. Colpirlo con il bastone non era stato sufficiente. Lo aveva preso a calci. Le sue braccia non erano abbastanza lunghe né abbastanza forti per tenerlo lontano. Lo aveva preso a calci di nuovo. Finalmente Phoebe aveva trovato un uso per le sue lunghe gambe. Voleva ridere, ma non ci riusciva. Tutto nella sua mente era annebbiato. Un momento prima stava inseguendo uno spirito maligno, un momento dopo i suoi stivali stavano toccando la carne di un uomo. E ora era lì.

Il dolore al cranio non l'aiutava a rimettere ordine nei suoi pensieri.

Mancava il cappello. I suoi soccorritori dovevano già sapere che era una donna. Cercò di trovare il coraggio di riaprire gli occhi.

"La conoscete, capitano?"

Capitano. Phoebe si costrinse a concentrarsi. Era stata salvata da un capitano. I ricordi del combattimento cercarono di affiorare, ma lei li respinse. Capitano.

Dalla guerra con i francesi, molti uomini usavano ancora il loro grado. Le vennero in mente i nomi, i volti e le voci degli amici dei suoi fratelli. Evitava la maggior parte degli eventi sociali, ma due volte all'anno Baronsford organizzava i balli più attesi della Scozia e i suoi genitori le imponevano di partecipare.

Avrebbe voluto che lui le dicesse di più. Forse lo conosceva. Ma sperava di no. Quella sera, andando lì alle Vault... rabbrividì al pensiero di come la sua famiglia avrebbe reagito in modo orribile se avesse scoperto dove era stata.

"Che io sia dannato". La voce era profonda e arrabbiata. "È Lady Phoebe Pennington, la sorella minore del Lord Justice".

Il tono di ogni sillaba enfatizzava il dispiacere dell'oratore.

Conosceva la voce. La sua curiosità ebbe la meglio e aprì gli occhi per essere sicura.

Dannazione. Capitano Ian Bell di Bellhorne, contea di Fife.

Le si strinse la gola. Sarah. La sua cara amica. Il ricordo della lotta nei sotterranei scomparve. Il mal di testa fu dimenticato. I suoi pensieri si spostarono e si concentrarono su quella vita innocente persa.

La scioccante scomparsa di Sarah e la notizia, giunta molto più tardi, del ritrovamento dei suoi resti erano state terribili. Era una sua amica. Oltre a sua sorella Millie, la sua amica più cara. Phoebe aveva ancora gli incubi per quella scioccante vicenda. La giovane vita di Sarah era andata perduta, il suo corpo era stato profanato in una dissezione pubblica e la sua famiglia era stata gettata in uno stato di tumulto permanente. Lady Bell, chiusa nella tenuta di famiglia a Fife, si era allontanata dalla società. Non accettava inviti e non vedeva ospiti. Phoebe aveva sentito dire che il fratello di Sarah, Ian, di notte setacciava la malavita di Edimburgo, alla continua ricerca della persona o delle persone responsabili della morte della sorella.

"Capitano Bell", riuscì a gracchiare.

Al diavolo. Perché doveva essere stata salvata proprio da lui? L'unico uomo che aveva tutte le ragioni per accompagnarla all'istante a casa della sua famiglia e chiedere udienza a suo padre o a uno dei suoi fratelli. Non aveva dubbi che sarebbe stato felice di guardare mentre la scuoiavano viva.

"Fuori, Lucas. Lasciaci".

L'asprezza dell'ordine era tutta un programma.

Il valletto scese e chiuse la porta della carrozza mentre Phoebe si impose di smettere di battere nervosamente il piede. Anche nella penombra, sentiva il peso dello sguardo di quell'uomo.

Lezioni. Minacce. Stava aspettando. Ma il silenzio incombeva minaccioso come un cappio tra loro. Un pugno si appoggiava solidamente su una coscia muscolosa. Lo sguardo di lei si spostò verso l'alto, sul petto largo, fino al volto severo di lui. Rimase perfettamente immobile, tranne che per i tendini della mascella che si stringevano e si sbloccavano ripetutamente. Gran parte del suo volto era in ombra, ma non ebbe difficoltà a capire che i suoi occhi la stavano osservando con l'intensità di un grande felino che studia la sua preda.

In età molto più giovane, molto prima che la tragedia colpisse la famiglia Bell, Phoebe aveva fatto molti sogni fantasiosi sul Capitano Bell. Ma lei aveva sei anni in meno dell'eroe di guerra e lui si stava solo gradualmente riprendendo dalle recenti ferite riportate in battaglia. A malapena sapeva della sua esistenza. Ignorava le sue sottili avances. Non si era mai accorto del suo affetto.

"Ora", scattò. "Spiegatevi".

Non c'era alcuna formalità nel suo modo di rivolgersi a lei. Il suo tono era tagliente e a malapena civile. Phoebe si sentì leggermente contratta, ma combatté l'impulso di distogliere lo sguardo.

Nessuno. Nessuno, a parte Millie e Duncan, sapeva della carriera di giornalista che aveva già intrapreso. Le donne, soprattutto quelle della sua classe sociale, semplicemente non intraprendevano imprese così indecentemente "pubbliche". Figlia di un conte, Phoebe era nata nella ricchezza e nel privilegio. La filantropia era ammessa e un hobby appassionato poteva essere accettabile. Ma una carriera - soprattutto una carriera che a volte metteva in pericolo la sua vita - era assolutamente fuori luogo.

Tuttavia, Phoebe lo stava facendo ed era brava in quello che faceva. I suoi scritti, anche se pubblicati in forma anonima, continuavano a colpire il cuore della corruzione e dell'ingiustizia e lei provava già un senso di orgoglio per i suoi sforzi. Tuttavia, non poteva spiegare nulla di tutto ciò a quest'uomo. Non ora, per la verità. Come avrebbe potuto? Non aveva mai sentito di poterlo dire nemmeno alla sua famiglia.

Phoebe amava troppo la sua famiglia. Sapere cosa stava facendo li avrebbe semplicemente angosciati inutilmente.

"Non ero sola nei sotterranei", esordì, cercando di minimizzare il pericolo che aveva affrontato. "Avevo con me una guardia del corpo e quell'uomo era perfettamente in grado di proteggermi. Ma ci siamo separati per un momento e...".

"Chiaramente, non siete stata protetta", tagliò corto ancora più bruscamente. "Ora la verità. Perché eravate lì sotto?".

Voleva dettagli che lei non aveva intenzione di rivelare. Pensò di condividere ciò che aveva visto sul ragazzo e sull'uomo che lo inseguiva. Ma anche se si era giustificata con sé stessa, le sue azioni sarebbero state interpretate come sciocche. Avrebbe potuto essere uccisa. E comunque non spiegavail motivo per cui era andata lì.

"Lavoro di beneficenza. Ero lì a cercare le famiglie povere che sono state cacciate dagli ospizi nelle ultime settimane. Anziani e infermi. Tutti coloro che non sono in grado di lavorare. Donne e bambini hanno affollato le case di carità di mia sorella Jo, ma molti altri non sanno che esistono queste possibilità. Sono andata nei sotterranei per aiutare a dirigere...".

"Sono certo che Lady Josephine", riprese lui, interrompendola di nuovo, "a soli quindici giorni dal suo matrimonio, non sa nulla del vostro comportamento sconsiderato. E sono pronto a scommettere che non lo sa nemmeno vostro padre. E nemmeno i vostri fratelli. Sono tutti a Baronsford, non è vero?".

Phoebe si sforzò di non assecondare il tono di lui. *Stava* dicendo la verità... in parte. I diseredati di Edimburgo erano la causa della sua presenza qui. Il suo articolo poteva smascherare le manovre politiche e giovare a quelle povere anime messe in strada.

Non aspettò che lei rispondesse. "Portaci a Baronsford", ordinò, dirigendo il suo uomo all'esterno verso il cocchiere.

"No!" esclamò lei. "Potete portarmi alla casa di famiglia in Heriot Row. Mia sorella Millie è in città. Si aspetta che torni stasera e sarà preoccupatissima se non torno. Per favore. Io e lei dobbiamo recarci insieme ai Borders".

La carrozza iniziò a muoversi lungo il marciapiede di pietra. Non fu dato alcun ordine di modificare il percorso.

"Vostra sorella lo sa?" Fece un cenno al suo abbigliamento.

"Certo che no", mentì. In realtà, Millie l'aveva aiutata a vestirsi con abiti da uomo prima di uscire di casa. "Nessuno della mia famiglia lo sa".

Un sopracciglio scuro si inarcò e lui continuò a fissarla. "Un attimo fa avete detto che Lady Josephine...".

"Non ho mai detto che Jo sapesse qualcosa su dove sarei andata stasera". Alzò le mani in segno di frustrazione. "Potete fermare la carrozza e permettermi di spiegarti meglio?".

Le sue parole sembrarono cadere nel vuoto. Il cupo scozzese non fece alcuna mossa per fermare la carrozza.

"Vi prego, capitano".

Il pensiero di arrivare a Baronsford subito dopo l'alba con il capitano Bell, per poi vederlo svegliare il conte e riferirgli dove aveva trovato sua figlia, era impensabile. Tuttavia non c'era modo di sfuggirgli. Doveva convincerlo, ma la testardaggine del suo sguardo era scoraggiante.

"Vi dirò tutto. La verità, per quanto sia dannosa". Le sue dita si aggrapparono al bordo dei sedili in pelle. "Capitano, voi mi conoscete. Ero un'amica di vostra sorella. Molte volte sono stataospite a Bellhorne. Vi prego di darmi una possibilità".

Le ruote della carrozza si scontrarono con un solco, facendo sobbalzare i passeggeri, e Phoebe si mise una mano sulla testa che le pulsava.

"Molto bene." Chiamò il cocchiere per farlo fermare. "Fuori di qui".

Dannazione. Emise un respiro frustrato. La tragedia di Sarah aveva indurito quell'uomo a qualsiasi richiesta onesta che lei avrebbe potuto fare. E lui non era uno con cui ragionare. Le serviva un'invenzione credibile che potesse soddisfare la sua curiosità.

Un rapporto sulla sua posizione e sulla situazione in cui l'aveva trovata non poteva raggiungere la sua famiglia. Almeno finché non avesse avuto la possibilità di spiegare loro l'intera situazione. Compresa la sua scrittura.

Sperando che non succedesse mai.

I suoi fratelli erano andati in guerra e in seguito avevano intrapreso carriere di tutto rispetto. Jo era stata un angelo della misericordia che aveva toccato la vita di molti. Millie era già la gioia della famiglia e il suo cuore d'oro ridefiniva il significato di comprensione, incoraggiamento e altruismo. Phoebe era l'unica pecora nera. Già avviata alla zitellaggine, viveva con la testa tra le nuvole e la penna sulla carta, nel mondo dei sogni. Almeno, così la vedeva la sua famiglia.

Le ci erano voluti molti anni per capire chi fosse, cosa poteva fare e come farlo. Era stata benedetta da un dono e sarebbe stata dannata se non lo avesse usato per il bene degli altri. Non era disposta a rinunciarvi.

Il capitano si agitò con impazienza. "Vedo che ci siamo fermati prima del previsto".

"Un uomo", disse mentre lui iniziava a chiamare il cocchiere.

Lo sguardo di Ian Bell tornò a posarsi sul suo viso. Era grande e imponente, ma Phoebe aveva passato tutta la vita a confrontarsi con il padre e i fratelli.

"Sono andata lì in cerca di un certo uomo di mia conoscenza".

Beh, era vero, pensò.

"Un beau . . . di sorta. Un giovane di cui la mia famiglia non sa nulla e che sono certa disapproverebbe se venisse a conoscenza della nostra relazione. Fino a un'ora fa, pensavo di essere innamorata di lui. Dopo quello che ho visto in quei sotterranei, però, non è più così".

Con quella singola bugia, Phoebe sapeva di rovinare ogni impressione positiva che lui avrebbe potuto avere. Con poche parole, la sua reputazione - ai suoi occhi - era stata danneggiata, se non distrutta. Ma cosa le importava, se poteva evitare di rivelare al mondo e alla sua famiglia la sua vera vocazione? Aveva ventisette anni e non era interessata al matrimonio. E dubitava fortemente che il Capitano Bell fosse un pettegolo.

Poteva solo sperare che lui la considerasse indegna del suo tempo e del suo impegno per smascherarla.

Si appoggiò al sedile, gran parte del suo volto scomparve nell'ombra, ma la linea cupa delle sue labbra dimostrava chiaramente la sua disapprovazione.

"Per quanto tutto questo possa sembrare brutto", continuò, gesticolando verso il suo abbigliamento e sentendosi incoraggiata. "Questa notte è stata una benedizione. Stanotte mi sono risvegliata. Ora so che razza di vile mascalzone sia. E non lo vedrò mai più. Posso promettervi che non perderò nemmeno un momento a rimpiangere la perdita del nostro rapporto".

"Come si chiama l'uomo che avete incontrato?".

"Non ci stavamo incontrando. Lo stavo cercando. Ma il suo nome non ha alcuna importanza. Io e lui abbiamo chiuso. Finito", disse con il tono più cupo che riuscì a trovare. "Vi prego di non chiedere più nulla su di lui. Questo stupido capitolo della mia vita è finito".

Il suo cipiglio divenne quasi feroce. "Stavate litigando con lui in cima alle scale?".

Le tornò in mente il volto spaventato del ragazzo, che fissava sopra la sua spalla. Il suo grido di aiuto. Phoebe rabbrividì e si sistemò sul sedile. Sperava che avesse un rifugio lontano dai pericoli dei sotterranei.

"Stavate litigando con il vostro amante?".

Il suono della parola "amante" lo rendeva ancora più sconveniente, perché Ian Bell era l'unico uomo che avesse mai sognato in questi termini.

"No. L'ho trovato in... in una fumeria d'oppio non lontano da lì". Scosse la testa. "Ecco, ora capite perché ho chiuso con lui?".

"Voi, Lady Phoebe Pennington, siete entrata in una piazza di spaccio?".

"No, certo che no".

"Avete detto che era nella fumeria d'oppio".

"Ma *io* non sono entrata. È entrata la mia guardia del corpo. È così che siamo stati separati".

"Allora chi vi ha buttata giù dalle scale?".

"Non lo so! Non l'ho visto in faccia".

Voleva raccontargli dell'uomo dal mantello nero, ma al momento qualsiasi cosa dicesse portava solo a un'altra domanda. Lui stava cercando di smontare la sua storia. Non le dava il tempo di pensare. E il fastidioso dolore al cranio non la aiutava. Aveva bisogno di tempo per analizzare i fatti e la finzione che stava tessendo.

Phoebe ricordò le lamentele di Sarah sul fratello. Anche da giovane era stato estremamente protettivo nei confronti della sorella e della madre. Inoltre, per natura era impaziente e sempre troppo veloce nell'emettere un verdetto.

"Permettetemi di spiegarvi, Capitano, tutto dall'inizio".

"Sto aspettando".

Il suo sguardo era diretto e penetrante. Phoebe fece un respiro profondo. Doveva porre fine a questa inquisizione e questo non sarebbe mai successo finché la carrozza fosse stata puntata verso Baronsford.

"Mentre vi spiego tutto quello che è successo stasera, potremmo almeno andare alla casa di città della mia famiglia? Ho già detto che mia sorella Millie deve essere molto preoccupata. Mi aspettavo di tornare molto prima". Gli diede l'indirizzo esatto nel quartiere New Town di Edimburgo.

Ogni richiesta doveva essere analizzata e analizzata prima che lui rispondesse. Mentre aspettava, cercava di combattere la rabbia che iniziava a bruciarle dentro. Cominciò anche a chiedersi come avesse potuto essere così sciocca da essere attratta da lui in gioventù. Ovviamente, non sapeva nulla della sua testardaggine in quei tempi innocenti e sereni. Dalla sua espressione dubbiosa, intuì che la frase "dalle un dito e si prenderà un braccio" gli stava passando per la testa in quel preciso momento. Doveva fare qualcosa.

"Duncan Turner, l'ex agente di Edimburgo, era la mia scorta quando sono scesa nei sotterranei", disse. "Forse lo conoscete. È un uomo alto, forte e preparato. Lui e sua moglie sono entrambi miei conoscenti".

Phoebe pensava che la menzione del nome della sua guardia del corpo avrebbe potuto tranquillizzare il capitano Bell, ed era certa che Duncan non avrebbe rivelato il suo segreto se il suo inquisitore avesse deciso di rintracciarlo.

Il capitano non diede alcun segno di conoscere l'uomo, ma chiamò il cocchiere e gli diede l'indirizzo.

Phoebe aspettò che la carrozza riprendesse a rotolare lungo la strada.

"Sono andata alle Vaults stasera perché avevo sentito delle voci sul signore che frequentavo".

"Quindi è un gentiluomo?".

"Non ai miei occhi. Non dopo questa notte", disse, continuando a parlare velocemente per togliergli la possibilità di fare domande. Sapeva che era facile rimanere intrappolati nella propria rete di bugie una volta che si iniziava a tesserla.

"Il verme è un oppiomane. Aveva intenzione di usare me e la mia fortuna. Ho sentito delle voci e sono venuta stasera con Duncan per confermarle. Ed era vero. L'ho visto in quell'orribile posto. Non che ci sia entrata di persona, ma l'ho visto dall'ingresso chiuso da una tenda. Poi ho mandato Duncan a informarlo che qualsiasi corrispondenza tra noi era finita. Volevo che sapesse che non lo riceverò in futuro. Non accetterò alcuna lettera da lui e non mi interessano scuse o racconti di sventure. Non ci sarà alcun tipo di comunicazione. Andata. Finita. E sono sollevata. Molto sollevata".

Si portò un pugno alle labbra, fingendo di calmare il suo respiro instabile. Phoebe avrebbe voluto essere un'attrice migliore. Tuttavia, forse lui sarebbe stato abbastanza empatico da concederle un po' di grazia cambiando argomento.

"Cosa è successo in cima alle scale?" chiese con lo stesso tono duro. Quell'uomo era decisamente un Torquemada.

Almeno ora poteva dire la verità e Phoebe ne fu grata.

"Stavo aspettando nel corridoio che Duncan uscisse da quel posto e mi scortasse al mio posto. All'improvviso..." Phoebe fece una pausa, rendendosi conto delle conseguenze di dire la verità. Una donna che insegue un aggressore, armata solo di un bastone da passeggio.

Lui l'avrebbe giudicata quantomeno imprudente e forse folle. E Phoebe sarebbe stata d'accordo con lui. Inoltre, non aveva dubbi che lui avrebbe insistito per riportarla immediatamente a Baronsford. E ancora una volta, non lo avrebbe biasimato. Quello che aveva fatto *era stato* avventato. Ma non aveva rimpianti. Lo avrebbe fatto di nuovo.

"All'improvviso?" chiese. "Se il tuo scopo è quello di tenermi in sospeso, sta funzionando".

Phoebe si alzò a sedere e si raddrizzò il cappotto, decidendo cosa dire. "All'improvviso un uomo mi ha afferrata da dietro e mi ha trascinata come una pecora nell'ombra. Mi puntava un coltello alla gola".

Si toccò il collo dove la ferita del coltello bruciava ancora. Tese le dita alla luce che entrava dalla finestra e fissò la macchia di sangue.

"Che diamine! Il negro vi ha tagliata". La mano di lui si chiuse intorno al polso della ragazza e si spostò di fronte a lei. "Fatemi vedere".

Non le diede la possibilità di obiettare, ma le sollevò il mento e le slacciò rapidamente la cravatta.

Divertente. Imbarazzante. Lievemente imbarazzante. Non riusciva a trovare le parole giuste per chiarire la sensazione che la attraversava quando sentiva le sue gambe infilate tra quelle di lui, la testa inclinata all'indietro mentre il Capitano Ian Bell si avvicinava per ispezionare e toccare la pelle sensibile della sua gola.

"Sto bene. Credo che mi abbia solo graffiata", riuscì a dire, combattendo un delizioso brivido mentre il pollice di lui le sfiorava un'ultima volta la parte superiore della clavicola.

"Chi era? L'uomo che vi ha afferrata?".

La sua pelle sentì freddo quando lui la lasciò e si sedette. Lui rimase seduto di fronte a lei.

"Non l'ho mai visto bene in faccia". Lo aveva combattuto con tutte le sue forze, ma non c'era nulla di lui che potesse descrivere, se non il suo spirito malvagio. "Era buio e l'attacco è avvenuto molto rapidamente. Ma era alto più o meno come me. Forse un po' più alto. Era piuttosto forte".

"Che altro?"

Si accigliò mentre il confronto si ripeteva nella sua mente. Stava trascinando il ragazzo da qualche parte quando lei li aveva raggiunti.

"Credo che avesse in mente una destinazione. Un posto vicino. E dal modo in cui brandiva il coltello, non posso fare a meno di pensare che l'abbia già usato in passato".

Lo sguardo di lui si rivolse alla finestra e alle case buie che stavano passando e Phoebe si rimproverò di aver detto troppo. Senza dubbio gli aveva ricordato l'omicidio di sua sorella. I muscoli della sua mascella si contrassero.

Dal momento in cui aveva aperto gli occhi e lo aveva riconosciuto, aveva cercato di inventare storie che potessero soddisfare le sue domande e la sua curiosità. Ora, con l'attenzione del Capitano Bell rivolta altrove, lo studiava.

Il tocco di grigio delle sue basette dimostrava quanto fosse invecchiato dall'ultima volta che l'aveva visto. Era il giorno del funerale di Sarah. Sua madre era stata assente. Sembrava che portasse il peso del mondo sulle spalle e lei aveva voluto raggiungerlo. Voleva dirgli tante cose su Sarah, sull'amica perduta che era stata come una sorella per lei. Ma non ci era riuscita. Phoebe aveva capito che qualsiasi cosa avesse detto, avrebbe rinnovato il dolore della perdita. E sebbene le sue emozioni fossero crude, non poteva permettersi di crollare mentre lui lottava nobilmente per mantenere la propria compostezza.

In quel misero giorno d'inverno, mentre il cielo versava lacrime di dolore per la vita di quella giovane donna, il Capitano Bell a malapena riconosceva le decine di persone presenti. Era distante, inavvicinabile. Era molto simile anche in quel momento.

Phoebe riconobbe Heriot Row quando la carrozza girò l'angolo. Erano solo a un isolato di distanza dalla casa a schiera.

Si avvicinò e gli toccò la mano, riportando la sua attenzione su di lei.

"Grazie", disse dolcemente. "Grazie per avermi salvato la vita".

La carrozza si fermò davanti alla residenza.

"Vi prego di credere che stasera ho imparato una lezione. E non farò mai più una cosa così sciocca". Non aveva alcun desiderio di tornare nei sotterranei. Questa era la verità. Ma per quanto riguardava l'inseguimento di un aggressore in una situazione simile, Phoebe aveva poco controllo su ciò che avrebbe fatto.

Un cameriere uscì dalla casa e corse giù per i gradini verso la carrozza. Phoebe lanciò un ultimo sguardo al suo salvatore. "Non so quando ci rivedremo. Ma sappiate che vi sarò per sempre debitrice".

Quando il cameriere aprì la porta, Ian scese e le offrì la mano.

"Ci vedremo tra meno di due settimane, Lady Phoebe", le disse. "A Baronsford".

Il suo piede scivolò sul gradino e sarebbe caduta di faccia se Ian non l'avesse sorretta.

"Una quindicina di giorni?" chiese, rendendosi conto di sembrare una sciocca.

"Al ballo organizzato dalla vostra famiglia", disse gravemente. "Sono improvvisamente propenso ad accettare il loro cortese invito. Credo che sarà l'occasione perfetta per porgere i miei omaggi e parlare con la vostra famiglia".

La nebbia impenetrabile, sospesa come un sudario umido, premeva sulle porte e sui davanzali degli edifici in pietra grigia, a malapena visibili lungo l'ampia strada. Per ogni anima abbastanza sfortunata da trovarsi all'estero in una notte come quella, non c'era modo di sfuggire al freddo umido e opprimente. Si depositava denso e bagnato sulla pelle, lasciando il suo amaro profumo di cenere e decadenza primordiale. Si infiltrava nei vestiti, penetrava nella carne e si depositava nelle ossa, un freddo promemoria del destino oscuro e senza fine che, prima o poi, reclama tutti.

Alla luce del giorno, si sarebbe potuto pensare che momenti come quello avessere ispirato le storie di Grendel e simili, di mostri che sorgevano da paludi, laghi e oceani per distruggere e divorare. Roba da poeti e falsi eroi, al sicuro sotto un sole splendente.

Ma quella notte non c'era il sole a scacciare le paure. Nessuna luna pendeva nel cielo. Nessuna stella punteggiava il firmamento. Quella sera la morte era più di una storia, più di un sentimento di sconforto, più di una sensazione fredda e inquieta. Quella sera, all'ombra del South Bridge nella città di Edimburgo, la morte era una presenza reale, un predatore freddo e senza cuore. Un serpente, arrotolato e immobile. Osservava. In attesa.

Guardò dall'oscurità mentre il capitano portava il suo trofeo alla carrozza. L'intruso che aveva rovinato la purezza della sua uccisione. Lucas Crawford, in piedi fuori dalla carrozza, guardò nella sua direzione. Si dissolse ancora di più nell'ombra. Aveva afferrato il ragazzo. Un altro agnello da macellare. Sentiva il suo coltello pronto a entrare nella carne. Ma il ragazzo era fuggito. Grazie a lui.

Lui? Non lui. Lei.

Una sorpresa, per un momento. Ma l'abbigliamento era solo un travestimento. Vide il suo volto.

La rabbia fredda lo attraversò. Come una diavolessa, la donna lo combatté, lo attaccò, costringendolo a lasciare la sua preda.

Il ragazzo correva. Come se potesse sfuggirgli. Nessuno gli sfuggiva. Aveva un destino che doveva compiere. Tutte quelle anime perdute lo chiamavano. *Vendetta*, gridavano. *Omicidio*.

Il suo sguardo si concentrò sulla carrozza. La strada, completamente vuota e silenziosa. Non si muovevano. Forse si era rotta il collo cadendo da quei gradini. Era buio, ma lui vide il suo volto. Lei aveva visto il suo?

Sollevò il coltello, con il sangue ancora sulla lama. Il suo odore gli riempì i polmoni. Ancora qualche passo e sarebbe stato tutto finito. Avrebbe potuto ucciderli entrambi.

Meddler. La rabbia gli pulsava dentro.

"E voi, capitano Bell. Cacciando nell'ombra una creatura senza volto. Cosa pensate che io sia? Cosa immaginate quando sognate questi sotterranei? Non sapete nemmeno quanto ci siete andato vicino. Quanto ci siete andato vicino. Buttatela fuori. Lasciatela per strada".

Quello era il giorno giusto. Doveva uccidere e lo avrebbe fatto. Per tutti loro.

Il capitano parlò al suo valletto, che trasmise il comando mentre saliva sulla carrozza. Qual era la parola che aveva pronunciato?

Baronsford.

Il cocchiere fece muovere i cavalli e la carrozza si diresse verso sud lungo il ponte.

"Sei sfuggita alla mia portata. Dalla mia lama del destino.

Dall'immortalità. Per ora". La nebbia turbinò e la carrozza scomparve. "Baronsford. Molto bene. Scoprirò chi sei. Ti troverò, impicciona".

In lontananza, un cane da caccia impazzito abbaiava alla notte e poi taceva. I sotterranei dietro di lui ammiccavano.

Un altro agnello sacrificale stava aspettando.

Capitolo Tre

Baronsford
Borders

DUE VOLTE ALL'ANNO la grande sala da ballo di Baronsford apriva le sue magnifiche porte al pubblico. Con il suo soffitto a volta che si innalzava per ben due piani sopra la pista da ballo, le sue porte e finestre con cornici classiche, le sue decorazioni in foglia d'oro e le sue figure intagliate di divinità romane che facevano capolino dalle loro nicchie ad arco, l'enorme sala in stile palladiano accoglieva gli ospiti della famiglia da tutta l'Inghilterra e la Scozia.

La maggior parte dei presenti non avrebbe mai immaginato che per il resto dell'anno questa stessa grande sala fosse stata utilizzata da generazioni di bambini Pennington per giocare partite improvvisate di bocce, birilli, mosca cieca e volano. E lo stretto ballatoio con i parapetti in marmo, sostenuto da colonne ioniche incastonate nelle pareti, era un luogo meraviglioso per corse spericolate nelle piovose giornate estive.

In quel momento, tuttavia, un'orchestra era seduta lì, sopra le porte aperte, e i suoni melodiosi di Handel riempivano la stanza. I valzer sarebbero arrivati più tardi.

L'attenzione di Phoebe non era rivolta all'orchestra, né ai grandi vasi traboccanti di fiori, né ai tavoli pieni di rinfreschi. A malapena aveva dato uno sguardo ai partecipanti alla festa, nei loro abiti e vestiti da sera più belli, che si muovevano sull'ampio pavimento con il suo disegno a mosaico di piastrelle di marmo d'oro, bianco e grigio. Gli occhi di Phoebe erano fissi sulla porta d'ingresso tra Giove e Venere e l'ansia che le attanagliava lo stomaco non accennava a diminuire.

Lei e sua sorella Millie erano in piedi accanto alle porte aperte che conducevano a una veranda. Alle loro spalle, il sole al tramonto diffondeva raggi dorati sui campi ondulati oltre i giardini. Ma lei non era interessata nemmeno a questo. Stava osservando solo i ritardatari che arrivavano.

Poi, nel momento esatto in cui i musicisti si fermarono tra un movimento e l'altro, una coppa di cristallo si schiantò sul pavimento vicino, facendola sobbalzare.

Le due donne si voltarono e videro il fratello Gregory che scivolava velocemente verso Ella, la figlia di sei anni appena acquisita, che puntava il dito accusatore contro i pezzi di vetro in frantumi e il punch rosso che le aveva sporcato il vestito bianco della festa e le pantofole.

Con una parola di ringraziamento a un cameriere che era entrato in azione per rimediare al disordine, Gregory prese in braccio Ella e, dopo un breve sussurro alla bambina, entrambi si rivolsero all'assemblea, sorrisero e si inchinarono. Dall'altra parte della sala, il suono della risata burbera del conte ruppe il silenzio e la musica ricominciò.

"Ecco perché amo la nostra famiglia", disse Millie con orgoglio. "Non siamo mai noiosi".

Quando Gregory si avvicinò a loro con Ella ancora in braccio, la sorella minore chiese se avesse bisogno di aiuto. La bambina scosse la testa.

"Shona ha preparato due vestiti per me", disse Ella in un tono complice che poteva essere udito dal lato opposto della sala da ballo. Fece un cenno a Gregory. "Gag le ha detto di farlo".

"Non riesco a *immaginare* come mi sia venuto in mente di farlo", disse strizzando l'occhio alle sorelle.

Mentre lui si avviava verso la porta, Phoebe rivolse nuovamente la sua attenzione all'ingresso. Forse non sarebbe venuto, pensò speranzosa.

La maggior parte degli invitati era già arrivata, ma un'agitazione alla porta attirò l'attenzione di tutti. Quando il maggiordomo annunciò il nuovo ingresso nel salone, Phoebe non poté fare a meno di sorridere con orgoglio quando sua sorella maggiore Jo, sposata appena il giorno prima, entrò nella sala da ballo di Baronsford con un'aria di tranquilla sicurezza che le era nuova. Scortata dall'affascinante marito, il Capitano Wynne Melfort, e dal suo nuovo figliastro, Cuffe, Jo sorrise e salutò gli ospiti mentre si dirigevano verso la fila di ricevimento.

"È bellissima", disse Millie, sospirando felice. "Immagina. Una seconda possibilità d'amore dopo tanti anni".

"Commovente", rispose Phoebe.

"Il capitano Wentworth è un brav'uomo, ma direi che è fortunato ad averla".

Lei fu d'accordo. "E questa volta non c'è stato bisogno di sparare".

Un fidanzamento rotto, un duello all'alba tra il fratello Hugh e Wentworth, e sedici anni dopo la coppia si era ritrovata. Più di una volta negli ultimi giorni, Phoebe aveva pensato che sarebbe stato meglio se avesse rinunciato a scrivere per il giornale e avesse invece scritto un romanzo romantico su sua sorella Jo e Wynne. La loro storia aveva sicuramente tutti gli elementi.

Gli occhi di Phoebe scorsero ancora una volta le teste della folla riunita verso la porta d'ingresso. Era troppo presto per provare un vero senso di sollievo, ma il Capitano Bell non era ancora apparso.

Forse ha cambiato idea, pregò. Oppure è stato trattenuto da alcuni affari governativi a Fife. O è stato assalito da una banda di briganti.

Avrei dovuto assoldare una banda di briganti. Un debole sorriso le tirò le labbra.

Non lontano dalla porta della sala da ballo, la madre e il padre accoglievano gli ospiti con Grace e il fratello Hugh accanto a loro.

Lyon Pennington, Conte di Aytoun, e Hugh, Visconte Greysteil, facevano del loro meglio per apparire cordiali, ma Phoebe sapeva che nessuno dei due amava davvero le formalità del ballo. Il ballo annuale estivo e l'assemblea di Natale erano un'istituzione a Baronsford e la famiglia avrebbe continuato la tradizione. Nonostante le terribili ferite che avevano quasi ucciso il padre da giovane, Phoebe era certa che presto avrebbe portato la sua amata moglie sulla pista da ballo.

"Ora puoi respirare", disse Millie quando vennero annunciati gli ultimi ospiti e la fila di ospiti in attesa di essere ricevuti si esaurì. "Sei di nuovo al sicuro tra le braccia della tua famiglia. Forse il capitano Bell ha deciso che non era necessaria alcuna intrusione".

Phoebe annuì speranzosa. Sebbene si fidasse ciecamente di sua sorella, non voleva preoccuparla con tutti i dettagli dell'attacco e del suo intervento nei sotterranei. Le disse solo che si era separata dalla sua guardia del corpo ed era caduta da una scalinata di pietra nell'oscurità. Il Capitano Bell l'aveva trovata. Era così sconvolto dalla presenza di Phoebe che aveva minacciato di rivelare la sua avventura al conte. Ma questo era tutto ciò che Millie sapeva.

Quella stessa sera, Duncan si era presentato nella casa di famiglia con un'aria terribilmente sconvolta. Si sentiva male al pensiero che lei si fosse persa o fosse ferita, o peggio. Quando lei lo informò di tutto quello che era successo, non fu affatto sollevato.

In effetti, Phoebe non credeva di aver mai visto l'Highlander così arrabbiato. Era stato abbastanza chiaro sul fatto che non vedeva le sue azioni come compassionevoli e coraggiose. Aveva agito in modo avventato e stupido. Minacciò di *non* accettare *mai* più un lavoro con lei.

A quel punto, il suo mal di testa era leggermente migliorato e gli diede la sua parola che sarebbe stata molto più cauta in futuro. Quando Duncan si calmò, Phoebe gli disse che aveva dovuto rivelare il suo nome al capitano Bell. E confidava che non avrebbe detto nulla della sua professione se fosse stato avvicinato da quell'uomo.

Una coppia di anziani amici della famiglia si soffermò a commentare il successo del ballo, chiacchierando con loro un attimo prima di proseguire.

"Spero che rinunciate a considerare quell'orribile Leech come una fonte", disse Millie a bassa voce quando se ne furono andati. Sua sorella sapeva tutto di lui. Era la prima lettrice di Phoebe per ogni articolo prima che lei inviasse il lavoro al suo editore all'*Edinburgh Review*.

"Non posso", sussurrò Phoebe. "Ha delle prove solide che mi servono per la rubrica. Quando Duncan lo ha affrontato, ha ribadito di avere una documentazione inconfutabile. E io gli credo".

"Ma non tornerai in quel posto terribile, vero?". Chiese Millie.

"Non andrò più al Vault".

"Dove lo incontrerai?"

"In un posto molto più sicuro", le assicurò Phoebe. "Ha bisogno dei soldi che gli ho offerto. Ora so perché. Comunque, una volta tornata a Edimburgo, chiederò a Duncan di prendere accordi".

Le due sorelle guardarono Hugh e Grace ballare per un momento e Phoebe fu sollevata nel vedere i suoi genitori intenti a conversare con i loro più vecchi amici, il Conte di Stanmore e sua moglie.

"Sai, forse è arrivato il momento di dire a papà cosa stai facendo. Se lo farai, non avrai nulla da temere da...". Si fermò e Phoebe si accorse che la sorella stava fissando la porta.

Si girò a guardare e il suo cuore affondò. Il Capitano Bell era in piedi nella sala da ballo e i loro sguardi si incrociarono sulla folla. Le teste si voltarono verso di lui e un'ondata di mormorii attraversò la sala.

Anche per coloro che non sapevano nulla delle tragiche circostanze in cui si trovava la sua famiglia, Ian Bell era una figura affascinante e attirava gli sguardi di chi lo circondava. Ad eccezione della cravatta impeccabilmente bianca, era vestito di ebano da capo a piedi. Il suo gilet di raso nero broccato era abbottonato in alto con un colletto che incorniciava le linee spigolose di un viso severo e affascinante.

Gli uomini della sua famiglia erano tutti alti, ma lui svettava su tutti quelli che lo circondavano. A parte qualche accenno di grigio alle tempie, il colore dei suoi capelli era quasi uguale a quello dei suoi vestiti e li portava più lunghi di quanto fosse di moda al momento. Anche l'ombra dei baffi sul suo viso gli dava l'aspetto noncurante di un uomo che non si preoccupava minimamente di ciò che gli altri avrebbero potuto pensare di lui.

I suoi occhi scuri rimasero fissi sul suo viso e Phoebe sentì un calore inaspettato diffondersi nel suo ventre infido. Le tornarono in mente i ricordi di quei giorni impetuosi e dorati della sua giovinezza. Il furfante era ancora in grado di infiammare le sue viscere.

Poi, con un cenno quasi impercettibile, si girò e guardò verso il punto in cui Hugh e Grace avevano concluso il loro ballo.

Senza alcuna esitazione, si avviò verso di loro.

"Dannazione", mormorò Phoebe. "Devo fermarlo".

Ian aveva programmato il suo arrivo in ritardo intenzionalmente. Era lì per vedere e parlare con una persona e una sola. Phoebe Pennington. Tuttavia, in base a ciò che aveva appreso dalla loro discussione in carrozza e da tutto ciò che era riuscito a scoprire sulla sua storia, era certo che qualsiasi conversazione di quella sera sarebbe stata più produttiva se fosse stata iniziata da lei. Altrimenti, non avrebbe mai ottenuto una risposta diretta da lei.

Chiese al maggiordomo di non presentarlo quando entrò. Essendo stato praticamente assente da incontri sociali come questo per quasi dieci anni - a causa della guerra, della sua convalescenza e della morte di sua sorella - non voleva attirare l'attenzione dei conoscenti che chiedevano di lui o di sua madre. Non aveva alcun interesse a socializzare. E non voleva assolutamente dare a nessuno l'impressione errata che avrebbe accettato altri inviti.

Scrutando la folla, trovò subito Phoebe in piedi accanto alle porte aperte della veranda. Era più alta della maggior parte delle donne, compresa la sorella minore che le stava accanto. Per un attimo non poté fare altro che fissarla.

Indossava una regale veste rossa su un abito bianco a maniche corte. Il bordo di ricami dorati catturava i raggi del sole al tramonto dietro di lei. Il nastro destinato a tenere la massa di riccioli scuri sistemati in cima alla testa era inadeguato al compito e i boccoli le pendevano sciolti intorno al viso.

Il suo sguardo si spostò sulla perfetta simmetria del suo viso espressivo. Sapeva che i suoi occhi erano di una tonalità di blu scuro e che brillavano di intelligenza e intensità durante una discussione. Seduto di fronte a lei nella sua carrozza, era stato tentato da quelle labbra, dalla loro pienezza e dal loro colore.

La sua mente si concentrò. Una sciarpa di seta rossa le cingeva la gola, coprendo la ferita.

Era lì per un motivo ed era essenziale che le parlasse.

Il suo piano. Ian trovò il conte e la contessa che parlavano con alcuni ospiti nell'angolo più lontano della sala da ballo. Alcune persone intorno a lui lo avevano già riconosciuto. Sentì il suo nome diffondersi tra gli invitati. Il fratello di lei, il visconte Greysteil, stava terminando un ballo con sua moglie. Perfetto, pensò.

Guardò di nuovo in direzione di Phoebe. Come sperava, lei aveva scoperto il suo arrivo. I loro sguardi si incrociarono nella sala da ballo. Lui trattenne un sorriso quando gli occhi di lei si restrinsero per il dispiacere. Ian annuì in segno di saluto e si avviò verso suo fratello.

Prima che lui avesse percorso metà della pista da ballo, lei si mise sulla sua strada, bloccandolo di fatto.

"Capitano Bell".

Da vicino, non vedeva alcuna traccia di lividi sotto l'occhio. Per quanto l'avesse ritenuta bella in carrozza, l'impressione non era minimamente paragonabile a quanto fosse affascinante nella sala da ballo ben illuminata.

"Lady Phoebe". Lui si inchinò e lei fece un inchino.

"È stato molto gentile da parte vostra accettare l'invito. Mia madre e mia cognata avevano l'impressione che ancora una volta ci avreste privati della vostra compagnia".

Inarcò un sopracciglio, ben consapevole del pubblico che stava origliando. "Come vi ho detto a Edimburgo quando ci siamo incontrati l'ultima volta, quest'anno non me lo sarei perso".

Il più bello dei rossori le colorò le guance.

"Ora, se mi perdonate, devo salutarvi...".

"E se ricordo bene, quando ci siamo lasciati, avete chiesto il primo ballo. Non è vero, Capitano?"

Ian guardò quei brillanti occhi blu, scintillanti di sfida. Il momento è rimasto sospeso nell'aria tra loro e ha sentito altri sussurri del suo nome e di quello di lei. Se voleva vederla contorcersi un po', sapeva che avrebbe aspettato a lungo. Phoebe Pennington era troppo indipendente e sicura di sé.

Si inchinò e le tese una mano. "Fatemi l'onore".

Lei fece scivolare le sue dita guantate su quelle di lui e si diressero verso la pista da ballo. Chiunque li avesse visti avrebbe creduto alla loro piccola bugia quando lei gli concesse un raro sorriso.

"Credo sia la prima volta che una ragazza mi chiede di ballare", le disse. "Avete fatto cadere qualcuno correndo per la sala da ballo?".

"Dovrebbe accettare più inviti, Capitano. Sono certa che stasera ci sono molte signore che sarebbero felici di tenderle un'imboscata".

"Ma sospetto che se il nostro ultimo incontro fosse stato diverso, voi non sareste una di loro".

Aprì la sua bella bocca per dire qualcosa, ma ci ripensò e strinse le labbra.

Venne annunciato un valzer e, mentre i due si muovevano per unirsi al grande cerchio di ballerini, Greysteil incrociò il suo sguardo sopra la testa di Phoebe. Entrambi gli uomini annuirono in segno di saluto.

La testa della sua compagna si girò per seguire il suo sguardo e vide suo fratello.

"Spero che non stiate pensando di abbandonarmi, capitano".

Scosse la testa. "La notte è giovane e sono certo che sia il conte che il visconte saranno felici di incontrarmi in privato per qualche minuto dopo che avremo terminato questo ballo".

Lui nascose il suo divertimento quando lei prese la sua mano e la posizionò con forza sulla sua vita.

La musica iniziò, i due si girarono insieme e ballarono nello spazio lasciato libero dalla coppia successiva mentre l'intero cerchio si muoveva in un movimento lento e vorticoso.

Sentiva la tensione nella rigidità dei suoi passi e nel modo in cui evitava di guardarlo in faccia. Erano vicini, ma distanti chilometri. La sua fronte era corrugata e le sue guance erano arrossate. Immaginava che lei stesse discutendo con lui mentre lui nella sua testa, e lui non poteva sentire una sola parola.

"E voi stavate dicendo?"

Gli occhi blu si restrinsero, incontrando i suoi.

"Ho fatto come avevo promesso e sono venuta a Baronsford la mattina dopo. Vi ho già ringraziato per quello che avete fatto per me. Perché non potete lasciar perdere, Capitano? Perché continuate a minacciare di denunciarmi alla mia famiglia?".

"Perché avete mentito".

Ian rimase incantato nel vedere come le sue iridi blu diventavano scure mentre le sue parole venivano assimilate.

"Tutto quello che ho detto era quasi la verità".

"Avete mentito", ripeté, facendole girare più velocemente mentre la musica aumentava il ritmo.

Le risate vertiginose li circondarono, ma l'ilarità non ebbe alcun effetto sullo sguardo smagliante o sulla nitidezza delle parole.

"Come posso difendermi se non ho idea di cosa riguardi la tua accusa?".

Aspettò a rispondere finché la musica non rallentò di nuovo. "Ho parlato con il vostro uomo, Turner".

Phoebe rimase a bocca asciutta per un attimo, ma lui le passò la mano al centro della schiena e le guidò entrambe nella svolta.

"Cosa vi ha detto Duncan?"

Davvero poco, pensò. L'ex agente di Edimburgo le era devoto. Non si sarebbe fatto costringere a rivelare nulla sul motivo per cui Lady Phoebe lo aveva assunto per accompagnarla ai Vault. Ma quando si trattava di confermare delle falsità... beh, l'uomo non avrebbe oltrepassato quel limite.

"Non c'era nessuno spasimante. Nessun amante", le disse. "Non avete seguito nessun mascalzone manipolatore in quel covo di drogati". L'uomo disse che i segreti di Lady Phoebe potevano essere mantenuti o rivelati da lei, ma che la signora Turner "non avrebbe mai cucinato un altro boccone se lui avesse fatto una sola cosa che potesse danneggiare la reputazione di sua signoria".

Il ritmo della musica aumentò ancora e lei si strinse a lui con forza mentre lui li faceva girare nella crescente frenesia della danza.

"Perché siete andata lì?" La distanza rispettabile che li separava si era ridotta quasi a un abbraccio. Il continuo girarsi l'aveva portata a stringersi al suo braccio. "Vi sto dando un'ultima opportunità".

"Dopo il ballo", sussurrò senza fiato, con il viso arrossato. "Vi prego di incontrarmi nei giardini davanti allo studio di mio fratello. Vi spiegherò tutto a quel punto. Ve lo prometto".

Troppo presto, secondo lui, il ballo si concluse. Risate e applausi riempirono la sala, ma i due rimasero fermi, l'uno di fronte all'altra, con una tensione palpabile nello stretto spazio che li separava.

Lui si inchinò e, mentre lei faceva l'inchino, la vide lanciare un'occhiata alle sue spalle. Un istante dopo, lei indietreggiò verso la folla. Quando si voltò, il visconte Greysteil lo stava aspettando.

"Sono felice che siate qui, Capitano. Non vi stavamo aspettando".

Capitolo Quattro

PHOEBE GUARDÒ INDIETRO LUNGO il sentiero verso la veranda. Il sole era scomparso, lasciando dietro di sé una spessa coltre di rosso e oro sotto il blu sempre più intenso del cielo crepuscolare. I suoni lontani della festa provenivano dalle porte aperte della sala da ballo. La musica si mescolava alle risate e alle voci occasionali, a intermittenza, acuite e attutite dalla leggera brezza che le portava nel giardino recintato fuori dallo studio di Hugh. Tuttavia, non c'era traccia di lui.

Il capitano Bell aveva già visitato Baronsford in passato, si disse. Non avrebbe avuto problemi a trovare la strada. Sempre che stesse arrivando.

"Verrà. *Verrà*", mormorò, iniziando a camminare per calmare la sua agitazione. Alla fine di un sentiero del giardino, oltre i frutteti, dove i prati cadevano verso il lago, l'oscurità stava già reclamando le dolci colline del parco dei cervi. Intorno a lei, una nebbia cominciava a salire dai campi.

Sono felice che siate qui, Capitano. Non vi stavamo aspettando.

Aveva sentito il saluto del fratello mentre si allontanava dalla pista da ballo. Hugh poteva essere felice che Ian Bell fosse lì, ma Phoebe non lo era di certo.

"Perché non riesci a lasciar perdere?" chiese sottovoce.

Lei sapeva perché. Non era cieca. Ian stava piangendo sua sorella da tre anni. Ed era nella sua natura preoccuparsi per gli altri e cercare di evitare che si verificasse una tragedia simile. Soprattutto a una persona che conosceva.

Naturalmente, lei era più di una semplice conoscente. Sarah era più vicina a Millie per età, ma il legame di amicizia era più forte con Phoebe. E lei ne conosceva le ragioni. Ognuna di loro aveva una natura indipendente e un senso dell'avventura. Condividevano l'amore per i libri, la poesia e le storie. Erano entrambe alte, quasi la stessa statura. La loro statura non era certo un requisito per farle diventare amiche, ma serviva a creare un ulteriore legame tra loro. E c'erano altre centinaia di cose che avevano legato le due giovani donne.

Per un attimo la musica e il ballo tornarono nei suoi pensieri. Essere tenuta così stretta, sentire le mani forti del Capitano Bell sulla sua vita, sulla sua schiena. Il suo corpo riviveva il movimento, ogni passo in perfetta armonia, anche se le parole di lui le sconvolgevano la mente. Non aveva mai visto occhi come i suoi, quasi neri con un bordo d'argento che circondava le iridi. L'avevano tenuta prigioniera per tutta la durata del ballo.

I sentimenti che aveva provato per lui in passato continuavano a farsi strada nella sua mente come il ritmo di una canzone indimenticabile. La canzone la distraeva e la metteva in imbarazzo. E per quanto ci provasse, non riusciva a ignorarla.

Ma Phoebe aveva altre cose più importanti da considerare. La situazione attuale era troppo stressante. Le piaceva la sua vita. Amava quello che faceva. Voleva tornare a farlo. Odiava la possibilità di essere smascherata da qualcun altro e la certezza del disastro che ne sarebbe seguito. Ora sapeva cosa significava la "spada di Damocle".

"Dannazione", mormorò, girando i tacchi e tornando indietro lungo lo stesso sentiero.

Non poteva nemmeno biasimare Duncan. Si era messa da sola sotto quella lama penzolante. L'Highlander era un uomo d'onore. Non avrebbe detto nulla che potesse avvilirla o metterla in pericolo, soprattutto a un gentiluomo che poteva essere considerato una possibilità matrimoniale adeguata. Sua moglie aveva tenuto molte lezioni gentili a Phoebe, esaltando i benefici del matrimonio e della famiglia. Era uno dei suoi argomenti preferiti. E Duncan condivideva i suoi sentimenti.

No, solo Phoebe aveva causato l'attuale difficoltà che stava affrontando. Ad eccezione di quel balordo, Leech. Anche lui era responsabile. Ma lei non avrebbe mai dovuto accettare di incontrarlo nei sotterranei. Avrebbero potuto incontrarsi in mille altri posti.

"Non ci hai pensato bene", si rimproverò.

Al richiamo di un gufo nelle vicinanze rispose subito un altro gufo giù al lago. I domestici stavano iniziando ad accendere le torce nei giardini all'estremità dell'ala ovest e lungo i sentieri. La luce filtrava da alcune finestre dei piani superiori e dallo studio di Hugh. In lontananza si sentiva la musica di un valzer.

"Mi farai aspettare tutta la notte?", disse ad alta voce, sempre più inquieta mentre guardava indietro lungo il sentiero.

Millie aveva ragione. Avrebbe dovuto parlare con la sua famiglia prima di quella sera. Era infantile non affrontare la questione in modo pulito, e lei non era certo una bambina.

Ma non poteva avvicinarsi a suo padre. Era troppo testardo per capire. Tutti in famiglia erano dell'idea che avesse ereditato il temperamento del Conte di Aytoun. "Come due tori", così disse una volta suo fratello Gregory. Forse era vero. I due non sembravano mai in grado di ascoltare l'altro.

Nemmeno sua madre. I due coniugi non avevano segreti e avevano sempre fatto fronte comune. Crescendo, Phoebe e i suoi fratelli sapevano che non c'era spazio per dividere e conquistare quando si trattava di ottenere ciò che volevano..

Non aveva senso parlarne con Gregory. Aveva già troppe cose di cui preoccuparsi con Freya in attesa e con un bambino precoce di sei anni da crescere. E Jo era fuori discussione. Per la prima volta nella sua vita, la loro sorella maggiore era immersa nella felicità. Phoebe non si sarebbe mai sognata di gettare un'ombra di preoccupazione su questo.

"Hugh?", pensò, accigliandosi subito al pensiero. Aveva la sensazione che il Lord Justice l'avrebbe trascinata nella sua aula di tribunale e perseguita per violazione dei sotterranei, giusto per darle una lezione.

No, doveva parlare con Grace. Era la donna più coraggiosa che Phoebe avesse mai incontrato. Era cresciuta sui campi di battaglia. Sapeva cosa le donne erano in grado di fare e non era una che accettava ridicole limitazioni basate sul sesso di una persona. Avrebbe capito. Grace aveva anche vissuto in alcune delle più grandi corti reali del continente e sapeva come lavoravano i politici. Sua cognata poteva trasmettere queste informazioni a suo marito senza turbarlo. E cosa aveva fatto per Jo e Wynne Melfort. Sapeva esattamente come ammorbidire e mediare quando c'era il rischio di un disastro.

"Perché non ci ho pensato prima?".

Guardò in direzione della sala da ballo. Il furfante non stava arrivando.

"Parlate spesso da sola?"

Sobbalzò, premendosi una mano sul cuore e girandosi di scatto verso di lui. Ian era appoggiato a un arco, con le braccia conserte sul petto ampio. La luce della finestra dello studio lo illuminava. Phoebe combatté l'impulso di lanciargli una serie di maledizioni. Ovviamente lui non avrebbe attraversato i giardini per raggiungerla, ma sarebbe entrato in casa.

"Vi ho spaventata?" chiese.

"Sì, in effetti è così".

"Mi fa piacere. Dovreste spaventarvi più spesso".

"Da chi? Da voi?"

"Non da me". Dispiegò le braccia e si tirò su in tutta la sua altezza. "Ma *dovreste* avere paura di andare in posti che non vi appartengono. Di esporvi inutilmente al pericolo. Di fidarvi di persone di cui non dovreste fidarvi. Di vestirvi come un uomo. Di mentire alla vostra famiglia... e a coloro che vi salvano la vita. E a proposito di questo..."

Lei alzò una mano per fermarlo. "Apprezzo la vostra preoccupazione, Capitano. Accetto tutto ciò che dite".

Si schernì. "Non ci credo".

"Non credete che io apprezzi la vostra preoccupazione o che sia in grado di ammettere di aver commesso un errore? O entrambe le cose? O forse vi siete esercitato a fare questa ammonizione negli ultimi quindici giorni e volete essere sicuro di non tralasciare neanche una parola".

"Direte qualsiasi cosa per eludere il problema, vero?".

"Forse avete portato con voi la bacchetta di maestro di scuola e pretenderete che io baci la verga quando avrete finito?".

"Questa sì che è un'idea".

Phoebe vide un sorriso sulle sue labbra.

Tendeva a intimidire gli uomini con la sua lingua veloce e la sua capacità di discutere. Sapeva di poter essere un po' insistente, forse ostinata a volte, nel rifiutare di concedere punti. Millie sosteneva che lo faceva per allontanare gli uomini. Ma Ian Bell non sembrava affatto scoraggiato dalla sua natura. Fece un respiro profondo, forzando un cambiamento nel suo modo di fare.

"Mi scuso, Capitano", disse. "So che siete venuto qui per darmi un'altra possibilità di spiegare". *E non avete parlato della disavventura di Edimburgo a mio fratello*", concluse lei in silenzio.

Lui rimase dov'era e lei non sapeva se fosse dubbioso o divertito.

"Lasciate che metta a tacere i vostri dubbi", disse dolcemente. "Vi prego fate le vostre domande".

Era comprensibile che non si fidasse completamente di lei.

"Ho avuto molto tempo per pensare a quell'incidente", continuò Phoebe quando lui non disse nulla. Si toccò il foulard alla gola. Da quando era tornata a Baronsford, ogni notte si era svegliata sudando freddo. Il ragazzo spaventato le era apparso in sogno più volte. Alcune notti non riusciva a raggiungerlo abbastanza velocemente. Altre notti era lei a essere inseguita da un diabolico assalitore. Affrontava tutto questo nel sonno. Ma che dire della realtà? L'orrore di ciò che le sarebbe potuto accadere laggiù era un compagno costante. Avrebbe potuto essere uccisa quando si era scontrata con lui in cima alle scale. E se il Capitano Bell non fosse stato lì in fondo, ora sarebbe sicuramente morta, perché immaginava che l'assassino l'avrebbe inseguita.

"Vi *sono* grata per avermi salvato la vita. E per quanto riguarda le bugie. . ."

Si fermò, lisciandosi il davanti del vestito. Il momento della resa dei conti era arrivato.

"Sono una scrittrice". Le parole le sfuggirono e lei esitò, aspettandosi che un enorme abisso si aprisse sotto i suoi piedi. "E quella sera ero nei sotterranei con Duncan per fare delle ricerche su un progetto a cui sto lavorando adesso".

La verità era venuta fuori. Avrebbe dovuto sentirsi più leggera nel dirla. Ma il cipiglio che ora increspava la fronte dell'uomo le disse che forse era riuscita solo ad aprire il vaso di Pandora. E non voleva dirgli di più.

Le inclinazioni politiche di una persona determinavano l'opinione che aveva del giornale per cui scriveva e delle sue rubriche. Per alcuni era un'eroica crociata sociale, per altri un demone che creava problemi. Non lo sapeva con certezza, ma poteva solo immaginare che il Capitano Bell fosse decisamente dalla parte dei Tory. Suo padre, dopo aver fatto fortuna a Baltimora, era tornato dall'America alla vigilia della rivoluzione. Il figlio aveva dimostrato il suo valore sul campo di battaglia e ora era un amministratore di alto livello a Fife. Era logico che si trovassero agli estremi opposti dello spettro politico per quanto riguarda il sostegno al governo.

"La moglie di vostro zio, Gwyneth Douglas Pennington, non è una scrittrice?" chiese.

La sua domanda la sorprese e la sollevò. Il capitano Bell conosceva gli scritti di sua zia e non sentì alcun accenno di disprezzo o di condanna nella sua voce. Il lavoro di Gwyneth veniva pubblicato in forma pseudonima, ma l'argomento dei suoi scritti era molto meno problematico di quello di Phoebe.

"Sì, per molti anni ha avuto successo con i suoi romanzi d'avventura. Come ne siete venuto a conoscenza?".

"Sarah era una grande fan del suo lavoro", le disse. "Anche mia madre".

"Certo. Lo sapevo". Phoebe aveva regalato alla sua amica alcuni di quei romanzi e aveva fatto in modo che Sarah incontrasse Gwyneth a Baronsford quando gli zii erano stati in visita. Ma la sorprese sapere che il Capitano Bell conosceva la scelta di autori e libri della sorella e della madre.

"È questo che fate? Scrivete avventure romantiche?".

Phoebe decise di evadere. Se era quello che pensava, era abbastanza vicino alla verità. In ogni caso, avrebbe dovuto accontentarsi. "Mia zia è sempre stata il mio idolo, ma io sono solo all'inizio della mia vocazione. Mi sto ancora orientando, per così dire".

Annuì ma non sembrava convinto. "Ma non ne avete parlato con la vostra famiglia?".

"L'ho fatto. Beh, voglio dire che sanno delle mie aspirazioni. Mi hanno incoraggiata a perseguirle in qualche modo. Nella biblioteca di Baronsford c'è una raccolta di favole che ho messo insieme a partire dalle storie che ci ha raccontato Ohenewaa".

"Ohenewaa?"

"Era una donna africana liberata che è stata una nonna per tutti noi quando eravamo piccoli". Phoebe non avrebbe mai dimenticato la gioia di sua madre quando le presentò la raccolta stampata. "Quello che la mia famiglia non sa è che quella notte a Edimburgo mi sono messa stupidamente in grave pericolo. Ero andata lì per avere una conoscenza diretta dei Vault. È stato un errore".

Non vedeva alcun motivo per coinvolgere Millie in tutto questo. Phoebe fece scivolare le mani lungo la cintura ricamata che correva sotto i suoi seni e guardò lungo il sentiero. Non riusciva a rimanere nello stesso posto. Camminare si adattava alla sua natura irrequieta, soprattutto quando non le importava di dire la verità assoluta.

"Le andrebbe di camminare, Lady Phoebe?".

"Sarebbe molto bello. Adoro il profumo dei fiori la sera, e voi? Avete dei giardini incantevoli a Bellhorne. Le rose dovrebbero essere in fiore in questo periodo dell'anno, credo".

"Lo sono", disse lui, mettendosi accanto a lei. "Ma non penserete di cambiare argomento, spero".

"No, certo che no".

Camminarono in silenzio per un momento. La musica nella sala da ballo era cessata e in lontananza si sentiva il lieve guaire di una cucciolata di giovani volpi.

"Entrare nei sotterranei è stato più avventato di qualsiasi altra cosa io abbia mai fatto". Le sue parole erano sincere e sperava che lui lo riconoscesse. "E voi mi avete trovata. Dovete sapere quanto fossi terrorizzata. So quanto sono stata vicina alla catastrofe. Non lo farò mai più. Ve lo assicuro".

Raggiunsero un muro in fondo al giardino. Nel frutteto al di là, i meli si ergevano in file ordinate come corpulente sentinelle notturne.

"Non *sapete* quanto ci siete andata vicino", disse bruscamente il capitano. "Un uomo è stato ucciso lì quella stessa notte".

"Un uomo?" I suoi incubi divennero improvvisamente realtà. Aveva salvato il ragazzo solo per farlo catturare di nuovo? "Era vecchio? Giovane?"

"Non conosco la sua età". Premette un pugno nell'altra mano. "L'omicidio è stato scoperto da un agente il giorno dopo, mentre due uomini stavano trasportando il corpo attraverso Cowgate verso l'università di medicina".

Il mento le cadde e fissò le pietre scure del selciato tra gli stivali di lui e le gonne di lei. Duncan l'aveva avvertita, ma lei aveva già sentito parlare della malvagità e dei pericoli che si nascondevano in ogni ombra. La vita perdeva valore quando ci si avventurava in quelle catacombe e nei vicoli tortuosi che le circondavano. Ma tutti gli avvertimenti non l'avevano dissuasa dall'andare.

I suoi pensieri si schiarirono. Aveva combattuto contro un solo uomo.

"Due uomini?" chiese.

"Lavoratori. Non gli assassini".

"Orribile. Io . . ." Le parole sembravano insignificanti di fronte a qualcosa di così terribile. Voleva sapere se il ragazzo per cui aveva combattuto era stato ucciso, ma non c'era modo di scoprirlo. E che differenza avrebbe fatto? Un essere umano era morto.

"Gli uomini hanno detto di aver trovato il corpo in un'alcova non lontano dal luogo in cui il vostro aggressore vi ha avvicinata".

Delle lacrime inaspettate minacciano di liberarsi, ma lei le respinse e distolse lo sguardo.

"La gola è stata tagliata. Questo è stato sufficiente a causare la morte della vittima. Ma poi l'assassino ha fatto un altro taglio, dal mento all'ombelico".

La sua mano volò al collo. Le ferite si stavano rimarginando, ma il ricordo di quei momenti nel buio del passaggio - il panico, la lotta per la vita del ragazzo e poi per la propria - non stava svanendo. E ora, sapere cosa era successo dopo la feriva molto. Aveva combattuto una battaglia per poi scoprire di averla persa.

Il capitano aggiunse alcun tono drammatico alla sua voce. I fatti erano già abbastanza duri.

"Negli ultimi tre anni, ho saputo o visto con i miei occhi più di una dozzina di cadaveri con le stesse ferite. Tutti sono stati trovati nei sotterranei o nei vicoli di Cowgate e Canongate. Tutti nelle stesse zone. E questi sono solo i corpi recuperati prima che potessero essere venduti e sezionati dagli anatomisti. Non ho modo di sapere con esattezza in quanti siano morti per mano della stessa persona".

Il suo stomaco iniziò ad agitarsi. Ricordava l'impressione di cattiveria che aveva avuto quando l'uomo era passato, ancora prima di conoscerlo per quello che era. *Sentiva* la malvagità che emanava.

"Qualcuno sta uccidendo in modo *coerente?*" chiese, incapace di ignorare un brivido che si era radicato nelle sue stesse ossa. Qualunque orrore avesse infettato i suoi sogni, non era nulla in confronto a questa cupa affermazione. "Una sola persona sta compiendo tutti questi omicidi?".

"Sì. Un cacciatore a sangue freddo che è abbastanza maniacale da lasciare un segno distintivo. Una firma, per così dire".

Phoebe si allontanò da lui, cercando di far entrare l'aria nei polmoni. Dopo l'incidente nei sotterranei e lo scambio di poche parole con Ian, la vaga idea dell'esistenza di un ventre criminale nel mondo era diventata una realtà orribile e terrificante. Aveva affrontato un assassino.

Si sentì sollevata quando sentì che lui le premeva la mano sulla schiena, guidandola verso la casa.

"Ho detto troppo, Lady Phoebe. Mi scuso per avervi detto tutto questo".

La sua schietta descrizione la sorprese solo ora. Quanti uomini, si chiese, sarebbero stati così schietti? Così espliciti? Le donne dovevano essere protette dal sordido e dall'orribile.

"Non scusatevi. Ero lì, Capitano. L'uomo con cui ho combattuto avrebbe potuto essere l'assassino. Potrebbe essere il responsabile della morte dell'altro uomo. Per tutte le altre morti".

La sua mano rimase sulla sua schiena, una carezza gentile che le dava sostegno e conforto attraverso gli strati del vestito.

Si chiese se qualcuno avesse visto un altro attacco, qualcuno che fosse stato vicino come lei. Qualcuno che potesse identificarlo. Per un attimo erano stati solo loro due, predatore e preda. Aveva sentito il coltello dell'assassino che si dirigeva verso la sua gola. Ma i sotterranei erano troppo bui, il momento troppo frenetico. Era stata troppo accecata dalla paura e dal bisogno di combattere per guardarlo in faccia. Ma lui l'aveva vista.

Guardò fuori nella notte. Potrebbe essere là fuori, nell'oscurità, adesso. In attesa di colpire. Di finire ciò che aveva iniziato.

Le balenò il pensiero che forse Sarah era stata vittima dello stesso uomo. Ma esitava a chiedere, non volendo scavare nelle ferite che Ian stava ancora curando.

Si fermarono davanti alla porta che conduceva alla casa e Phoebe provò uno strano senso di smarrimento quando lui tolse la mano dalla sua schiena.

"Questa tragedia è solo un incidente in mezzo a una marea di corruzione e omicidi che dilagano nelle roulotte di Edimburgo". Il suo volto era in ombra. "Non so a cosa si riferisca il vostro romanzo. Ma vi prego, non mettetevi mai più in un simile pericolo".

Il Capitano Bell aveva mantenuto il suo segreto. Non aveva denunciato Phoebe alla sua famiglia. Aveva creduto alla parziale verità che lei gli aveva raccontato. Lei gliene fu grata. Ma fu la sua preoccupazione a toccarla più profondamente di quanto avrebbe mai immaginato. Sentì l'emozione, il dolore, che si leggeva nelle sue parole. Stava pensando anche a sua sorella, Sarah.

"Mi dispiace", disse dolcemente, toccandogli il braccio. "Ho detto molte cose, ma nulla giustifica quello che è successo".

Fissò il suo petto, non fidandosi di guardarlo negli occhi. La tristezza, come un attizzatoio rovente, si incuneò nel suo petto e fece uscire un rimpianto a lungo sepolto; non aveva avuto il coraggio di dire le parole che aveva nel cuore al funerale di Sarah.

"La parte più sconvolgente di tutto questo, in questo momento, è sapere cosa vi ho fatto. Il fatto di portare a galla ricordi amari. Per questo, non posso offrire alcuna scusa. Sarah era mia amica. Le volevo un bene dell'anima. Ma poi la tragedia si è abbattuta su di lei. Un giorno era nelle nostre vite e il giorno dopo non c'era più". Sentì la sua voce tremare. Il suo volto vacillava nella sua visione mentre le lacrime le bruciavano gli occhi. "Qualunque sentimento di perdita io abbia provato, so che non era nulla in confronto a quello che avete sofferto voi. La prolungata ricerca. E poi... il giorno del funerale... vedere come avete sofferto... "

Una singola lacrima si liberò e trovò un percorso lungo la sua guancia. Ne seguì un'altra e lei la scacciò via.

Lui la tirò con forza tra le sue braccia e lei lo lasciò fare di buon grado. Le mani di lei gli circondarono la vita. Appoggiò il viso sul suo petto, sentendo il battito del suo cuore.

I meccanismi della sua indole, il modo in cui si sentiva e persino agiva, erano sempre talmente estremi. In questo momento, il suo cuore soffriva per quello che lui aveva sofferto, per quello che lei gli aveva fatto soffrire.

"Perdonatemi. Non avevo intenzione di rivangare la tragedia della morte di Sarah".

"Non c'è nulla da perdonare. Vi siete preoccupata per lei", disse a bassa voce. "Pensate che sia mai lontana dai miei pensieri?".

"No", mormorò Phoebe. "Come potrebbe esserlo?".

Ian le accarezzò la schiena e poi, afferrandole le braccia, la spinse lontano quanto bastava per guardarla in faccia.

"Promettetemi che non vi metterete mai più in questo tipo di pericolo".

"Ve lo prometto".

Rimasero fermi, le mani di lui sulle braccia di lei, i loro corpi così vicini.

E all'improvviso, il resto del mondo cessò di esistere. C'era Ian. Il suo viso, con i suoi spigoli duri e le sue linee aspre. Vide la tenerezza e la vulnerabilità nei suoi occhi. Aveva desiderato quel momento per gran parte della sua vita.

Prima che potesse pensare di fermarsi, Phoebe sollevò la mano sulla sua guancia. Sentì l'ombra ruvida dei baffi e poi la punta delle dita si spostò sulle sue labbra. Erano sorprendentemente morbide. I loro sguardi si incrociarono e lei vide il desiderio nei suoi occhi.

Ritirò la mano, sapendo di aver esagerato. "Non avrei dovuto..."

Lui le schiacciò le labbra sotto le sue, mettendola a tacere. I palmi delle mani di Phoebe premevano contro il suo petto, ma il suo corpo non riusciva a trovare la forza per allontanarlo. Era da tanto tempo che non sentiva una scintilla dal bacio di un uomo, ma non aveva mai provato il calore bruciante che Ian accendeva in lei.

Lui approfondì il bacio e le ginocchia di lei si indebolirono. Si appoggiò alle pareti di pietra dell'edificio. Lui la seguì, premendo contro di lei. L'eccitazione le percorreva corpo in modo delizioso. Lo voleva ancora più vicino. Le sue mani si spostarono verso l'alto, scivolarono intorno al suo collo e modellarono le sue morbide curve contro il suo corpo duro e potente.

I sogni della sua giovinezza erano tornati. Troppe volte lo aveva immaginato, si era vista avvolta nell'abbraccio di Ian, protetta dalle ombre della notte, persa nella passione del loro bacio.

Phoebe sentì il momento in cui un senso di urgenza lo colse. Le sue braccia si strinsero intorno a lei. La pressione delle sue labbra aumentò e lei si sciolse nel bacio. La sua lingua era morbida e insistente e lei si aprì a lui quando iniziò ad assaggiare, a gustare, a esplorare la consistenza della sua bocca.

Mai prima di allora il suo corpo aveva bruciato in questo modo, bruciato dal solo tocco delle labbra e della lingua. Mai prima di allora aveva desiderato di più. Ma ora lo voleva. La sua lingua rispose a quella di lui, diventando sempre più audace mentre il suo sapore, il suo profumo, la pressione del suo corpo la stordirono. Il calore, il desiderio crudo che cresceva in lei era diverso da qualsiasi cosa avesse mai immaginato.

Phoebe non sentì nemmeno il rumore finché Ian non interruppe bruscamente il bacio e fece un passo indietro. Due persone si stavano avvicinando lungo il sentiero che portava alla sala da ballo. Stavano parlando e ridendo. Ian la fissava in silenzio negli occhi e lei ardeva di eccitazione, quasi sopraffatta da ciò che era appena successo.

Gli intrusi si fermarono all'ingresso del giardino quando la musica ricominciò. I due erano li per restare.

"Devo andare a Bellhorne per qualche giorno", le disse Ian, con la voce che sembrava affaticata.

"Tornerò a Edimburgo alla fine di questa settimana". Non sapeva cosa l'avesse spinta a parlare così apertamente dei propri piani. Sì, eracosì. Gli stava offrendo la possibilità di contattarla se avesse deciso di farlo.

"Edimburgo, allora è così". Un sorriso gli increspa il labbro. "Mi promettete di non creare problemi e di non mettervi in pericolo fino al mio ritorno?".

Le stava chiedendo troppo. Doveva ancora scrivere un articolo incendiario. E aveva ancora bisogno delle informazioni del signor Leech.

"Fino al vostro ritorno", promise.

Il vento, appesantito dall'odore di salsedine del porto e del pesce, sferzava la città buia, tirando le imposte e i tetti di paglia e disperdendo il sonno di coloro che vi si erano rannicchiati. Le finestre tintinnavano violentemente, come se i predoni provenienti dalle paludi stessero battendo contro i vetri, minacciando di entrare. I bambini si aggrappavano l'uno all'altro nei loro letti e gridavano che era arrivata la strega della morte. Nuvole sfilaccite attraversavano la faccia della luna morente e, nel mare in tempesta, marinai malconci si aggrappavano a rozze miniature di persone care mentre le loro navi si alzavano e si abbassavano, tremavano e gemevano. Se questa era l'estate, quale male sarebbe sceso con le aspre raffiche settentrionali dell'inverno?

Ma i mostri non vagavano all'esterno. Abitavano all'interno.

Spinse via le carte sul tavolo e si alzò per fissare il chiavistello della finestra. Era stata una notte non molto diversa quando aveva iniziato il suo viaggio. Quando li aveva sentiti per la prima volta.

Sei stato scelto. Vendicaci.

Non aveva ancora compiuto quindici anni quando uscì nella strada buia per rispondere alla convocazione.

L'uomo si trovò sulla sua strada per caso, inciampando fuori dalla taverna. I rumori della baldoria lo seguirono fuori dalla porta, ma l'ubriacone arrivò da solo.

Il coltello gli bruciava in mano. Era lo stesso strumento che usava per affilare le penne e per tagliare lo stoppino. Ma quando le voci lo chiamavano, la lama prendeva nuova vita. Era Excalibur, la claymore dei Wallace, la spada di Drogheda.

Vendicaci.

Mentre tracciava il filo tagliente sulla gola dell'ubriacone, sentì il Fuoco delle Ere accendersi dentro di lui. Il potere gli scorreva nelle vene. L'odore dolce e ferroso del sangue inondò i suoi sensi, sovrastando il cattivo odore della palude.

Finiscilo. Marchialo. Come hanno fatto con noi. Segnalo.

Lo segnò. Tutto finito.

Finché non gli parlarono di nuovo, il Prescelto. E ancora. E ancora...

Capitolo Cinque

Castello di Bellhorne
Fife, Scozia

IN CIMA ALLA SALITA, Ian fece rientrare il suo cavallo e guardò a sud verso il lontano Firth of Forth, scintillante sotto il sole di mezzogiorno. Togliendosi il cappello, respirò l'odore della prima fienagione mentre aspettava che il responsabile della tenuta, il signor Raeburn, lo raggiungesse.

Era cresciuto in quella terra. Conosceva ogni campo e vicolo, ogni ruscello scintillante e ogni verde radura. Conosceva ogni inquilino e ogni pescatore del villaggio. Bellhorne era la sua casa.

L'aveva lasciata per la prima volta durante la guerra. Prendendo un incarico nella cavalleria, Ian aveva servito "con distinzione" in Germania e Danimarca e poi nella Penisola. Ferito gravemente e catturato dai francesi a Talavera, aveva saputo della morte del padre solo dopo essere stato rilasciato. Così tornò a casa a Bellhorne per riprendersi e assumersi i compiti che la gestione di una vasta tenuta comportava. E questo includeva la cura di sua madre e di sua sorella.

Gli orrori della guerra, tuttavia, avevano lasciato ferite profonde e invisibili che continuavano a fargli male anche dopo la guarigione del corpo. Cavalcare attraverso quelle colline e quei campi era la sua unica via di fuga.

Giorno e notte, in ogni stagione e con ogni tipo di tempo, spingeva il suo cavallo a rotta di collo nel tentativo di esaurirsi. Ciò che aveva visto e fatto durante le guerre, ciò che aveva sofferto nella prigione francese di Lille, continuava a tormentare i suoi sogni. Ma il dolore che lo tormentava allora non era nulla in confronto a quello che la perdita di Sarah gli procurò in seguito.

Dopo il suo omicidio, quella terra che un tempo era stata impregnata di ricordi di innocenza giovanile divenne un monito nitido e costante di sua sorella e di come non era riuscito a proteggerla.

E ora gli rimaneva solo sua madre.

Ian spostò la sua attenzione verso l'estremità nord della valle che portava al villaggio di pescatori. Le quattro torri collegate del Castello di Bellhorne erano appena visibili sopra gli alberi del circostante parco dei cervi. Era sicuro che Fiona Bell fosse già sulla terrazza che si affacciava sull'amato giardino, a sistemare le rose che aveva appena tagliato per abbellire la loro tavola.

Dolce come le rose che custodiva, sua madre era ancora più fragile nel corpo e nella mente.

Ian non era impaziente di cenare, ma lo considerava un dovere. Tutto a Bellhorne era ormai organizzato per mantenere intatto il mondo delirante in cui viveva sua madre. E questo includeva tenerla lontana da tutti i vicini e gli amici che partecipavano all'elaborata farsa, tranne un numero limitato.

Lo sguardo di Ian vagò verso il prato che costeggiava il lago e il nodo doloroso nel suo petto si ingrossò. Fu lì che insegnò a Sarah a cavalcare quando non aveva ancora cinque anni. In tante mattine fredde e umide, avevano pescato insieme in quel lago, isolati dal resto del mondo dalle pesanti nebbie di Fife. Espirò un lungo respiro.

Era così difficile stare a casa. Non c'era modo di evitarlo.

Raeburn spronò la sua robusta cavalla su per la collina e si fermò accanto a lui. Dalla morte di Sarah, l'uomo si era assunto più della sua parte di responsabilità per la gestione di Bellhorne.

Immediatamente, l'attenzione dell'amministratore della tenuta fu attirata da uno dei cottage degli affittuari sottostanti. Una mucca si trovava a metà della porta del locale.

"Maledetto vecchio rimbambito", disse scuotendo la testa in segno di disgusto. "Se gliel'ho detto una volta, gliel'ho detto una dozzina di volte. Non permetterò che tenga quella dannata mucca nel suo cottage".

Ian si rimise il cappello. "Non importa, Raeburn. Il lavoro viene svolto. Le fattorie stanno andando abbastanza bene. Ovunque guardi, vedo le prove del tuo duro lavoro".

Il manager iniziò a borbottare, ma sembrava soddisfatto del riconoscimento ricevuto da Ian.

"Andiamo a casa. La cena sarà servita a breve e non voglio far aspettare mia madre".

Mentre scendevano dalla collina, Raeburn lo aggiornò sui progressi di una nuova stalla da latte in costruzione.

"Forse domani potremo andare lì e vi mostrerò cosa c'è ancora da fare".

Mentre il direttore della fattoria finiva di parlare degli affittuari, della resa del grano e del bel tempo estivo, Ian pensò a quanto Bellhorne sarebbe stato un luogo idilliaco per un poeta o uno scrittore.

Phoebe. Pensava che sarebbe stata a Edimburgo prima del suo ritorno.

Il ricordo del loro bacio gli tornò in mente, provocando una stretta nei suoi lombi. La pienezza delle labbra di lei, la curva del suo lungo corpo contro quello di lui, il suono morbido e struggente in fondo alla gola di lei. Pensandoci ora, era ben consapevole che stava accadendo qualcosa tra loro. Qualcosa che aveva fatto saltare i legami sicuri che teneva sotto controllo.

Non l'aveva seguita in giardino per baciarla. Voleva delle risposte e sentiva che lei doveva sapere dell'omicidio. Doveva capire il potenziale destino a cui era sfuggita per poco. Voleva che fosse spaventata. Non era del tutto sicuro di aver raggiunto questo obiettivo.

Phoebe Pennington godeva di ricchezza e posizione in quanto quarta figlia del Conte e della Contessa Aytoun e Ian sapeva che la sua famiglia le permetteva di fare ciò che voleva. Tuttavia, la turbava l'idea che potessero venire a conoscenza del suo vagabondaggio nei sotterranei. Ma quale famiglia non avrebbe temuto per l'incolumità di una figlia in tali circostanze?

Il suo volto riprese forma nella sua memoria e fu stupito dalla forza della sua attrazione per lei. Phoebe, che aveva visto molte volte quando Sarah era ancora viva, aveva a malapena attirato la sua attenzione. Non aveva mai apprezzato la sua bellezza vibrante, né la sua lingua veloce e la sua natura passionale. Non sapeva nulla della sua natura avventurosa.

Era affascinato da lei.

Poi, c'erano le parole che gli aveva detto in giardino sul giorno del funerale di Sarah. *Vedere come soffrivate.*

"Spero che non vi offendiate, Capitano", disse Raeburn, interrompendo i suoi pensieri. "Ma io e mia moglie abbiamo ospitato un suo cugino nei giorni scorsi, quindi oggi dovremo assentarci dalla cena. Ma il vecchio noioso partirà per Edimburgo domattina, sia lodato il Signore, e ho detto a tua madre che saremmo stati onorati di unirci alla famiglia domani".

Ian annuì. Era estremamente grato alle persone che facevano visita a Fiona, anche quando lui non c'era. La moglie di Raeburn era una sostenitrice particolarmente gentile e solida.

"Per caso conosci l'opinione della signora Raeburn su come sta mia madre?".

"Sì, signore. Ne parlavamo proprio l'altro giorno", gli disse il direttore. "Dice che, più di prima, l'umorismo di Lady Bell riflette il modo di fare di coloro che la circondano. Quando la governante brontola con un domestico, anche vostra madre riceve i brontolii. E il Dr. Thornton, con le sue parole schiette e i suoi modi burberi, può agitarla. Ma il curato, Mr. Garioch, riesce sempre a farle tornare il sorriso sulle labbra. E naturalmente c'è vostra cugina, Mrs. Young. È un angelo quella donna. Non potrebbe essere più gentile nemmeno se fosse sangue del sangue di Lady Bell, e rallegra tua madre all'infinito. Quella donna è una manna dal cielo".

Una delle cose migliori che Ian aveva fatto dopo la scomparsa di Sarah era stata quella di invitare la cugina vedova Alice a tornare da Baltimora per vivere a Bellhorne e fare da dama di compagnia alla madre. Per quanto riguardava il dottore, il curato e tutti gli altri, non poteva immaginare un gruppo più affidabile per aiutarlo a proteggere sua madre dall'orrore della morte di Sarah.

Lasciato il cavallo alle scuderie, Ian fu accolto in casa dal maggiordomo.

"È arrivato il dottor Thornton?" chiese.

"Proprio così, Capitano. Tutti gli ospiti sono in giardino con Lady Bell e Mrs. Young. Saranno in otto a cenare, signore".

"Molto bene. Se mia madre te lo chiede, dille che scenderò a breve".

Lucas gli aveva preparato l'abbigliamento per la cena al piano di sopra. Mentre Ian si ripuliva e si vestiva, si ricordò che doveva trovare un momento di intimità con il dottore. Il mese prima, Thornton aveva parlato di un medico che aveva intenzione di visitare a Edimburgo. Quell'uomo era un esperto di patologie cardiache. Sperava di scoprire se ci fosse una correlazione tra gli occasionali attacchi di vertigini che affliggevano la madre di Ian e il suo cuore indebolito.

Ian si fermò un attimo davanti all'arco di pietra che conduceva al giardino prima di rendere nota la sua presenza. Una coppia del villaggio e la loro figlia erano gli altri membri della festa. In quel momento gli ospiti sembravano un piccolo gregge di pecore che seguiva il campanile. Stavano uscendo da un viale di azalee in fiore.

Sua madre era molto orgogliosa di quei giardini. Prima che lui nascesse, aveva supervisionato la semina delle interminabili file di fiori, piante erbacee e persino ortaggi. Negli ampi viali erbosi che separavano le aiuole, Ian e gli altri bambini della tenuta avevano corso a piedi nudi tra i fiori estivi dolcemente profumati: un miscuglio di rosso e giallo, blu e bianco. Ancora oggi ricordava sua madre in ginocchio tra la flora, che rideva e salutava mentre passavano.

Ma tra tutte le piante di quel magico giardino, quella che le stava più a cuore erano le sue rose.

"Una piantata per ogni anno di vita di mia figlia", diceva Fiona ai suoi visitatori. Anche adesso la vedeva appoggiarsi al suo bastone dalla testa d'avorio e indicare le singole rose, bianche, rosa e rosse, mentre il gruppo si aggirava lungo il muro del giardino. Parlando incessantemente, indicava i colori e senza dubbio condivideva una serie di informazioni su ogni cespuglio.

Ian notò lo scialle intorno alle sue spalle. Era più spesso e più caldo di quelli che indossava di solito in quel periodo dell'anno. Alice camminava dietro di lei, allungando di tanto in tanto una mano per aiutarla.

Il dispiacere formò un pugno chiuso nel suo petto. Fiona Bell aveva solo cinquant'anni, ma i capelli grigi, la schiena china e i passi incerti facevano pensare a una persona molto più anziana. Era come se ognuno dei tre anni trascorsi dalla morte di Sarah l'avesse fatta invecchiare di un decennio. E ogni volta che Ian tornava a Bellhorne, il che accadeva almeno una o due volte al mese, gli sembrava che sua madre fosse ancora più debole.

Il gruppo era abbastanza vicino da permettergli di sentire.

"Ho mai detto che ho perso due figli tra mio figlio e Sarah?", chiese al suo pubblico. Non aspettò una risposta e ha continuato. "Due gemelli".

Era una storia spesso raccontata, che i presenti avevano sicuramente sentito numerose volte. Ian era obbligato a ringraziare gli ospiti per la loro attenzione e per la dimostrazione di simpatia con cui avevano permesso alla donna anziana di ripetere il suo racconto.

I suoi fratelli. Ian aveva solo tre anni e i suoi vaghi ricordi provenivano più che altro dal racconto dei difficili sei mesi trascorsi dalla nascita dei ragazzi alla loro morte. Avevano lottato contro una malattia dopo l'altra fino a quando una febbre li aveva portati via. E poi erano passati sette anni prima che nascesse Sarah.

"La mia prima figlia. La mia unica figlia", disse Fiona felice, toccando i delicati fiori rosa di un cespuglio di rose. "Mio marito mi portò una pianta di rose subito dopo aver posato gli occhi sulla nostra bellissima bambina. E questo ha dato inizio al nostro rituale. Da allora ne piantiamo una all'anno, il giorno del compleanno di Sarah".

La moglie della coppia del villaggio elogiò il giardino e chiese informazioni sul lavoro svolto per curarlo. La madre di Ian fu più che felice di spiegarsi. Continuarono a percorrere la fila di rose e un attimo dopo erano fuori dal campo visivo.

Le visite, le cene, i momenti in cui Fiona raccontava le storie della sua vita e mostrava agli ospiti il suo prezioso roseto significavano molto per lei. Erano gli unici momenti in cui mostrava un accenno della donna vivace che era un tempo.

Ian entrò nel giardino e il signor Garioch fu il primo a vederlo. Il curato era in piedi con il Dr. Thornton, che gesticolava con la sua consueta animazione mentre parlava. Garioch indicò l'arrivo di Ian e i due uomini attraversarono i viali erbosi per raggiungerlo.

"Sono contento che siate tornati in tempo per socializzare prima di cena, Capitano", disse il curato, voltando le spalle al piccolo gruppo che seguiva la madre di Ian.

"Il signor Garioch è arrivato un po' in anticipo questo pomeriggio", chiarì il dottor Thornton. "E l'uomo si è già saziato delle attenzioni delle signore. In particolare di quella ragazza. Si ostina a chiedere la sua opinione su ogni questione insignificante che le viene in mente".

Ian vide la giovane donna lanciare un'occhiata di sconforto nella loro direzione e sua madre le fece cenno di prestare attenzione a Lady Bell. Da quando la famiglia di Ian lo conosceva, il curato aveva sempre avuto quell'effetto sulle donne. Estremamente bello, al punto da essere occasionalmente definito "bellissimo" dalle signore, Peter Garioch suscitava l'interesse delle donne della parrocchia con i suoi brillanti occhi azzurri, i capelli dorati e i suoi modi dolci e piacevoli. Il Dr. Thornton, invece, era in netto contrasto, con il suo volto rugoso e segnato dalle battaglie e i suoi modi bruschi e burberi. L'uomo non sopportava gli sciocchi ed era noto per dare sfogo al suo temperamento irascibile quando riteneva che un paziente gli facesse perdere tempo.

La ragazza stava cercando di liberarsi e di andare verso di loro, ma la mano ferma della madre la teneva ferma.

"Ma se non desiderate la loro adulazione", consigliò bruscamente il dottore, "allora non trattateli come fate voi. Non fate altro che incoraggiarli. Così gentile e comprensivo, anche quando quello sciocco si lamentava per delle stupidaggini".

"È mio dovere, Thornton, trattare tutte le creature del Signore con la stessa gentilezza, indipendentemente dal loro sesso. E questo include anche voi".

"E voi pensate che a me importi un fico secco di come vi rivolgete a me!" brontolò indignato il dottore.

Ian sapeva che i due scapoli erano in grado di discutere su questo argomento, e su qualsiasi altro, per ore, ma in quel momento non gli interessava sapere a cosa si fosse riferito il sermone di Garioch della domenica prima. Né era particolarmente interessato al fatto che ogni paziente donna che il dottore aveva visitato quella settimana insisteva nel raccontargli le osservazioni sulle scritture fatte dal curato. Lanciò un'occhiata a sua madre e alle sue compagne. Tra poco avrebbero terminato il giro dei giardini e Ian voleva parlare con il dottore prima di cena.

"La vostra visita a Edimburgo", interruppe rivolgendosi a Thornton. "Avete avuto modo di parlare di mia madre con il vostro collega dell'università di medicina?".

"Non l'ho fatto. Mentre ero lì si è presentata una questione urgente e non ho avuto il tempo di vederlo". Thornton non fornì ulteriori dettagli e rivolse lo sguardo al suo paziente. "Ma gli ho scritto due giorni fa e l'ho invitato a venire a Fife per una visita. Sarebbe meglio se vostra madre fosse visitata da lui personalmente".

A Fiona Bell era stata diagnosticata un'angina una decina di anni fa e Ian l'aveva convinta a lasciargli organizzare un viaggio a Edimburgo o a Londra. Voleva che si facesse visitare regolarmente da un esperto, come aveva fatto negli anni precedenti alla scomparsa di Sarah. Da allora, però, si rifiutava di lasciare Bellhorne e non accettava l'idea di rivolgersi ad altri medici oltre a Thornton. Anche se Ian si fidava delle capacità mediche dell'uomo, era d'accordo con il dottore che un secondo parere da parte di un esperto era necessario.

"Come sapete", disse Ian, "potrebbe mettere delle resistenze".

"Aiuterò il dottore a convincerla, Capitano", aggiunse il curato.

"Dovrei avere notizie da Edimburgo molto presto", gli assicurò Thornton quando la voce di Fiona li raggiunse. Il gruppo sembrava aver completato il proprio giro in giardino. "Mi occuperò dei preparativi".

"Ah, Ian. Sei tornato", esclamò sua madre quando lo vide. Non poté ignorare la nota di sollievo nel suo tono e l'ombra che si era insinuata nel comportamento dell'anziana donna. Non l'aveva notata quando l'aveva osservata dall'arco del giardino.

Ian andò da sua madre e la baciò sulla guancia. Mentre dava il benvenuto agli ospiti del villaggio, Fiona non disse nulla ma tenne il suo braccio stretto contro di sé. Lui lanciò un'occhiata interrogativa alla cugina, ma lei si limitò a scuotere la testa e a fare un gesto verso i giardini.

Gli ospiti si misero in fila per entrare nella sala da pranzo e Alice accettò le braccia del curato e del dottore, mentre la giovane donna del villaggio osservava stizzita la disposizione.

Mentre Ian accompagnava sua madre verso la casa, lei sospirò pesantemente e guardò i giardini alle sue spalle.

"Cosa c'è che non va, mamma?"

Stava torcendo il manico intagliato del suo bastone con mani sottili e pallide. "Le rose di Sarah".

"E loro?"

Sospirò di nuovo infelicemente.

"La ventesima. La rosa che abbiamo piantato per il ventesimo compleanno di Sarah. Te la ricordi?" chiese, con la voce tremante. "Voleva piantarla lei stessa. Si mise a carponi. La mia dolce ragazza era coperta di terra; quel giorno rovinò un vestito. Ma non le importava. Tu... ... vuoi tu... . . ?"

"Me lo ricordo chiaramente", disse. "Voleva piantare una Scots Rose, una rosa bianca a doppio fiore, diversa dalle altre".

"La mia rosa avrà un'aureola di profumo e produrrà bellezza eterna", aveva detto", sussurrò Fiona. "E aveva ragione. Anno dopo anno, quella pianta ha continuato a far vergognare il resto del giardino".

Si portò un pugno alla bocca.

"Qualcuno ha tagliato dei fiori senza il tuo permesso?".

Scosse la testa, i suoi occhi invecchiati si riempirono di lacrime.

"Per favore, dimmi cosa è andato storto?", chiese, pronto a tornare in giardino per correggere qualsiasi cosa non andasse. Odiava vederla turbata. Era l'opposto di tutto ciò che stava cercando di fare.

Quando era partito per la guerra, Fiona aveva pianto amaramente al pensiero di perderlo. Sarah gli raccontò in seguito quanto avesse sofferto la loro madre. Ogni settimana, mese e anno che passava, era diventata fisicamente più fragile. Peggio ancora, qualcosa nel suo spirito si era indebolito, come se una lama sottile avesse perforato la sua anima, permettendo alla sua stessa essenza di sanguinare lentamente e costantemente.

Tutti i racconti dei mesi terribili in cui pensavano che fosse morto sul campo di battaglia lo tormentavano ancora. Suo padre era stato cupo, inconsolabile, e la piccola lacerazione nell'anima di Fiona era diventata una spaccatura. Non avere notizie su come fosse morto o su dove fosse sepolto non faceva che aggravare le loro sofferenze. Alla fine, la tensione era stata eccessiva e suo padre cadde, colpito da apoplessia mentre vagava da solo per i campi una sera.

Solo due settimane dopo, a Bellhorne arrivò la notizia che Ian era vivo in una prigione francese. Ma era troppo tardi.

Al ritorno di Ian, sua madre si riprese. Il suo attaccamento ai figli aiutò Fiona a superare la perdita del marito, anche se la sua salute non sarebbe mai stata la stessa.

Ian sapeva che perdere una figlia sarebbe stato il colpo finale. Non sarebbe mai sopravvissuta.

Per quanto lo uccidesse vivere in un mondo di menzogne e di falsità, avrebbe fatto qualsiasi cosa per risparmiarle anche solo un momento di dolore. Aveva fallito nel suo dovere di proteggere sua sorella. Sarebbe stato dannato se avesse lasciato che sua madre soffrisse ancora.

"La sua rosa bianca sta morendo", disse Fiona con voce sofferente. "I fiori sono sbocciati ma hanno faticato ad aprirsi e ora le foglie stanno diventando marroni. È l'unica che sta morendo e niente di quello che faccio la aiuta".

Il ventesimo. Da allora erano state aggiunte altre tre rose, una per ogni compleanno, ognuna piantata con la scusa che sua sorella era viva e viveva in America. Ma quella che doveva morire, ovviamente, era la rosa che Sarah aveva piantato con le sue stesse mani.

La sua dolce sorella perduta. L'unica costante di felicità e vita in quella famiglia.

Ian si portò la mano della madre alle labbra. "Quest'autunno, per il suo compleanno, potremo piantare due arbusti. Uno nuovo e uno per sostituire il ventesimo".

Una lacrima scese sul viso pallido e rigato. "Non sarà più lo stesso".

Non sapeva cosa dire, cosa offrire per farle dimenticare le rose. Per tre anni, leggere lettere inventate da lui, piene di racconti sulle avventure di Sarah in America, era stato sufficiente. Ma ora non più.

"Voglio che torni", disse lei, agitando il bastone da passeggio verso di lui. "E prima che tu ti opponga e mi dica tutte le cose in cui mia figlia è coinvolta con la proprietà di tuo padre a Baltimora, dille che le sto chiedendo solo una visita. Una *visita*. Non è chiedere molto, no?".

Ian guardò gli occhi lacrimosi della donna che per lui significava tuttto e rimase senza parole.

"Lei ti ascolta, Ian. Voi due avete un legame più forte della maggior parte dei fratelli e delle sorelle. Se glielo chiedi, non te lo negherà. Quindi, per favore, chiediglielo per me. Fai in modo che accada".

Per lui mentire era un'agonia e Ian lo aveva fatto tante volte fino a quel momento. *Fallo accadere*.

"Ti prego, riporta la mia Sarah per una visita prima che io muoia".

Le ultime parole furono un pugnale conficcato nel suo petto. Non voleva pensare alla sua morte. Era sua madre. Era legato a lei, in carne e ossa, cuore e anima. Non avrebbe mai potuto vederla soffrire.

"Cercherò di fare in modo che accada. Glielo chiederò nella mia prossima lettera", disse. Stava mentendo ancora una volta, ma per lei avrebbe accettato la dannazione eterna senza mai tirarsi indietro.

Fiona lo guardò con sorpresa. Poi un sorriso, seguito dalla sua risata increspata che mancava a Bellhorne dalla scomparsa di Sarah.

"Sta tornando a casa. Torna dall'America", esultò, rivolgendosi ai loro ospiti.

Ian guardò sopra la sua testa i volti sbigottiti di suo cugino, Garioch e Thornton.

Un'altra bugia. Un altro mattone nel muro di falsità che aveva costruito.

Ma quando sarebbe finita? Per quanto tempo avrebbe permesso a sua madre di aggrapparsi alle speranze che lui stesso le aveva dato? Per quanto tempo avrebbe potuto proteggerla dalla verità?

Si stava avvicinando il momento in cui avrebbe dovuto dirle che nessuna lettera, nessuna supplica e nessun miracolo avrebbero mai riportato Sarah a casa.

Capitolo Sei

A METÀ POMERIGGIO dell'ultimo giorno di giugno, la città pulsava di vita. E Phoebe lo adorava.

Amava l'affollato trambusto delle strade di Edimburgo. Mentre la sua carrozza scendeva dagli stretti confini di West Bow verso lo spazio più aperto del Grassmarket, il suo cocchiere si faceva strada tra la folla di lavoratori, carrettieri, venditori e le immancabili bande di straccioni scalzi. Nei palazzi che fiancheggiano le strade fangose, le donne stendevano il bucato su pali di asciugatura improvvisati. Le porte dei negozi e dei commercianti si aprivano al calore estivo e, lungo tutta la strada, la gente si affrettava a passare, intenta alle proprie vite.

Lasciata la casa di New Town, avevano aggirato il paludoso North Loch e avevano raggiunto Duncan all'estremità inferiore di Warrender's Close, già immerso nell'ombra proiettata dalla fortezza in alto.

Sicurezza. Attenzione. Discrezione. Phoebe si stava occupando diligentemente di tutto ciò che aveva promesso alla cognata durante la loro lunga chiacchierata a Baronsford. Grace ora sapeva cosa faceva, il giornale per cui scriveva e il nome falso con cui scriveva. Phoebe non fu sorpresa di scoprire che Grace conosceva il suo lavoro. La donna era un'avida lettrice con una memoria sorprendente e parlarono nel dettaglio delle quattro rubriche che aveva scritto fino a quel momento.

Tuttavia, Phoebe non aveva alcun desiderio di accrescere le preoccupazioni di coloro che amava, quindi il viaggio nei sotterranei non faceva parte della discussione. E nemmeno l'attacco e la lotta con un assassino senza volto. Tuttavia, Grace le fece una lunga lezione sulla necessità di sicurezza, cautela e discrezione.

Così tipico di Grace, pensò in quel momento, guardando fuori dal finestrino della carrozza. Non una parola che la scoraggiasse dal perseguire la sua passione. Solo un'attenta raccolta e organizzazione di informazioni sulla vocazione di Phoebe da utilizzare per costruire l'argomentazione che avrebbe usato in seguito per tranquillizzare suo marito Hugh.

La sua vocazione. Sorrise, sentendosi già giustificata.

Grace lo avrebbe detto a Hugh e la sua reazione avrebbe senza dubbio influenzato il modo in cui i loro genitori avrebbero accolto la notizia.

Phoebe sapeva che sarebbero stati comunque un po' ansiosi. Per quanto riguardava la società, una persona della sua classe che percorreva una strada del genere, in particolare una donna, sarebbe stata percepita come scandalosa. Ma i Pennington, come famiglia, avevano una lunga storia di scandali alle spalle. Inoltre, occupavano una posizione nella società che il ton e i potenti non potevano permettersi di ignorare. Lei stava solo tenendo fede all'eredità della famiglia. Come diceva Millie, non sarebbero mai stati noiosi.

Tuttavia, "sollevata" era il modo migliore per descrivere come si sentiva. Così come Millie, sapendo che non stava tradendo la loro famiglia mantenendo il segreto di Phoebe.

Quando il suo cocchiere si avvicinò a Candlemaker Row, un piccolo gregge di pecore che veniva condotto al mercato passò davanti a loro e i due giovani pastori guardarono la carrozza con curiosità.

"Siamo arrivati, milady", disse Duncan, guardando la città che conosceva così bene.

"Lo vedo", rispose lei, con l'ansia che le ribolliva dentro. Aveva già in mente l'articolo. Il tono, l'argomento, la conclusione. L'invito all'azione che sperava i lettori avrebbero colto una volta letto. Le informazioni documentate che Leech avrebbe fornito sugli anziani e gli infermi gettati al freddo sarebbero state il cuore pulsante della rubrica.

La carrozza si fermò davanti a un'apertura ad arco nell'alto muro di pietra. Al di là di un cancello di ferro, una dozzina di gradini conducevano alla Greyfriars Kirkyard. Il cancello era aperto, ma nessuno sembrava entrare o uscire dal cimitero. Era risaputo che il fantasma di Bloody Mackenzie infestava il cimitero a tutte le ore. Poche persone volevano incontrare lo spirito arrabbiato del vecchio Covenanter, anche in pieno giorno.

Era il luogo perfetto per incontrare Leech e ottenere i documenti di cui Phoebe aveva bisogno per la sua rubrica.

"È meglio che quel maledetto furfante sia qui", sbuffò Duncan aprendo la porta della carrozza. Una cosa che le piaceva particolarmente dell'Highlander era che non era mai parco di parole con lei. "Perché mi sto un po' stancando delle maledette buffonate di questa canaglia".

Duncan aveva detto a Phoebe che quando aveva trovato Leech quasi insensibile nella fumeria d'oppio nei sotterranei, l'uomo non aveva con sé i documenti. Aveva frugato a fondo tra le sue cose. E anche se aveva ammesso di essere pronto a picchiare quel lamentoso imbroglione e a costringerlo a produrre i documenti, Duncan pensò che fosse meglio riferire la situazione a Phoebe. A quel punto lei era già scomparsa.

"Rimanete qui nella carrozza, milady".

"Nella carrozza. Lo so".

"E non si esce per prendere una boccata d'aria".

"Capisco, Duncan".

"Neanche per sgranchirsi le gambe".

"Fuori, Highlander". Indicò la porta.

"Attenta", la avvertì. "Quelle come voi non hanno il diritto di aggirarsi in un quartiere come questo".

Phoebe stava per ribattere al suo commento "come voi" e fargli capire che era più forte di quanto lui credesse, ma decise di non farlo. Voleva le informazioni di Leech. "Non preoccuparti. So cosa fare".

Il suo sbuffo fece capire che non le credeva. Ciononostante, uscì nella strada stretta.

Guardando attraverso il finestrino aperto, Phoebe lo vide fare un gesto di avvertimento al suo autista prima di attraversare l'arco e salire i gradini del cortile.

Sorrise tra sé e sé. La conversazione con Grace stava già dando i suoi frutti. Oltre a discutere della scrittura di Phoebe, avevano anche parlato di sopravvivenza e di perseguire i propri interessi come donna nella società di oggi. Sua cognata era un'esperta nel riuscire in questo. Negli anni precedenti all'arrivo in Scozia, aveva accompagnato suo padre - un colonnello irlandese dell'esercito di Napoleone - da un campo di battaglia all'altro. Aveva avuto la libertà di andare dove voleva. Ma era rimasta al suo fianco ed era diventata un'assistente essenziale per lui, salvaguardando segreti di stato di grande valore.

Grace aveva suggerito a Phoebe di praticare l'arte del compromesso nei rapporti con il padre. Invece di un conflitto costante, avrebbe potuto cedere un po', a volte. In questo modo, quando aveva bisogno di comunicare con lui su qualcosa di importante, lui sarebbe stato più aperto a comprendere e rispettare i suoi desideri.

Compromesso. Era un termine quasi del tutto estraneo al linguaggio e al temperamento di Phoebe. Ma era disposta a provarlo. E non solo nei rapporti con suo padre, ma anche con Duncan e il Capitano Bell.

All'improvviso, un rivolo di sudore le colò lungo la schiena. La stavano osservando. Phoebe guardò fuori dal finestrino, lontano dal cortile. Un uomo con un mantello scuro stava in piedi davanti alla porta aperta di un negozio e la fissava. Il suo cappello era abbassato, ma gli occhi feroci la fissavano. Prima che potesse reagire al suo disagio, un carro di buoi pieno di barili le bloccò brevemente la vista del negozio e, quando il carro passò, l'uomo era sparito. Guardò su e giù per la strada, ma non c'era traccia di lui. Per un attimo non seppe se l'era immaginato.

Quando il battito di Phoebe rallentò, decise che tutte le parole di avvertimento che aveva ricevuto di recente la stavano influenzando. Da Duncan. Da Grace.

Dal Capitano Bell. Il suo avvertimento era quello che aveva preso più seriamente e non aveva mai smesso di pensare a lui.

Fantasticare su un uomo non era un'attività con cui aveva molta dimestichezza e sognare ad occhi aperti non era il suo stile, ma quella settimana si era ritrovata a passare troppe ore a rimuginare su ogni parola che lei e il capitano si erano scambiati in giardino. Il bacio che avevano condiviso era stato profondamente sconvolgente. Da quella sera, l'ansia di sapere quando l'avrebbe rivisto non aveva mai smesso di tormentare il suo animo. L'avrebbe contattata? Forse lui non ricambiava i suoi sentimenti. L'incertezza era sconvolgente. Negli ultimi giorni, in alcuni momenti le era sembrato di avere di nuovo quindici anni.

Il cambiamento che lui aveva provocato in lei era troppo improvviso, troppo dolcemente inquietante e lei si sforzava di dargli un senso.

Stava decisamente disturbando non solo i suoi pensieri, ma anche la sua vita. "Non posso permetterti di farlo".

"Permettermi di fare cosa?"

Scossa dall'improvviso e dalla vicinanza della voce di Ian, Phoebe si sedette con forza contro il sedile. Le ci volle un attimo per riprendersi.

"Come avete potuto farlo?", disse infine.

"Cosa ho fatto?" Chiese Ian con innocenza, in piedi davanti al finestrino aperto della carrozza. Si tolse il cappello e si passò le dita tra i capelli neri.

Il colore blu scuro del suo cappotto e il broccato blu del suo gilet creavano un netto contrasto con i calzoni color bufalo. Mise uno stivale sporco di fango sul gradino della carrozza, ma fu il suo viso a farle battere il cuore. Era ancora più bello di quando erano insieme in giardino.

"Apparire in modo così inaspettato. Apparire dal nulla". Lo guardò con tutta la ferocia possibile. "Che fine hanno fatto i saluti civili?"

Spazzolò una macchia di fango dal cappello che teneva in mano e poi si inchinò. "Buon pomeriggio, Lady Phoebe".

"Ora mi state prendendo in giro". Gli puntò un dito contro con aria accusatoria. "Mi avete fatto prendere un colpo, capitano".

"Spero non sia una cosa spiacevole".

"Non mi sono mai ... beh, non mi aspettavo di vedervi qui".

"Posso?" chiese, facendo cenno di raggiungerla in carrozza.

Prima di rispondere, Phoebe finse di sistemarsi le gonne e di dare un'occhiata al cancello del cortile. Duncan poteva tornare da un momento all'altro. Non pensava che lo scambio con Leech avrebbe richiesto molto tempo. Sempre che l'impiegato rispettasse il loro appuntamento questa volta.

Il capitano Bell stava aspettando una risposta. Non poteva rifiutare.

"Sì, certo".

Il capitano salì, scatenando tutti i sentimenti che lei aveva cercato di tenere a freno dall'ultima volta che si erano incontrati.

Si sedette di fronte a lei e le sue lunghe gambe si adattarono allo spazio limitato. Posò un pacchetto avvolto in carta e spago sul sedile accanto al suo cappello.

Mentre si sistemava, osservò il suo viso, studiando ogni dettaglio come se la vedesse per la prima volta. Il suo sguardo si soffermò sulle sue labbra. Le sue guance avevano preso fuoco nel momento in cui l'aveva visto e, sotto il suo sguardo, il calore si era intensificato. Phoebe si chiese se anche lui stesse pensando al loro ultimo incontro.

Si costrinse a guardare il pacchetto.

"Siete tornato da Bellhorne oggi, capitano?" chiese.

"Sì. Sono partito stamattina".

"Vostra madre? Spero che stia bene".

"Il meglio che ci si possa aspettare".

Un solco gli increspò subito la fronte e questo le disse molto di più sulle condizioni di Lady Bell di quanto non dicessero le sue parole. Il cuore di Phoebe si strinse alla madre della sua amica e avrebbe voluto avere il tempo di saperne di più, ma non era quello il momento. Non sapeva cosa fare con Duncan.

Annuì al pacco incartato.

"Avete degli affari in questo quartiere?".

"I miei affari sono con voi". Fece un gesto verso la strada all'esterno. "Ma non mi aspettavo di svolgerli qui".

"Cosa volete dire?"

"Solo che mi ha sorpreso raggiungervi in un quartiere come questo e a poca distanza da South Bridge e dalle Volte".

Che le piacesse o meno, che fosse turbata dalla sua presenza o meno, si opponeva alla sua insinuazione di non essere all'altezza della sua promessa.

"Sono seduta in una carrozza, Capitano", ribatté lei, "con un autista e uno stalliere sopra".

"Li ho visti".

"È pieno giorno". Fece un cenno verso la finestra aperta. "E quelli sono scozzesi che lavorano sodo e si fanno i fatti loro".

"Infatti. Uno di quei laboriosi scozzesi è lì dietro che si sta occupando del mio cavallo in questo momento".

"Non rappresentano una minaccia", continuò lei, cercando di non farsi influenzare dal suo tentativo di umorismo. "E voi non avete motivo di criticarmi".

"Sono stato critico con voi, Lady Phoebe?".

"Credo che lo siate stato". Lei lo fissò. "Il vostro tono era piuttosto accusatorio".

"Vi sentite un po' in colpa?".

Se si fosse comportato in modo ostile, dittatoriale o addirittura condiscendente, lei avrebbe saputo esattamente come affrontarlo. Ma non era così. La stava semplicemente prendendo in giro e l'accenno di sorriso le diceva che gli piaceva.

"Non mi sento affatto in colpa per essere qui. Non ne ho motivo. Ma io e voi abbiamo dei precedenti, come ben sapete".

Il suo sguardo si spostò di nuovo sulle sue labbra. "Sì, lo sappiamo".

"Sto parlando dei Vault", disse, cercando di rimanere in tema. "È vero che all'epoca ho esagerato con le bugie. Voi mi avete scoperta. Ma ho promesso di essere prudente in futuro. E lo sto facendo".

"Ed è per questo che poco fa avete mandato Duncan Turner nel kirkyard anziché andarci voi stessa".

Lei lo fissò per un attimo. "Quindi mi *state* seguendo, capitano Bell".

"Non intenzionalmente".

"*Questo* sì che è evasivo, direi". Lei aggrottò un sopracciglio. "O mi avete seguita o non mi avete seguita".

"Non avevo intenzione di inseguirvi fin qui, ma volevo consegnarvi un regalo".

"Un regalo?" *Un regalo.* Dannazione. Quell'uomo sapeva come rovinare una discussione.

Guardò il pacco sul sedile accanto a lui. La sua forma le fece pensare che fosse un libro. Lo raccolse.

"Un regalo". Lo posò con noncuranza sulla sua coscia muscolosa. "Quando sono andato a consegnarlo a casa della vostra famiglia, stavate salendo sulla tua carrozza per partire".

"Avreste potuto tranquillamente avvicinarmi a me quando ci siamo fermati a Warrender's Close".

"È vero. Ma a quel punto la mia curiosità si è risvegliata".

"È un po' troppo sfacciato da parte vostra, non credete, Capitano?", disse lei, provocandolo.

"Anche questo è vero. Ma volevo essere sicuro che il mio dono non fosse stato fatto invano". Fece una pausa, tamburellando con le dita sul pacco. "Non mi dovete alcuna spiegazione, ovviamente, ma sareste così gentile da dirmi perché siete qui?".

Non era obbligata a rispondergli, ma non c'era nulla di male se lui lo sapeva. Non aveva tradito la sua fiducia e lei voleva dimostrargli che meritava la sua fiducia.

"Ve l'ho già detto. Mi piace fare ricerche per il mio lavoro", spiegò affabile. "Sono seduta qui mentre il signor Turner raccoglie informazioni per me nel kirkyard".

Phoebe sperava che non le chiedesse nulla di più specifico su ciò che stava aspettando. Lui non la deluse.

"Allora direi che questo è il momento giusto per darvi questo". Le porse il pacchetto.

Sorrise e aprì l'involucro. All'interno c'era un manoscritto stampato ma non rilegato. Poche cose rendevano Phoebe più felice che ricevere in dono un libro, ma quello era particolarmente speciale. Lesse il titolo ad alta voce. "*Storia di South Bridge e dei suoi dintorni*".

"Questa è una copia in anteprima di una monografia di prossima pubblicazione, scritta da un mio amico", spiegò. "In essa, l'autore ripercorre gli ultimi quarant'anni, dalla concezione originale del ponte alla sua costruzione, fino ai problemi che si sono sviluppati in seguito, compresa una discussione dettagliata sul Vault".

Sfogliò eccitata le prime pagine.

"Non c'è nulla che si possa desiderare di sapere sul Vault che non sia documentato. Disegni, una mappa, descrizioni sorprendentemente schiette delle aziende che hanno occupato lo spazio, sia sopra che sotto. Include persino una sezione sui fantasmi che, a quanto pare, lo infestano". Fece una pausa e la sua voce si fece cupa. "Anche se, come sappiamo entrambi, i mostri là sotto sono molto reali".

Phoebe era stupita e rincuorata dal fatto che lui avesse trovato una fonte di informazioni così preziosa per lei. Anche se non era stata sincera con lui sul motivo per cui era andata nei sotterranei, lui le aveva creduto e si era spinto fino a portarle questa gemma. Si sforzò di trovare le parole giuste per ringraziarlo.

"Ora non dovrete più andare lì sotto".

"Non lo farò mai. Vi ho dato la mia parola". Premette entrambi i palmi delle mani sulle pagine come se stesse giurando su qualcosa di sacro. "Grazie. Ne farò tesoro per sempre".

Sentimenti altamente improponibili e sconvenienti le pulsarono dentro. Lui l'aveva sorpresa. L'aveva affascinata. Come se non fosse già abbastanza attratta da lui.

"Avete detto che presto sarà pubblicato. Farò in modo di acquistarne una copia per la biblioteca di Baronsford. Inoltre, ordinerò delle copie per le case di città qui e a Londra. E per Melbury Hall".

"Non vi ho dato questa prima copia affinché compraste da sola l'intera tiratura". Rise. "Archibald Constable è una forza dominante nell'editoria di Edimburgo. Mi piace quell'uomo, ma non ha bisogno di questo tipo di supporto. Ho sentito che sta facendo un sacco di soldi con alcuni romanzi di un vostro vicino di Melrose, Walter Scott. Tuttavia, sono certo che il furfante sarebbe lieto se tu compraste decine di copie".

Phoebe avrebbe voluto potergli raccontare tutto. L'*Edinburgh Review, il* giornale per cui scriveva, era finanziato da Archibald Constable. Ma se Ian approvava l'editore per il lavoro del suo amico, si chiedeva se avrebbe approvato anche il suo segreto.

Un uomo che scrive un resoconto storico di un ponte.

Una donna, che scriveva articoli che denunciavano le frodi nelle istituzioni corrotte.

Duncan varcò il cancello del kirkyard, ponendo fine al suo dibattito interno. L'Highlander portava un pacco sotto il braccio, ma si fermò in strada, rendendosi conto che c'era qualcun altro nella carrozza.

"Capitano, vorreste accompagnare me e mia sorella Millie in una passeggiata fino ad Arthur's Seat qualche volta questa settimana?".

Lui la guardò con diffidenza. "Mi state facendo di nuovo una proposta?".

"Ecco cosa succede quando mi portate dei regali. Non posso farne a meno".

Sorrise. "Quindi il vostro invito non ha nulla a che fare con il signor Turner che aspetta di ricongiungersi con voi. State dicendo che il vostro improvviso desiderio di liberarvi di me non è assolutamente collegato al ritorno dell'agente?".

Il capitano Bell era fin troppo astuto.

"In effetti, in questo momento vorrei liberarmi di voi". Si lisciò il vestito sulle ginocchia. "Ma sarei felice di rivedervi. Vi interessa?"

"Dopodomani andrebbe bene a voi e a Lady Millie?", rispose lui. "O avete altri impegni in programma per quel giorno?".

Non le importava cosa ci fosse in programma. Il suo unico rammarico era che si trattava di aspettare due giorni. "Molto bene. E mercoledì sia".

Lui chinò il capo e si congedò. Quando iniziò a scendere dalla carrozza, però, lei gli toccò la mano.

"Grazie", disse ancora. "Grazie per questo libro. Ne farò tesoro e me ne prenderò cura".

Le prese le dita tra le sue.

"Il libro non ha molta importanza in linea di massima. Quello di cui voglio che voi facciate tesoro e a cui teniate è la vostra sicurezza e il vostro benessere".

Lo guardò allontanarsi dalla carrozza. Lui e Duncan si scambiarono un saluto quando si incrociarono. L'attenzione di Phoebe si rivolse al manoscritto sulle sue ginocchia e si chiese se il Capitano Bell avesse cercato una mappa o un manoscritto relativo a Greyfriars Kirkyard.

Era colpa sua. Gli aveva dato un sacco di motivi di preoccuparsi per lei. Si chiese se sarebbe mai arrivato il momento in cui lui avrebbe chiesto una visita di cortesia.

"Spero che questo valga tutto quello che avete pagato", disse Duncan, salendo sulla carrozza e porgendole un pacchetto sottile.

L'ansia di Phoebe per quello che c'era dentro era sparita. I suoi pensieri erano ancora rivolti all'uomo che se ne era appena andato. Si affacciò al finestrino in tempo per vedere il Capitano Bell che girava il suo cavallo e si dirigeva verso Grassmarket.

In un attimo scoppiò il caos. L'estremità di quella che sembrava essere un'arma spuntò dal finestrino della carrozza. Phoebe si scostò di scatto, mentre Duncan le balzava in grembo e afferrava il polso della mano che la impugnava. Il guaito di un ragazzo risuonò sulla strada mentre l'agente strattonava il braccio, torcendolo con forza.

"Fottiti", gridò la voce in preda al dolore. "Fottiti, mi stai facendo male. No, non farlo! Non volevo fare del male".

Phoebe afferrò l'oggetto che era stato spinto attraverso la finestra. Riconoscerlo le procurò un enorme sollievo. Il suo bastone da passeggio. Quello che aveva usato contro l'assassino e che aveva perso.

"Non fargli male". Si avvicinò e mise una mano sul braccio di Duncan.

Lo stesso viso magro e senza capelli, la stessa voce gracchiante tra l'infanzia e l'età adulta. Quella notte l'aveva visto bene solo una volta, nel momento in cui aveva gettato un'occhiata spaventata alle spalle del suo inseguitore, ma non aveva avuto dubbi.

"Lo conosco".

Duncan allentò la pressione sul braccio, ma non lo liberò.

"Sei vivo. Buon Dio, sono così felice di vedere che sei vivo".

Aveva pensato al peggio. La perdita di qualsiasi vita era tragica, ma pensare a una persona così giovane uccisa da un assassino spietato aveva intaccato la sua fede nell'umanità.

"Sì, vivo, a parte il fatto che sto per farmi spezzare un braccio". Gridò di nuovo quando Duncan si sedette, tirandolo saldamente contro l'esterno della carrozza. "Ho trovato il vostro bastone. Ve lo stavo restituendo".

"Come ti chiami?" Chiese Phoebe.

Cercò di liberarsi invece di risponderle.

"Rispondi al milady", minacciò Duncan, incoraggiandolo con una leggera rotazione del polso.

"Jock". Fece una smorfia. "Jock Rokeby."

"Dove vivi, Jock?".

Il ragazzo non aveva interesse a rispondere. Invece strattonava e tirava.

"Ce n'è una banda, milady", rispose Duncan sottovoce. "Vivono laggiù. Alcuni di loro sono nati nei sotterranei. Altri sono stati costretti a vivere lì. Nessuno di loro fa del bene al mondo".

"Quindi è questo che ottengo per aver fatto del bene?". Jock si arrabbiò. "Lasciatemi andare".

"Posso aiutarti", disse Phoebe con urgenza, mentre la sua mente correva a cercare di capire quale casa di Jo potesse ospitare un ragazzo della sua età. Purtroppo, non gliene venne in mente nessuna, sul momento: erano pronte ad accogliere donne e bambini. Tuttavia, si sarebbe inventata qualcosa.

"Sì, va bene. La ringrazio, milady". Il tono di Jock era decisamente meno isterico. "La gente sta guardando. Se il vostro amico mi lascia andare, mi siederò con voi e potremo parlare".

Phoebe annuì, facendo un cenno a Duncan che iniziò a protestare. L'agente lasciò il braccio e spinse la porta ad aprirsi. Il ragazzo era già partito e correva come una lepre.

Phoebe saltò subito fuori, pronta a seguirlo, ma la presa di Duncan sul suo braccio la fermò. Un attimo dopo il ragazzo era scomparso lungo Cowgate.

"Non lo prenderete mai, milady. Lui e la sua banda conoscono ogni angolo del Grassmarket e di Leith Wynd". Le lasciò il braccio e si allontanò di un passo. "Le notti, vanno giù alle Vault".

Phoebe ricordò le urla del ragazzo la notte dell'attacco. La stessa cosa poteva accadere di nuovo. Un assassino infestava quei sotterranei. "È in pericolo lì, Duncan".

Annuì. "Non c'è dubbio, ma questo è il suo destino. E quei monelli sanno chi va e chi viene. È così che vi ha trovata. Lasciatelo stare".

Potrebbero conoscere i segreti di quei vicoli sotterranei. Potrebbero sapere come sopravvivere tra i tossicodipendenti, i giocatori d'azzardo e gli altri che frequentano le Vault, ma Jock non sarebbe stato in grado proteggersi dal tipo di forza demoniaca che entrambi avevano affrontato laggiù. Nessuno poteva farlo.

"Ma posso aiutarlo".

"Ne abbiamo già parlato, milady. Non si possono salvare tutti dando loro denaro o un rifugio. È tutto un “oggi c'è e domani non c'è”. L'ex conestabile le aprì la porta della carrozza per farla rientrare. "Ma forse potreste fare qualcosa mettendo a frutto quello che c'è in quel pacchetto di Leech. Che ne dite?"

"Una voragine si è aperta nella terra e mi ha inghiottito, Millie", disse Phoebe. "Non c'è un fondo. Continuo a cadere sempre più in basso in un buio senza fine".

"Sei estremamente drammatica".

Phoebe non pensava di essere né estrema né drammatica.

"Quello che c'è scritto non mi serve a nulla. Non posso usare nulla di tutto ciò". Gettò sul tavolo il pacchetto di fogli che aveva ricevuto da Leech e riprese a camminare nella stanza.

Dopo l'incidente in cui aveva scoperto che il giovane Jock Rokeby era vivo, per poi farlo scappare, Phoebe era più motivata che mai a scrivere quell'articolo. Forse poteva fare qualcosa con la sua penna. Era vero, avrebbe potuto non essere d'aiuto per il futuro immediato di Jock, ma avrebbe potuto aiutare molti altri.

Dopo aver accompagnato Duncan, aveva iniziato a sfogliare i documenti che l'impiegato aveva dato all'ex agente. Fu allora che l'abisso si aprì sotto di lei.

Quando arrivò nella loro casa di Heriot Row, Phoebe era sconvolta e Millie l'aveva subito accompagnata in biblioteca.

"Anche quello che so essere vero è inutile. Questi documenti mi hanno rovinata".

"Perché? Cosa c'è che non va?" Chiese Millie, raccogliendo i fogli e sedendosi su una sedia per sfogliarli. "Cosa è successo?"

Per tutta la sua vita, da sempre, le ingiustizie e le crudeltà inflitte ai poveri avevano dato alla sua famiglia una causa per cui combattere. Suo padre, il Conte di Aytoun, era stato un paladino delle vittime degli sgomberi delle Highlands, lottando contro i suoi pari per gli sfratti di massa e il trattamento crudele degli affittuari. La madre, dopo aver trovato Jo da neonata in un campo di vagabondi vicino a Baronsford, l'aveva immediatamente adottata e cresciuta come se fosse sua. L'impegno di Jo nel creare una casa per donne e bambini alla Tower House nei Borders e nel sostenere case simili a Edimburgo fu esemplare.

Phoebe ricordava chiaramente il giorno in cui aveva deciso di partecipare alla lotta. Un giorno d'estate di meno di un anno prima, mentre cercava qualcosa da leggere nella biblioteca di Baronsford, si era imbattuta in una pila di copie ingiallite vecchie di decenni di una pubblicazione settimanale chiamata *The Bee,* che riportava resoconti statistici sulla Scozia e informazioni parrocchiali sui poveri.

In un'edizione, uno scrittore di nome James Anderson confrontò il trattamento dei poveri in Inghilterra e in Scozia, concludendo che il sistema del sud "gemeva sotto l'influenza delle leggi" volte a punire i poveri, mentre riteneva che gli indigenti in Scozia fossero "abbondantemente riforniti di tutto ciò che i loro bisogni richiedevano".

Sapendo come venivano trattati i poveri in Scozia, Phoebe si era incattivita. Se una persona poteva usare la sua penna per creare un ritratto roseo di una situazione terribile, aveva deciso, allora lei poteva usare la sua per riportare la verità.

E poi, alcuni mesi prima, era arrivata la notizia che una commissione ristretta di Londra sarebbe venuta presto in visita. Immediatamente aveva sentito la notizia che le case di carità della città e di Glasgow avevano iniziato a respingere i vecchi e i malati. Per sembrare un modello di benevola efficienza, durante la visita si sarebbero visti solo poveri sani, laboriosi e soddisfatti. Non sarebbero state mostrate le inadeguatezze.

Era una farsa che Phoebe aveva intenzione di denunciare. Fino ad allora.

"Questi verbali di una riunione tenutasi nel Bailie Fife's Close sono piuttosto schiaccianti", disse Millie mentre Phoebe tornava verso di lei. "I membri della parrocchia di Edimburgo erano presenti e davano le direttive".

"Esattamente! Bailie Fife è vicino!". Phoebe si lamentò. "*Perché* deve provenire dall'Ospedale degli Orfani? Perché non mi ha dato il verbale di una riunione alla Charity Poorhouse di Port Bristo o alla Canongate Poorhouse? Sono certa che Leech abbia redatto i verbali di tutte quelle riunioni".

Millie sfogliò altri fogli. "Penso che quello che avete qui vi sarà utile. Si può tranquillamente supporre che i suggerimenti provenienti dalla parrocchia siano stati gli stessi per ogni istituzione prevista per la visita del Comitato di Londra".

"No. Quello che c'è lì dentro non mi piace".

"Capisco che gli abitanti di Edimburgo siano affezionati a questa istituzione, visto che è l'ente di beneficenza più antico della città", disse Millie ragionevolmente, continuando a sfogliare le pagine. "Ma quello che stai scrivendo è un commento sulla gestione della città. Non stai screditando il bene che questi luoghi fanno".

Phoebe prese il documento dalle mani della sorella e le mostrò la pagina che aveva creato tanto scompiglio nella sua mente. "Ecco. Leggi questi nomi".

"L'elenco del consiglio di amministrazione". Millie scorse i nomi e poi alzò lo sguardo sorpreso. "Il capitano Ian Bell".

"Un benefattore *e* un direttore dell'ospedale per orfani", disse Phoebe, torcendosi le mani.

"Pensi che potesse essere a conoscenza dello sfratto dei malati? Secondo i verbali, non era presente a quella riunione".

"Certo, non può saperlo", sbottò lei, improvvisamente arrabbiata che sua sorella potesse pensare per un attimo che fosse capace di tanta crudeltà. "Lui offre il suo tempo come volontario. Dona il suo denaro. E fa tutto questo in silenzio, senza bisogno di riconoscimenti. Ma riesci a immaginare le conseguenze se scrivessi un articolo che denunciasse tutto questo? Il suo nome verrebbe tirato in ballo".

Phoebe agitò le mani in aria e riprese a camminare. Non sapeva cosa la turbasse di più in quel momento. Non essere in grado di completare la sua rubrica o la probabilità che scrivendola avrebbe infangato il nome di Ian.

"Cosa hai intenzione di fare?" Chiese Millie.

"Non posso causargli un ulteriore dolore dopo quello che ha sofferto. Non dopo tutto quello che ha passato, perdendo sua sorella in quel modo". E non dopo che le aveva salvato la vita, continuò in silenzio. E, che Dio la aiuti, non dopo quello che aveva iniziato a provare per lui. "Non ho scelta. Non posso scrivere la rubrica".

Millie rimase seduta in silenzio, guardandola intensamente. Avevano solo due anni di differenza e Phoebe conosceva troppo bene le espressioni di sua sorella.

"Forza, parla".

"Va bene". Millie sistemò i fogli sulle sue ginocchia. "Se fosse stata un'altra persona, avresti scritto l'articolo. Ma il Capitano Bell è diverso. Finalmente esiste su questo pianeta un uomo che ha una certa influenza su di te".

"Lui non ha alcuna influenza", protestò lei. "Le mie decisioni sono mie. È la mia coscienza a dettare il giusto e lo sbagliato. Non posso giustificare l'ingiustizia commessa nei confronti di un uomo di buona reputazione mentre cerco di esporre questo problema".

Non si stava rammollendo.

"Quindi pensi che il capitano Bell sia una brava persona?".

"Certo che lo è. E lo sai anche tu".

"E tu pensi che sia bello?".

"Sai che è così. E lo sai anche tu. E lo sanno anche tutte le donne di Edimburgo con due occhi ".

"Ma tu sei la donna che lo ha incontrato nei sotterranei. E sei l'unica che ha ballato con lui al ballo. E non mi sembra che nessun'altra abbia trascorso del tempo con lui in giardino quella sera".

Phoebe non aveva detto nulla a sua sorella del loro bacio, dicendole solo che il Capitano Bell pensava che fosse una scrittrice come la loro zia Gwyneth e che era stato molto comprensivo.

"Oh, non è tutto", continuò Millie, non permettendole di interromperla. "Mi hai detto che ti ha seguito per tutta la città fino al Grassmarket, solo per portarti un regalo oggi. E che andrete a piedi insieme fino ad Arthur's Seat".

"Ma tu vieni con noi".

La giovane sorella sospirò. "Ammettilo, Phoebe. Il Capitano Bell ha un'influenza su di te perché ti piace. Ti è sempre piaciuto. Ma non c'è nessun 'vissero felici e contenti' in vista per come stanno le cose ora. Non gli hai detto la verità".

Voleva sostenere che le supposizioni di Ian non erano lontane dalla verità. Ma con Millie non poteva fingere che fosse così, quindi Phoebe rimase in silenzio.

"Sta mostrando un interesse straordinario, ma siete adatti l'uno all'altra? Tu sei testarda e ostinata e sospetto che lo sia anche lui. Tu hai uno spirito indipendente, ma la sua vita gli ha insegnato a prendere il comando". Mise da parte la pila di fogli. "Ma la cosa più dannosa è che hai il talento di allontanare gli uomini. Li intimidisci".

Sentire la verità faceva male. Millie si alzò e l'abbracciò prima di ritrarsi e guardare intensamente il viso di Phoebe.

"Sono felice per te. Lo sono davvero. Ma la tua relazione con il capitano ha il potenziale per diventare una storia d'amore molto romantica o una tragedia straziante, a seconda di quello che farai da ora in poi".

"Cosa faccio adesso?"

"Sì. Per averlo, per tenerlo, devi prendere in considerazione l'idea di scendere a compromessi...". . nella tua vita, nella tua scrittura e in quello che vuoi per il tuo futuro. Devi cambiare".

Compromesso. Phoebe si chiese se Millie e Grace avessero già parlato. Tutti volevano che cambiasse.

La fiducia, il fondamento della società. La fiducia lega una persona all'altra. La fiducia solleva le persone e le rende integre. La fiducia crea la fede in un leader e la fede nei cieli.

La fiducia è ciò che porta l'agnello al macello.

Non aveva deciso di uccidere Sarah Bell. La sua lama era ancora calda per l'uccisione e le voci si erano fatte silenziose. Ma quando uscì dal vicolo e svoltò sul Ponte Sud, lei lo vide. Erano faccia a faccia. Non c'era modo di confondersi. Non passarono oltre. Si scambiarono un saluto. Lei espresse la sua sorpresa nel vederlo. Guardò con curiosità i vestiti che lui indossava solo in città. Disse che era in visita con un'amica che si trovava nel negozio. Perché era lì?

Era fiduciosa. Attirarla nei sotterranei fu semplice. Lui fece un nome che lei conosceva. Disse che lei era ferita e lui stava andando a cercare aiuto. Se lei lo avesse accompagnato e fosse rimasta con lei per un momento. Giù per questo vicolo. Passa di qui. Fai attenzione a questi passaggi bui.

Non gli dispiaceva più di tanto. Lui la conosceva fin da quando era una bambina. Ma doveva morire.

E ora questo. Phoebe Pennington. Aveva visto il suo volto e questo l'aveva resa una minaccia. Per lui. Per tutto ciò che doveva fare.

Avrebbe avuto pazienza, avrebbe trovato il momento giusto e poi avrebbe colpito.

Capitolo Sette

LADY MILLIE PENNINGTON ricevette Ian in un modo che si potrebbe definire aperto e amichevole. Dopo avergli detto che sua sorella sarebbe scesa a breve, si scusò di non potersi unire a loro per la gita. Aveva un altro impegno, ma sarebbe stata lieta di accompagnarli la prossima volta se lo avessero desiderato.

Ian era francamente soddisfatto dell'accordo, ma l'irritazione che oscurava l'espressione di Phoebe mentre scendeva le scale e saliva sulla sua carrozza suggeriva che i suoi sentimenti fossero un po' diversi.

Mentre attraversavano la città in direzione di Arthur's Seat, lui aspettò che le passasse il malumore, ma il il suo umore non era cambiato. Quando cercò di coinvolgerla in una conversazione leggera sul quartiere, sulla giornata e sulla loro destinazione, lei rispose a malapena.

"Possiamo tornare indietro", le disse infine. Avevano raggiunto i piedi di Calton Hill. Oltre la prigione di Bridewell, Arthur's Seat e le Salisbury Crags si ergevano maestose in lontananza. "Io e voi da soli. Senza accompagnatori. Se siete anche solo minimamente preoccupata..."

"Pensate davvero che me ne importi qualcosa di quello che gli altri potrebbero pensare di noi due che usciamo insieme?", chiese lei, interrompendolo.

Alzò un sopracciglio, osservando la tempesta che si stava preparando dietro i suoi profondi occhi blu e aspettandosi altri tuoni. "Allora?"

"Mia sorella, se volete saperlo. Sono arrabbiata perché stavamo discutendo prima del vostro arrivo".

"Dall'accoglienza e dall'ospitalità di Lady Millie non sembrava che ci fosse qualche problema".

"Questo perché è proprio come mia madre", brontolò Phoebe. "Non ha difficoltà a dire la sua, a darmi ordini. E non ne ha il diritto. È più giovane di me. Non è d'accordo con me, mi fa perdere le staffe e io mi arrabbio con lei come una pescivendola. Ma in tutto questo, il suo portamento non vacilla mai. Non mostra mai di essere arrabbiata. È esasperante".

Ian si sedette sulla poltrona, ammirando le guance arrossate di Phoebe. Sopra il vestito di mussola color crema, la giacca spencer blu che indossava si intonava al colore dei suoi occhi. Stava punendo la reticella che teneva in grembo. Girò lo sguardo verso il finestrino della carrozza. Le sue labbra si muovevano, anche se i mormorii erano perlopiù impercettibili, e i nastri del suo cappellino di paglia danzavano sotto il suo mento in segno di assenso.

"Dovrebbe esserci qualche vantaggio nell'essere il quarto di cinque figli, si potrebbe pensare".

Aspettò, intuendo che la risposta non era per lui. Aveva ragione. Lei continuò il suo dialogo come se lui non ci fosse.

"*Dovrebbe essere* non è chiaramente la stessa cosa di *è*". Con il suo sguardo severo, sembrava scagliare frecciate ai pedoni intorno a lei. Per fortuna i passanti non erano consapevoli delle ferite subite. "Non dovrei avere l'autorità almeno su *qualcuno* della mia famiglia?".

"Scusatemi se mi immischio". Ian batté lo stivale contro il piede della ragazza. "Ma siete arrabbiata per la ramanzina che vi ha fatto Lady Millie o perché pensate di aver ferito i sentimenti di vostra sorella nel corso di quella discussione?".

Iniziò a rispondere ma si fermò. Le sue labbra si assottigliarono immediatamente e il suo mento si abbassò.

Ian pensò alla sua famiglia. Nessun padre da cui prendere consigli. Nessun fratello con cui litigare. Nessuna sorella da accudire e viziare. Solo una madre a cui mentiva continuamente nella speranza che, risparmiandole il dolore del mondo reale, potesse in qualche modo mantenerla in vita e ragionevolmente soddisfatta. Non aveva nessuno dei legami familiari che caratterizzavano la vita di Phoebe Pennington.

"Siete molto perspicace. I consigli di Millie sono sempre premurosi e ben intenzionati". Gettò la reticella sul sedile accanto a lei. "Stava solo cercando di aiutarmi a risolvere un problema che le avevo sottoposto e io sono stata fin troppo severa".

Phoebe era privilegiata, ma non era superficiale o viziata. Era volubile, ma anche profondamente affettuosa.

Gli toccò il ginocchio e subito dopo ritrasse la mano. "Devo sembrare un'arpia ingrata. Dovrei essere grata di avere una sorella come Millie. Non avrei mai dovuto dare sfogo a queste sciocche lamentele". Fece una pausa. "Soprattutto davanti a voi. Mi dispiace".

La compassione per la sua perdita lo toccò ancora una volta.

Ian era attratto dalla sua bellezza, dal suo fuoco e dalla sua arguzia. Guardandola in quel momento, sapeva che il suo cuore si stava aprendo a lei in un modo che non aveva mai permesso con nessun'altra donna.

Ma c'era molto di più su di lei che voleva sapere. C'erano domande che non aveva mai fatto. Per cominciare, era curioso di conoscere la storia che stava scrivendo ora. Lei non ne aveva mai parlato. Ian aveva degli amici scrittori e non poteva impedir loro di spiegare nei minimi dettagli l'opera che stavano scrivendo, lamentandosi al contempo della loro mancanza di progressi.

Due giorni prima, vicino al Grassmarket, aveva atteso con ansia qualsiasi cosa Duncan Turner stesse raccogliendo per lei nel kirkyard. Ma si era tenuta in disparte e non gli aveva dato nemmeno un indizio. I sotterranei. Il kirkyard. Dove sarebbe andata la prossima volta? Si era ripromesso di non chiederglielo. Avrebbe aspettato che lei offrisse informazioni volontariamente. Ma questo non gli impedì di preoccuparsi.

"Mi fa piacere che condividiate con me le vostre storie di famiglia. Mi sento privilegiato, in effetti", disse. "Sono anche curioso di sapere su cosa due sorelle possano discutere con tanta passione".

Dal modo in cui prese la reticella e iniziò a giocherellarci, capì che non era molto propensa a condividere i dettagli. Ma lui aspettò.

"Ad essere sinceri, la discussione è stata abbastanza unilaterale". Guardò di nuovo fuori dal finestrino. "Ma non si trattava di nulla di importante".

Phoebe non era però una brava attrice. Il rossore che pervase la sua carnagione chiara la tradì immediatamente. Ian aveva la netta sensazione di essere stato l'argomento della loro discussione. Forse la saggezza dell'uscita di quel giorno era stata messa in discussione dalla sorella minore.

Non aveva una forte impressione di Millie. La conosceva ma non pensava a lei in modo particolare. Non aveva nemmeno idea di cosa lei pensasse di lui. Come Phoebe, la più giovane dei Pennington non era ancora sposata, sebbene fosse in età da matrimonio. Tuttavia, da quello che sentiva, poteva immaginare che fosse la voce della ragione per la natura passionale della sorella maggiore.

"Avete mai fatto la passeggiata fino ad Arthur's Seat?", chiese lui, cercando di riportara a sè.

Scosse la testa. "È sorprendente che non l'abbiamo fatto, credo. Io e Millie ne abbiamo parlato decine di volte".

Avevano superato i cancelli del palazzo e si stavano avvicinando al sentiero che portava alle Crags e poi ad Arthur's Seat.

"Cos'è questo odore?", esclamò.

"Viene dalle paludi". Guardò fuori e indicò. "Potete vedere la parte superiore delle dighe. La pioggia lava i rifiuti della Città Vecchia nella zona bassa e li raccoglie qui. Non sentirete più questo odore quando ci saremo arrampicati per un po'".

Gli occhi azzurri turbati di lei incontrarono i suoi. "Come ogni altra cosa nella vita, le cose spiacevoli si notano appena, una volta che ci si separa da esse".

"Ho la sensazione che non stiamo più parlando di paludi".

Le ore trascorse insieme erano state poche, ma Ian cominciava già a sentire di conoscerla bene. Il viso di Phoebe era una finestra sulla sua mente. In quel momento, poteva vedere una discussione che ribolliva dentro di lei, ma lei stava combattendo l'impulso di esprimerla.

"Siete di gran lunga migliore quando dite quello che pensate".

Lei gli lanciò uno sguardo incredulo. "Volete *che* dica quello che penso".

"Insisto su questo".

"E come reagireste, mi chiedo, se non vi piacesse quello che sentite?".

"Perché dovrebbe preoccuparvi?" Scrollò le spalle. "Mi sono sempre piaciute le discussioni animate".

"Ma vi ho appena detto che a volte mi lascio trasportare durante una discussione. Dico cose che possono essere offensive".

"La mia pelle è abbastanza spessa. Inoltre, come possiamo capire il punto di vista di un'altra persona su qualsiasi argomento se non lo ascoltiamo? Non è forse così che impariamo?".

Si mordicchiò il labbro inferiore mentre considerava le sue parole. "Siete sinceramente interessato a conoscere le mie opinioni?".

Annuì. "Lo sono, davvero. E spero che voi siate interessate a conoscere le mie, in cambio".

"Cosa succede se le nostre prospettive ci mettono in contrasto l'uno con l'altra?".

"Non ho mai visto due persone essere d'accordo su tutto", rispose. "E se non siamo d'accordo, forse uno dei due riuscirà a convincere l'altro. Anche se non lo facciamo, entrambi usciremo dalla discussione con una prospettiva più chiara, avendo ascoltato le ragioni dell'altro".

Stava tormentando quella povera reticella. "Pensate davvero quello che dite o stai cercando di essere accomodante perché questa è la nostra prima uscita insieme?".

"Vi conosco . . . fatemi pensare . . . da quanti anni?".

"Sette anni quest'autunno. Ma gli anni della mia amicizia con Sarah non hanno nulla a che fare con questa conversazione".

Ian si trattenne dal ridere. "Bene, allora considero la prima notte in cui vi ho portata fuori dai sotterranei come la nostra prima uscita. Poi c'è stata la nostra passeggiata nei giardini di Baronsford. La mia breve visita con voi nella carrozza a Grassmarket potrebbe essere considerato il nostro terzo appuntamento. Quindi questa è chiaramente la nostra quarta uscita. Tuttavia, sarei felice di cedere un po', se questa è la nostra prima discussione".

Non sorrise, il suo volto era solenne come quello di un becchino.

"Ma sì", continuò, "pensavo davvero quello che ho detto. Mi piacerebbe molto conoscere le vostre opinioni sulle cose".

Esitò solo il tempo necessario per tirare il fiato.

"Queste paludi accumulano le acque reflue della città. Ma noi scegliamo di non accorgerci della sporcizia della situazione. Ci tappiamo il naso e passiamo oltre il più velocemente possibile". Fece una pausa e guardò la gente che camminava sulla strada prima di riportare la sua attenzione su di lui. "Mi sembra che sia la stessa cosa che succede quando coloro che possono aiutare i malati o gli indigenti li ignorano. O peggio, decidono che solo i più forti tra gli sfortunati meritano la nostra assistenza".

"Non abbiamo alcun disaccordo su questo punto".

Ian non lo ostentava in pubblico, ma il suo patrocinio all'ospedale per orfani di Canongate non era un segreto. Si chiese se lei lo sapesse, perché le sue parole avevano certamente un tono accusatorio. Non era un fannullone, non era uno svampito, non era un giocatore d'azzardo, non era un donnaiolo che aveva dilapidato la fortuna della sua famiglia. Ma non era nemmeno uno sciocco e lei gli nstava rivolgendo i suoi commenti per un motivo.

"Sembra che stiate insinuando che io non sia consapevole di qualcosa che non ho fatto. O peggio", disse Ian, sentendo il calore salire sotto il colletto. "State criticando il mio carattere? O della mia mancanza di responsabilità civica?".

La carrozza si fermò e il cocchiere apparve immediatamente e aprì la porta.

Invece di correggere Ian, lei iniziò a scendere. Lui le mise una mano sul braccio.

"Di qualsiasi cosa voi mi stiate accusando, non credete che io meriti di sapere di cosa si tratta? Non ho la possibilità di parlare in mia difesa?".

"Fuori", disse lei, rivolgendogli uno sguardo supplichevole. "Se non vi dispiace, parliamo fuori".

Ian avrebbe preferito stare seduti nell'intimità della sua carrozza finché non avesse capito cosa stava insinuando, ma non aveva intenzione di forzarla.

Scendendo, le offrì una mano e lei la prese. Disse alil cocchiere dove aspettarlo, si girò e trovò Phoebe che si stava già muovendo a passo spedito su per il pendio. Prima che Ian potesse chiedersi se avrebbe dovuto correrle dietro, lei si fermò bruscamente e si mise a guardare i campi verso il palazzo.

"L'Abbazia", disse quando lui la raggiunse. Indicò le rovine senza tetto dell'Abbazia di Holyrood, visibili appena oltre la residenza reale.

Cercare di starle dietro era una sfida, ma lui era determinato a capirla.

"Credo che avrei dovuto rifugiarmi tra quelle mura".

Per secoli l'abbazia e i terreni circostanti avevano rappresentato un luogo di protezione per piccoli criminali e debitori. Quei cosiddetti "Abbey-lairds" potevano vivere in alloggi modesti, senza essere disturbati dalle autorità e dai creditori, all'interno dei confini del terreno della chiesa.

"Perché?" chiese. "Avete paura di essere perseguito per qualche reato?".

Si chinò e prese una campanula da una macchia che cresceva lungo il sentiero. "Temo che mi perseguirete per le cose che dico".

Sorrise e scosse la testa.

"Non ci sarà modo di nascondersi per voi", avvertì. "Credo che la tradizione preveda che siate libero di lasciare il terreno la domenica, ma io vi aspetterò qui, esigendo risposte".

Ian rimase sorpreso quando lei gettò via il fiore, intrecciò il braccio con il suo e si avviò lungo il sentiero.

"Potresti dimenticare quello che ho detto?".

Camminava con lei. "No, non credo. Voglio che finiate quello che avete iniziato".

Lei alzò il viso verso il cielo e, mentre aumentava il passo, il suo piede scivolò sul sentiero. Lui le prese la mano e le lunghe dita di Phoebe si adattarono perfettamente alle sue.

"Le mie parole non erano un attacco a voi come persona. Stavo parlando contro l'establishment".

"Sono sollevato, ma non ho ancora capito a quale establishment vi riferite".

La giornata calda e il sole splendente avevano attirato altri gitanti. Piccoli gruppi di giovani si stavano muovendo lungo la salita che li precedeva. I suoi passi affrettati e la stretta della sua mano indicavano una battaglia che stava combattendo dentro di sè. Ian camminava in silenzio, sapendo che prima o poi lei gli avrebbe detto cosa le passava per la testa.

Improvvisamente consapevole che avrebbero presto raggiunto il gruppo immediatamente davanti, lo attirò verso il lato del sentiero e si fermò.

"*Siete* stato voi il motivo della mia discussione con Millie questa mattina".

"Capisco. Lei mi disapprova?"

"Difficilmente". Phoebe liberò la mano e fece un respiro profondo. "Pensa che dovrei essere completamente aperta con voi e non trattenere nulla".

Approvo il consiglio di Millie. "Sono d'accordo".

Un altro sospiro doloroso. Di certo non stava recitando. Non riusciva a immaginare cosa potesse causarle una tale agonia. Si fermò quando due coppie li superarono scendendo dalla cima.

"Gaius Gracchus", disse infine quando furono soli.

La fissò, non riuscendo a capire come un politico antico fosse collegato alla loro discussione. Forse stava mettendo alla prova la sua conoscenza della storia romana.

"Aspettate. Spero che tu non stiate fuggendo verso il tempio di Diana per mettere la vostra vita al suo servizio".

Lei fece un passo verso di lui, con il viso inclinato verso l'alto. "Questo è il nome falso che uso per i miei articoli di giornale", disse a bassa voce.

"Pensavo foste una scrittrice di romanzi".

"Non l'ho mai detto. L'avete solo supposto".

Ripensò alla loro conversazione in giardino. "Vi ho chiesto se eravate una scrittrice come vostra zia Gwyneth", le ricordò Ian. "Non l'avete negato. Per me è lo stesso".

In realtà, non gli importava che lei scrivesse romanzi, articoli o poemi epici. Qualsiasi cosa intrapresa da una donna che desse l'impressione di un'abilità intellettuale era disapprovata dalla società. Il Dr. Johnson disse notoriamente, dopo aver sentito una donna quacchera parlare di un argomento religioso, che "la predicazione di una donna è come un cane che cammina sulle zampe posteriori. Non è fatta bene, ma ci si stupisce di vederla fatta". Purtroppo, molti nel ton erano d'accordo con Johnson. Ian pensava che fosse forse la cosa più sciocca che l'uomo avesse mai detto.

"Beh, ora sapete la verità", disse lei, alzando le mani. "Scrivo articoli con il nome di Gaius Gracchus che vengono pubblicati dalla *Edinburgh Review*".

Ian era impressionato. Conosceva molto bene Archibald Constable. Era anche a conoscenza degli elevati standard a cui si attenevano l'editore e i suoi redattori. Tuttavia, decise di non condividere le sue congratulazioni per il momento, perché sembrava che ci fosse dell'altro che lei era ansiosa di condividere.

"Leggete quel giornale?", mi chiese.

"Lo faccio, abbastanza regolarmente".

"Avete mai letto qualcuno dei miei articoli?".

"Non ricordo il nome, ma quali erano gli argomenti?" chiese. "Da quanto tempo scrivete per il giornale?".

Phoebe si girò e si allontanò di qualche passo per poi tornare indietro. "Quasi un anno. Ho scritto quattro pezzi per loro. E credo che avreste riconosciuto il nome se li aveste letti".

"Allora forse no", le disse. "Ma ditemi, di cosa avete scritto?".

La sua natura irrequieta non le permetteva di stare ferma. Lei fece un passo in avanti lungo il sentiero e lui si mise al suo fianco.

"Ho scelto il nome in modo molto ponderato".

"Allora dovete occuparvi della riforma e della ridistribuzione della ricchezza".

"Denuncio la corruzione di coloro che occupano posizioni di potere", gli disse. "Nella rubrica che sto preparando ora, ho intenzione di parlare delle condizioni dei poveri più malati di Edimburgo e del modo spietato in cui vengono trattati, in vista dell'imminente arrivo da Londra della Commissione ristretta sulle case povere".

Ian le mise una mano sul braccio e la fece smettere di camminare. Quello era un argomento che gli stava a cuore. "Non capisco. Spiegami come mai i nostri poveri vengono trattati *in modo spietato* quando qui le cose vanno meglio che in Inghilterra. È di questo che si occupa la commissione. Stanno cercando di imparare da noi".

"E possono farlo, ma solo se permettiamo loro di vedere che non siamo perfetti. Anche noi abbiamo dei difetti. Non tutti sono sani nei nostri ospizi. Non tutti sono in grado di lavorare. Molti sono malati e stanno morendo. Molti hanno lo spirito schiacciato dalla povertà".

Phoebe era un'idealista. Poteva rispettarlo. Ma c'era dell'altro in quello che lei diceva che lui non capiva.

"Non sono in disaccordo, ma stai dicendo che le nostre istituzioni trattano peggio le persone *a causa* di questa visita?".

Guardò alla sua destra e alla sua sinistra. Un gruppo di scolari rumorosi li stava superando. Non poteva andare da nessuna parte.

"È esattamente quello che sto dicendo. Stanno espellendo anziani e malati. Li mettono per strada piuttosto che essere considerati inefficienti".

Gli sorse un dubbio, ma decise di scoprire cosa sapeva lei.

"Quali istituzioni stanno facendo questo?", chiese. "E con quale autorità?"

"Credo che questo avvenga in tutti gli ospizi e le istituzioni della città che devono essere visitati. La parrocchia di Edimburgo ha già incontrato i singoli enti di beneficenza per dare loro le istruzioni".

Il primo pensiero di Ian fu che si stesse sbagliando. Il popolo scozzese si occupava volontariamente dei propri poveri. Non esistevano tasse obbligatorie o decime ecclesiastiche per aiutarli. Per questo motivo era fondamentale che i proprietari di immobili e i ricchi fossero coinvolti e contribuissero. A Edimburgo, solo la responsabilità *legale* dei poveri spettava alla parrocchia cittadina.

Dopo la morte di Sarah, Ian aveva cercato una causa valida a cui dedicare tempo e denaro. Voleva un modo per fare la differenza nella vita di almeno qualche bambino sfortunato. Non aveva fatto abbastanza per sua sorella, ma forse poteva regalare un cambiamento positivo a qualche altro giovane. Fu così che iniziò il suo coinvolgimento con l'Ospedale degli Orfani.

"Come fate a saperlo?" chiese.

"Non posso dirvi i nomi delle mie fonti".

Ricordò che l'aggressione a Phoebe era avvenuta nei pressi di una fumeria d'oppio. E che lei aveva aspettato nella sua carrozza a Grassmarket il ritorno di Duncan. Tutto questo aveva un senso. Gli uomini disperati direbbero qualsiasi cosa. Farebbero qualsiasi cosa.

"Fonti affidabili?" Il suo tono era tagliente.

Lei annuì, con gli occhi che le lampeggiavano.

"E hanno le prove che *tutti gli* istituti che verranno visitati seguono la stessa politica?".

"Si dice che le indicazioni della parrocchia siano coerenti in tutta la città. Ma finora ho le prove di una sola casa di carità", gli disse. "L'ospedale per orfani di Bailie Fife's Close".

"È una menzogna", disse senza mezzi termini.

"Siete un direttore e un benefattore. Non siete coinvolto nelle operazioni quotidiane". Gli mise una mano sul braccio. "So che non avete colpe in tutto questo".

"Non ci credo. Si tratta di un terribile errore o di un'orribile calunnia".

"Ho visto il..."

"Ci siete stata?" chiese. "Sapete com'è fatto l'interno di questi istituti di carità? Avete idea di cosa ci voglia per gestirne uno? O chi prende le decisioni?".

"Ho passato molto tempo nei rifugi di mia sorella, sia ai Borders che qui in città".

"Riconosco a Lady Jo un grande merito per ciò che ha realizzato. Ma le sue case quanti ne ospitano?".

Faticò a trovare rapidamente un numero.

"Cento?" chiese, scatenando la sua impazienza. "Duecento?"

"Non credo che questo sia rilevante".

Non c'era modo di spiegarglielo. Non aveva senso cercare di impressionarla con i numeri. Era altrettanto inutile descrivere i risultati ottenuti dai bambini che avevano perso i genitori ed erano cresciuti in questi istituti. Avevano ricevuto competenze e formazione che li avrebbero preparati ad affrontare il mondo e molti di loro avevano poi vissuto una vita di successo.

No, c'era solo un modo per farlo.

Le prese il braccio e iniziò a scendere la collina. Ian era abbastanza arrabbiato da trascinarla lì, se necessario, ma si sentì sollevato quando lei non protestò e andò avanti di buon grado. Se voleva intraprendere una carriera con la sua penna, era ora che qualcuno le insegnasse l'importanza di una corretta ricerca.

"Vedo che questa è la fine della nostra gita".

"Assolutamente no", disse con tono deciso. "Stiamo solo iniziando. Stiamo andando all'Ospedale degli Orfani".

Capitolo Otto

PHOEBE SAPEVA come rispondere alle discussioni. Era un'interlocutrice competente quando manteneva la calma. Ma il silenzio impenetrabile di Ian dopo aver dato istruzioni al suo autista, il suo rifiuto di parlarle o anche solo di guardarla, rendeva chiari i suoi sentimenti. Era deluso da lei.

La sua stessa reazione sorprese Phoebe. Lui era stato brusco sulla collina e il suo istinto iniziale era stato quello di ritirarsi. Ma lui non le diede alcuna opportunità. Stavano andando all'orfanotrofio. Comunque, lei aveva trattenuto il suo istinto di rifiutare, reagire e fare le cose solo alle proprie condizioni. Si era detta che lui aveva bisogno di una possibilità per superare quello che doveva essere uno shock. Phoebe capiva la forte lealtà che lui aveva verso quel particolare ente di beneficenza.

Così si costrinse a essere paziente. Non era la sua qualità più spiccata.

Quando la carrozza si fermò in High Street, proprio sotto la chiesa di Tron, lui borbottò qualcosa sull'attesa del suo ritorno e lei lo guardò scomparire lungo Bailie Fife's Close.

Mentre discuteva con Millie quella mattina, Phoebe aveva previsto che sarebbe successo. Voleva lasciare in pace il cane che dorme e rinunciare a scrivere l'articolo. Ma sua sorella aveva le aveva ricordato ciò che Phoebe voleva realizzare con quella rubrica. Se vedeva la sua scrittura come un dovere morale per creare un cambiamento in meglio, allora era "imperativo" che parlasse al Capitano e condividesse ciò che sapeva. Aveva insistito sul fatto che forse, non con la sua penna ma con la sua influenza, si sarebbe potuto ottenere un cambiamento.

Phoebe aveva accettato a malincuore la posizione della sorella... e guarda dove l'aveva portata. Abbandonata in una carrozza e disprezzata dall'unico uomo che l'avesse mai attratta sentimentalmente.

"Niente autocommiserazione", si rimproverò. Era lì per visitare il più antico istituto di beneficenza della città. Se non altro, quella era un'opportunità per imparare. Forse avrebbe acquisito conoscenze che avrebbe potuto condividere con sua sorella Jo.

"Impara e renditi utile", sussurrò sottovoce.

"Un consiglio eccellente".

Stupita, chiuse gli occhi per un attimo e ordinò al suo cuore di riprendere a battere. Lo faceva ogni volta.

Il capitano la fece scendere dalla carrozza e le presentò il signor Douglas, uno dei responsabili dell'orfanotrofio, che era chiaramente entusiasta di mostrargli la struttura.

Il cocchiere fu mandato via e, mentre Phoebe seguiva la loro guida, una cappa di tristezza scese su di lei. L'uomo alto che camminava accanto a lei si comportava come il lontano Capitano Bell della sua giovinezza, che non l'aveva mai notata in tutti gli anni della sua amicizia con la sorella.

"Gli edifici sono stati aggiunti ad altri edifici perché la necessità di posti per i bambini è aumentata costantemente", disse il signor Douglas. Continuò a spiegare che c'era stato un aumento durante le guerre. L'orfanotrofio si era esteso in ogni direzione e ora era circondato da altri edifici su ogni lato.

"Quando l'ospedale per orfani fu aperto qui", disse il direttore a Phoebe, "il quartiere era rurale. Non si direbbe, vedendo la zona ora. La città ci ha sopraffatti, ma noi facciamo del nostro meglio".

Mentre il signor Douglas li precedeva nella scalinata del primo edificio, Phoebe si rivolse al suo compagno. "Per favore, non sentite il bisogno di accompagnarci, Capitano Bell. Prometto di non scappare e di non offendere nessuno".

"Al contrario, sono ansioso di vedere il posto in funzione in un giorno normale, senza i fronzoli di una visita dei direttori".

Se la loro guida aveva intuito la tensione tra i suoi ospiti, non ne diede segno e li fece entrare.

"Abbiamo fatto molta strada dalla nostra nascita, ottantacinque anni fa. Inizialmente abbiamo aperto le porte a trenta orfani", spiegò il signor Douglas. "Oggi ne accudiamo oltre duecentocinquanta".

Le tornò in mente il volto di Jock Rokeby e si chiese se fosse troppo vecchio per trovare rifugio in un posto come quello.

Si spostarono da una stanza all'altra, da un piano all'altro, dove ragazzi e ragazze erano impegnati in una moltitudine di compiti che riguardavano sia i libri che il commercio. Sembravano tutti più giovani di Jock. Sembravano tutti in salute, ma le accuse che aveva fatto al Capitano Bell non erano mai troppo lontane dalla sua mente.

"Il grande architetto William Adam progettò questo edificio ospedaliero due anni dopo l'apertura dell'Ospedale degli Orfani", li informò il direttore mentre passavano all'edificio successivo. "Questo ci ha permesso di ospitare un numero crescente di bambini abbandonati. Il nostro scopo è quello di prendersi cura di tutti e di farli diventare cittadini sani e timorati di Dio. Non prendiamo questo compito alla leggera. Li educhiamo e insegniamo loro un mestiere. Li prepariamo per il mondo, milady".

"Capisco", rispose lei.

Sentiva Ian vicino a sè. Non fece domande e non le disse nulla, ma lei sapeva di essere osservata.

All'improvviso, una dozzina di ragazze si riversarono nel corridoio che stavano percorrendo, portando con sé il rumore e la vivacità tipici della loro età. Una delle bambine si fermò vicino a Phoebe, fece un inchino e la fissò. Non disse nulla, solo grandi occhi scuri che la studiavano.

Phoebe si accovacciò al livello della bambina. "Buongiorno. Come ti chiami?"

"Nylah."

I capelli ricci e scuri lottavano per sfuggire alla cuffietta. La spruzzata di lentiggini sul suo naso a bottone era accattivante. "Quanti anni hai, Nylah?".

"Sei . . . al mio prossimo compleanno".

Phoebe pensò a suo fratello Gregory e alla sua figlia adottiva, Ella. Anche lei era orfana, ma aveva avuto la fortuna di essere stata benedetta fin dalla nascita dall'amore e dalla devozione di sua zia Freya.

"Siete qui per lavorare in infermeria?".

La domanda della bambina attirò l'attenzione di Phoebe. "No, non lo sono".

"Peccato".

"Perché me lo chiedi?"

Scosse la testa e le piccole dita marroni si avvicinarono e toccarono il viso di Phoebe. "I vostri occhi. Sono belli. Come le donne che si prendono cura di noi quando siamo malati".

Phoebe non ebbe modo di chiedere altro alla bambina, che corse a ricongiungersi al suo gruppo e sparì giù per una serie di scale.

Phoebe iniziò a raddrizzarsi e trovò la mano che Ian le stava porgendo. La prese e i loro sguardi si incontrarono mentre lei si alzava.

"I tuoi occhi. Sono belli", sussurrò prima di lasciarle la mano e allontanarsi.

Sapeva esattamente come farla cadere ai suoi piedi. Seguì il signor Douglas mentre continuava a commentare l'edificio, ma la mente di Phoebe continuava a tornare a Nylah e alle sue parole... e all'eco di Ian.

"Circa cinquant'anni dopo la costruzione iniziale, venne edificata la guglia. Le ali a est e a ovest furono aggiunte poco dopo".

I volti dei bambini la affascinavano. Nonostante la durezza della perdita dei genitori e le circostanze terribili che li avevano condotti lì, erano vivi e i loro occhi brillavano di curiosità e speranza. Comprendeva l'interesse di Ian, la sua passione nel proteggere l'istituto che offriva a questa giovane generazione un futuro, a differenza del disastro e del pericolo che attendevano i ragazzi come Jock.

"Sei anni fa sono stati costruiti una grande aula scolastica, i nuovi reparti per i malati, il lavatoio e la lavanderia", annunciò Douglas.

Phoebe si fermò e si rivolse al direttore. "I reparti per i malati. Ci può portare lì?".

"Certo, quell'area è proprio sulla nostra strada", rispose. "Siamo abbastanza fortunati perché godiamo del sostegno dei direttori dell'università di medicina. I nostri bambini malati sono assistiti da medici. E abbiamo un gruppo di matrone e orfani anziani che si occupano dei bisogni dei pazienti".

Phoebe sentì le guance scaldarsi per l'imbarazzo. Si era sbagliata. Stavano ignorando gli ordini della parrocchia cittadina.

La natura infondata delle sue accuse la lacerava. La forte obiezione di Ian a ciò che gli aveva detto sulla strada per Arthur's Seat era giustificata. Non aveva interpretato male il verbale che Leech le aveva consegnato. C'erano delle direttive specifiche, ma erano state disattese. Quella era una possibilità che non aveva mai preso in considerazione.

Ian la seguì da vicino durante il loro tour. Sempre vicino, ma lei sentiva il muro che lui aveva eretto tra loro. Desiderava un momento privato per parlare con lui. C'erano così tante cose che voleva dire, spiegare. Ma non c'era modo di rallentare il manager.

"Eccoci qui", annunciò il signor Douglas quando salirono le scale per raggiungere un corridoio dove diverse stanze comunicanti ospitavano i malati. "Stamattina abbiamo quasi venti bambini qui a causa della febbre e questo ci fa preoccupare".

Phoebe si affacciò alla porta. Le file di letti erano piene di bambini malati. I volti arrossati si affacciavano. Giovani donne vestite con semplici abiti casalinghi e lunghi grembiuli portavano ciotole d'acqua e biancheria fresca da un letto all'altro. I visitatori continuarono a visitare la stanza successiva e quella dopo ancora. Era tutto uguale. I malati venivano curati.

Mentre scendevano e uscivano nel cortile dove avevano iniziato il tour, lei si rivolse alla guida.

"Grazie, signor Douglas, per avermi permesso di dare un'occhiata così approfondita e istruttiva al suo istituto", gli disse. "Sono molto colpita".

Il giovane manager sorrise. "Sono molto felice di sentirlo dire, milady. Siamo sempre stati molto grati per la generosità di Lord e Lady Aytoun nel sostenere i nostri sforzi".

"I miei genitori vi aiutano, avete detto?", rispose tranquillamente.

"In effetti, lo stesso vale per il Lord Justice, vostro fratello. È un convinto sostenitore dei nostri sforzi. È un onore condividere ciò che stiamo cercando di fare con qualsiasi membro della famiglia Pennington. Vorrei solo che avessimo potuto prepararci alla vostra visita".

Un brivido la attraversò al pensiero che, mentre era pronta a scrivere un rapporto sprezzante sull'Ospedale degli Orfani, la sua stessa famiglia ne era una convinta sostenitrice.

"Grazie, ma non avreste potuto farmi fare un tour più illuminante. E spero che i vostri pazienti guariscano in fretta".

"Anch'io, milady", rispose, alzando lo sguardo verso le finestre delle stanze dei malati.

Phoebe non voleva guardare il volto di Ian. Aveva dedotto che fosse deluso e ora sapeva che aveva tutto il diritto di esserlo. Come direttore dell'istituto, doveva sapere del coinvolgimento dei genitori e del fratello di lei. Doveva pensare che fosse stata sciocca a saltare così facilmente alla conclusione sbagliata.

Congratulandosi un'ultima volta con il signor Douglas per il suo impegno, Phoebe lasciò il capitano che parlava con il manager di affari di beneficenza.

La carrozza di Ian aspettava in strada, ma lei la evitò e girò per High Street. Aveva bisogno di respirare, di pensare, di cercare di capire cosa aveva deciso di fare e dove aveva sbagliato.

Phoebe attraversò l'incrocio tra High Street e South Bridge. Folle di pedoni, carri e carrozze riempivano l'incrocio. I venditori ambulanti che vendevano i loro prodotti si trovavano lungo la facciata della Tron Church.

Non aveva ancora fatto venti passi quando provò la stessa sensazione che aveva avuto qualche giorno prima al Grassmarket. Qualcuno la stava osservando.

Phoebe si guardò intorno. Strani volti la fissavano. Un'ombra si mosse in un portone dall'altra parte della strada. Un uomo la spintonò al suo passaggio. Un ozioso appoggiato a un edificio sfoggiava un coltello, solo per tagliare una mela. Un brivido le percorse la pelle, facendole venire la pelle d'oca nonostante il sole caldo. Sentiva gli occhi degli altri su di sè.

Phoebe si scontrò con una donna che trasportava un grande cesto di biancheria. Un ragazzino con la faccia sporca e gli occhi grandi come piattini la seguiva. Chiedendo scusa alla donna per non aver guardato dove andava, si guardò intorno per scoprire che la sensazione era sparita.

La lavandaia e il suo ragazzino si allontanarono. Per un breve momento, immaginò la struttura alta e allampanata di Jock in piedi nell'ombra di una porta, che la seguiva. Ma sbatté di nuovo le palpebre e anche lui era sparito.

Phoebe riprese a percorrere High Street, con la mente che tornava al pasticcio che aveva evitato per un pelo. Tuttavia, i poveri per strada erano molto reali. Il numero crescente di donne e dei loro piccoli nei centri di accoglienza non era frutto della sua immaginazione. E le voci che giravano sugli ospizi per anziani e malati.

Ricordò come si era imbattuta nel nome di Leech. Una donna di Edimburgo appena arrivata alla Tower House di Baronsford. Aveva raccontato a Phoebe di avere degli amici in città che le avevano parlato di un impiegato della parrocchia cittadina che aveva le prove delle voci. Quando lei l'aveva cercato, lui era stato disposto a vendere le sue informazioni a un prezzo.

Quello è stato il suo primo errore. Gli aveva creduto troppo facilmente. Non aveva fatto nulla per corroborare ciò che lui le aveva proposto.

"Che sciocca che sono!"

"Siete tutt'altro che sciocca".

Si girò di scatto e si trovò faccia a faccia con il capitano Bell.

"Perché siete così intenzionato a spaventarmi ogni volta?".

Mentre cercava di calmare il vorticoso miscuglio di emozioni che aveva dentro, Phoebe si rese conto che non aveva importanza. Lui era lì. Era venuto a cercarla.

"Non siete sciocca", ripeté lui, prendendola per un braccio. "Ma dobbiamo parlare".

Lei non poteva essere più d'accordo. Tornarono alla sua carrozza e lui salì dopo di lei.

Phoebe aveva bisogno di dire quello che le passava per la testa mentre aveva ancora un po' di controllo sulle sue emozioni. I consigli di Grace. Le parole di Millie. Ma niente di tutto ciò era applicabile. Ora non si trattava di compromessi, ma piuttosto della sua arroganza nel pensare di avere una conoscenza sufficiente su un argomento. Aveva commesso un errore. Una supposizione prematura. E fortunatamente le era stata data l'opportunità di saperne di più prima di scavare una fossa abbastanza grande da seppellire sè stessa e l'intera *Edinburgh Review*.

"Sono felice che mi abbiate portata qui. Avevo bisogno di vedere questo posto con i miei occhi. Sono stata sciocca..." Si fermò, vedendo il suo cipiglio. "Sono stata troppo veloce nel saltare alle conclusioni. Mi dispiace molto per il mio attacco sbagliato all'orfanotrofio".

Era difficile dire quelle parole, ma Phoebe sapeva di aver deciso il tono e la direzione dell'articolo senza pensare alla possibilità che le singole istituzioni decidessero da sole come procedere. Il verbale della riunione non dimostrava nulla.

"Una persona idealista ha una visione del mondo come dovrebbe essere", disse. "E c'è così tanta confusione e corruzione sfacciataa ovunque che è difficile non vedere difetti anche dove non ce ne sono. Ma questo non fa che rendere ancora più grande il dovere della persona che impugna la penna. Egli . . . o ella deve essere implacabilmente scrupoloso nella ricerca della verità".

Phoebe riconosceva il potere della stampa e pensava di aver compreso la responsabilità che ne derivava. Ma aveva capito che aveva ancora un po' di strada da fare in questo senso.

"Posso condividere una storia con voi?".

"Vi prego, fatelo", disse lei, felice che lui non avesse intenzione di insistere per farla strisciare. Anche se, se strisciare avesse potuto alleviare il suo senso di colpa, sarebbe stata disposta a mangiare la torta dell'umiltà per giorni.

"Otto anni fa, un attacco altrettanto ingiustificato fu rivolto all'Ospedale degli Orfani. Le accuse furono formulate in un articolo apparso sullo *Scots Magazine*".

Non aveva mai sentito parlare dell'articolo, ma ora capiva meglio la reazione di Ian. "Quali erano le accuse?"

"Lo scrittore riportò le accuse di un aristocratico tedesco che era stato a Edimburgo per una visita prolungata. Nella rubrica, la rivista pubblicò le insinuazioni del viaggiatore, basate in gran parte su resoconti di seconda mano, secondo cui l'Ospedale degli Orfani aveva subito un drammatico declino nell'ordine e nella gestione."

Phoebe pensò ai documenti ricevuti da Leech e alla facilità con cui aveva pensato al peggio.

"Immagino che lo scrittore che ha scritto l'articolo non abbia mai visitato la struttura", disse.

"Credo che sia così. Ma non è la fine della storia". Anche in quel momento, Ian non riusciva a nascondere la propria irritazione. "Sebbene i dirigenti dell'Ospedale per Orfani sapessero che le accuse erano prive di fondamento, conoscevano anche i pericolosi effetti di una simile relazione", spiegò. "Invitarono il Preside dell'Università di Edimburgo, un noto professore di teologia, i presidenti dei Collegi Reali di Medici e Chirurghi e il Lord Provost della città a condurre un'indagine immediata e approfondita sull'istituzione".

"Cosa è successo?"

"La diffamazione calunniosa è stata smentita. Un rapporto completo è stato pubblicato e stampato sulla stessa rivista, con un editoriale di scuse".

E lo scrittore era stato screditato, pensò. Sarebbe potuto succedere anche a lei. E nel caso di Phoebe, avrebbe avuto anche l'ira della sua famiglia.

"Ma nulla di ciò che ho detto descrive il vero danno", continuò. "Con la pubblicazione dell'articolo, le false voci si diffusero con il passaparola, aumentando il veleno. Prima che i risultati delle indagini potessero essere pubblicati, il sostegno finanziario dell'Ospedale degli Orfani diminuì notevolmente".

Le implicazioni delle sue parole stavano diventando chiare. Il danno a un ente di beneficenza era stato immediato e i bambini cresciuti lì erano sicuramente quelli che ne avevano sofferto.

"Quanto tempo ci è voluto per recuperare il sostegno all'orfanotrofio?".

Scrollò le spalle. "La caduta è rapida, ma la risalita richiede forza, pazienza e tempo".

Phoebe strinse il nastro della cuffietta e se la tolse dalla testa. Dannazione. L'impulso di andare avanti senza considerare le conseguenze era davvero un grande difetto. E lo riconobbe dentro di sè.

Quanto era stata vicina a provocare un disastro per quell'ente di beneficenza.

"Prima di uscire con voi oggi, avevo già deciso di non scrivere l'articolo di cui vi ho parlato". Infilò la reticella nel cappellino e lo appoggiò sul sedile. "Tuttavia, la mia decisione si basava sul fatto di sapere che eravate coinvolto nell'Ospedale degli Orfani. Ma ora sono molto più informata. Mi vergogno di aver sollevato queste accuse".

"Portandovi all'orfanotrofio, sapevo cosa avreste trovato. E non sto dicendo che il nostro sistema di assistenza ai poveri in Scozia sia perfetto. Ma quello che abbiamo noi è di gran lunga migliore di quello che hanno in Inghilterra", affermò, sostenendo il suo sguardo.

Si chinò in avanti e appoggiò i gomiti sulle ginocchia, azzerando lo spazio tra di loro.

"Se sono state emanate delle direttive per questa visita da Londra, sospetto che abbiano lo scopo di ostentare la superiorità scozzese piuttosto che di ferire chi è già ferito. Quale scozzese dal sangue rosso non vuole essere migliore di un inglese in tutto? Ma se le altre istituzioni sono così ottuse da mettere i loro malati per strada, possiamo fare pressione per fermarli".

"Fermarli è la cosa più importante", gli disse.

"Scriverò oggi stesso ai miei contatti in quei luoghi e ai loro direttori", rispose. "E se volete, posso farvi visitare tutti gli ospizi di Edimburgo e Glasgow che desiderate".

Phoebe non sapeva cosa dirgli. A prescindere dal loro disaccordo, lui si era comportato nel modo più generoso che si potesse immaginare e il suo cuore era colmo di gratitudine. Desiderava tanto ricambiare in qualche modo. Voleva fare qualcosa per lui. A dire il vero, voleva fare qualcosa per entrambi. Phoebe aveva un disperato bisogno di sapere se lui la considerava ancora un'amica o se aveva perso per sempre il suo rispetto.

Lei sfiorò le sue dita, attirando la sua attenzione. "C'è una visita che voglio fare. Una visita che è attesa da tempo".

"Dove vorreste andare?".

"Vi dispiacerebbe molto se io e Millie facessimo visita a vostra madre a Bellhorne?".

Aveva due vite. Due mondi in cui si muoveva.

In piedi sulla riva rocciosa, fissò il muro di nebbia che copriva le acque grigio-verdi del Firth of Forth. Sentiva che stavano arrivando.

Fin dall'inizio dei tempi, i marinai dagli occhi selvaggi, che bevevano a fatica, raccontavano storie di squali e mostri marini in grado di spezzare un uomo in due con un solo morso. E di kraken e leviatani che davano la caccia a una nave per quindici giorni e poi la demolivano in un solo momento, lasciando solo schegge e cadaveri a galleggiare sul mare.

Gli uomini vivevano in un mondo. I mostri vivevano in un altro.

Fissò l'acqua. I mondi erano separati da una sottilissima garza. Da un filo di nebbia.

Aveva sentito il capitano dire che un mostro cacciava in città, uccidendo gli innocenti.

Non era vero. Non era un mostro. Era davvero un cacciatore.

Al di là delle acque grigie, al di là della nebbia, cacciava quando arrivavano le voci. Era tempo di vendicarsi ancora una volta. Trovare le prede. Eliminarle. Marchiarle.

Sì, viveva in due mondi.

In città, conosceva i luoghi oscuri in cui si avventuravano gli sprovveduti. Lì dava la caccia.

Ma quando tutto fu finito, quando il sangue fu lavato, tornò indietro attraverso l'acqua. Tornò li, nella sua tana.

A Bellhorne.

Capitolo Nove

IN PIEDI sul nuovo molo di Queensferry, in attesa di imbarcarsi sul traghetto per la traversata, Phoebe guardò intorno a sé le piccole imbarcazioni che si muovevano freneticamente e la riva verde a nord. Oltre la lontana punta di terra che si protendeva nel Firth of Forth a est, una grande nave a tre alberi si muoveva costantemente verso il porto di Leith. Il mondo intero sembrava collegato e lei desiderava solo avere un modo per colmare il divario con l'uomo che stava dietro di lei.

Lei e il Capitano avevano stabilito un legame, per poi perderlo. Pensava che avessero risolto il loro disaccordo il giorno in cui lui l'aveva accompagnata a visitare l'Ospedale degli Orfani, dopo la loro conversazione nella sua carrozza. Aveva ammesso l'errore che aveva quasi commesso. E lui aveva accettato il fatto che lei scrivesse, a patto che ne comprendesse le responsabilità. Ma poi qualcosa dentro di lui si era spento.

All'inizio, Phoebe aveva percepito il cambiamento in lui quando aveva suggerito di visitare Bellhorne. Ma dopo averci pensato, lui l'aveva tranquillizzata dicendole che una loro visita sarebbe stata un piacevole cambiamento nella quotidianità di sua madre. Avevano fissato la data per sabato. Lui sarebbe andato a prenderle, avrebbero viaggiato insieme fino a Fife e le avrebbe riportati a Edimburgo il lunedì.

E poi... niente.

Non capiva il cambiamento di lui. Il loro addio quel giorno era stato civile, ma non certo affabile. Lei gli aveva detto che Hugh e Grace sarebbero stati a Edimburgo per la notte, ma lui aveva rifiutato l'invito a cena. E durante il viaggio in carrozza di quel giorno, Ian era rimasto ancora una volta in silenzio in sua compagnia. Non guardò Phoebe come aveva fatto in precedenza. Anzi, evitava proprio di guardarla. C'era una severità nel suo atteggiamento che le faceva pensare che tutto ciò che tutto il terreeno guadagnato, nel loro reciproco avvicinamento, fosse perduto.

La strada da Edimburgo era stata scivolosa e bagnata dalla pioggia, ma le nuvole iniziavano a diradarsi e il cielo sopra Fife, sulla costa lontana, sembrava promettente.

Phoebe si allontanò dalla sorella e dal capitano, camminando fino al bordo del molo e fingendo di guardare una barca da pesca che era legata ai piedi di alcuni gradini di pietra. Azzardò un'occhiata a Ian. Teneva il cappello e il bastone in una mano e studiava le attività dei traghettatori che si preparavano all'imbarco.

I suoi capelli sembravano arruffati, ma cadevano in belle onde sulla sua fronte. Le venne voglia di avvicinarsi e passare le dita tra le folte ciocche, scostandole dagli occhi. Aveva un modo di stare in piedi che la colpiva. Era equilibrato e rilassato, eppure aveva l'energia felina di un uomo pronto a scattare in qualsiasi momento. Il vento agitava il suo cappotto nero, facendolo sventolare intorno alle sue gambe stivalate. Guardandolo, Phoebe si rese conto che era ancora più bello ora di quanto non fosse stato in quei giorni di gioventù.

Stava camminando su un terreno emotivamente vulnerabile, quindi allontanò l'attenzione dall'uomo, concentrandosi invece su ciò che li circondava.

Le recenti aggiunte ai moli su cui si trovavano avevano chiuso il porto e fornito più spazio per il traghetto più trafficato della Scozia. Ma quello era un percorso abituale per il Capitano Bell. Sapeva dove andare, chi vedere e quando c'erano le maree. Di conseguenza, furono presto a bordo e in viaggio.

Poco dopo, Queensferry era alle loro spalle, ma la loro destinazione al di là dell'acqua, a Fife, sembrava molto lontana. Millie, presa dall'eccitazione di trovarsi su una barca, vagava verso la prua.

Il vento fece sì che il traghetto navigasse al largo del Firth of

Forth prima di virare verso la riva nord e Phoebe sorrise a un vecchio marinaio che mormorava i versi di una ballata scozzese mentre passava.

"Il re siede nella città di Dunfermline, bevendo vino rosso sangue. 'Dove troverò un buon marinaio per far navigare questa mia nave?

Rimasta sola con Ian, Phoebe colse al volo l'occasione per cercare di farlo uscire dal suo guscio. "L'acqua è profonda cinquanta braccia qui, capitano?".

"Non lo so", rispose, lanciando un'occhiata al golfo grigio-verde. "Perché me lo chiedete?".

"A metà strada, a metà strada, fino ad Aberdour, sono cinquanta braccia di profondità". Sorrise, continuando la poesia che aveva ascoltato. "E lì giace il buon Sir Patrick Spens...".

"Con i signori scozzesi ai suoi piedi", concluse. "Una bella domanda".

I suoi occhi scuri incontrarono i suoi e immediatamente le sue guance si riscaldarono. Era impotente quando si trattava di reagire a quell'uomo.

Ian si avvicinò alla ringhiera. Gli spruzzi dei cappelli bianchi scintillavano intorno a lui mentre l'ampia barca si alzava e si abbassava sulle onde.

"Mi chiedo, capitano Bell, se prendereste in considerazione l'idea di fare ciò che mi avete incoraggiata a fare più volte in passato".

Colpì una vela con la testa del suo bastone da passeggio. "Cosa sarebbe?"

"Vorrei che mi diceste cosa vi turba".

Lui esitò, con l'attenzione rivolta all'acqua. Ma prima che Phoebe potesse fargli pressione, lui si raddrizzò e la affrontò.

"È mia madre".

"Oh, capisco..."

Si strinse la tesa del cappello e la batté sulla coscia. "Al di fuori della ristretta cerchia di amici e conoscenti che vivono vicino a noi, non ha ricevuto alcuna visita dalla morte di Sarah".

Si diceva che Fiona Bell fosse diventata una reclusa dopo la morte di Sarah. Ma questo non giustificava la negligenza degli altri.

Qualsiasi senso di colpa Phoebe nutrisse per non aver intrapreso prima questo viaggio, aumentò.

"Devo scusarmi per la mia famiglia, ma soprattutto per me stessa. Avrei dovuto contattarla".

Lui la fermò. "Non è necessario. Quando mia sorella è scomparsa, ha ricevuto molte lettere. Molte provenivano da amici che volevano andare a trovarla a Bellhorne e spesso la invitavano ad andare da loro. Lei li ha rifiutati".

E Phoebe era stata carente anche nel più semplice dei gesti. Nessuna offerta di visita, nessun invito a Baronsford. Aveva lasciato la questione nelle mani di sua madre. Il suo dolore, tuttavia, non la esimeva dal fare ciò che era giusto. Imbarazzata dalla sua negligenza, cercò di trovare una spiegazione ragionevole, ma non ne ebbe nessuna.

Phoebe sciolse il nastro che teneva la cuffietta e se la tolse prima che una folata di vento gliela strappasse dalla testa. Si sentiva male. E aveva praticamente imposto se stessa e a Millie come ospiti della sua famiglia. Non c'era da stupirsi che lui fosse infelice.

"Cosa ne pensate della nostra visita di oggi?".

"Lei non lo sa", rispose lui. "Ho pensato che sarebbe stato meglio per lei se fossimo arrivati senza preavviso".

Il nastro del cappello si attorcigliò intorno alle sue dita. Avrebbe dovuto preparare delle scuse adeguate per quando sarebbero arrivati a Bellhorne. La mancanza di corrispondenza con Lady Bell era un insulto che non avrebbe mai voluto fare.

Quanti danni vengono fatti nel mondo involontariamente, rifletteva.

"In questo modo non ci sarà panico, non ci sarà un'inutile angoscia in anticipo".

"Questo è abbastanza sensato", disse con calma. "Il nostro unico scopo per questa visita era quello di darle un po' di compagnia e un orecchio comprensivo se lo desidera. Niente di più. Non volevamo imporre nulla. E di certo non volevamo causare problemi a nessuno di voi due".

Ian la guidò verso l'esterno della cabina, dove il muro bloccava il vento. *Sempre vigile, sempre attento,* pensò.

"Le piace parlare di Sarah? È ancora in lutto?".

Per un momento prolungato lui la guardò negli occhi e lei intuì che c'erano cose che voleva dirle. Le venne in mente che forse non si sentiva a suo agio a condividere confidenze familiari. Da quello che aveva visto di lei come scrittrice, forse non era degna di fiducia. Quando la sua attenzione sembrò fissarsi su un gabbiano che si alzava in volo, rimaneva sospeso nell'aria vicino a loro e poi tornava verso la poppa, lei gli mise una mano sul braccio.

"Per favore, Capitano. Ditemi", chiese ancora. Una ciocca di capelli si era sciolta per il vento e le sventolava sugli occhi. "Se siete preoccupato, io e Millie possiamo imbarcarci sul prossimo traghetto per il ritorno. Non vogliamo complicarvi la vita o accrescere il dolore di vostra madre".

Il suo tocco somigliò a una carezza quando catturò la ciocca di capelli errante, la trattenne per un attimo e poi la lasciò libera di danzare intorno al suo viso.

"La vita a Bellhorne", disse infine, "è una farsa accuratamente architettata per rendere felice mia madre. La governante, la signora Hume, tiene le stanze di mia sorella pulite e pronte per quando Sarah ... quando Sarah tornerà. Ogni giorno, la cuoca prepara i dolci preferiti di mia sorella e li serve a colazione. Gli stallieri allenano la sua cavalla e la tengono pronta. Il maggiordomo, il personale della casa, i giardinieri e persino gli affittuari con cui mia madre potrebbe entrare in contatto fanno parte di questo mondo immaginario in cui Sarah è ancora viva. Sono tutti impegnati nel gioco. Mia cugina Alice Young, venuta dal Maryland per essere dama di compagnia di mia madre, il medico che si occupa della sua salute, persino il curato".

Si fermò e si passò una mano tra i capelli.

"Mia madre ritiene che Sarah sia stata in visita prolungata in America, dove si trova con la famiglia nel Maryland".

Phoebe ripensò alla prima notizia della scomparsa di Sarah. Un giorno la sua amica era lì e il giorno dopo era sparita. Si chiese come Lady Bell avesse potuto accettare l'improvvisa assenza di Sarah. E adesso? Tre anni, pensò Phoebe incredula. Tre anni in cui una madre non aveva mai messo in discussione un'assenza così lunga? Tuttavia, non era un'esperta del funzionamento della mente umana. Sua sorella Jo era stata separata per sedici anni da Wynne Melfort, ma quando quei due si incontrarono di nuovo nelle Highlands, fu come se non si fossero mai separati.

"Questa storia di Sarah che viaggia in America . . ." Doveva sapere la verità. "Quando è stata raccontata a vostra madre?".

"Subito dopo la scomparsa di mia sorella". Ian picchiettò la parete della cabina con la testa del suo bastone. Due rughe solcano la sua fronte. "Prima di sapere con certezza cosa le fosse successo. La bugia è stata più gentile di tutte le brutte voci che stavano iniziando a circolare".

Phoebe aveva difeso con veemenza la sua amica quando si erano diffuse le storie e i pettegolezzi sulla fuga di Sarah con un fantomatico amante. Erano tutte bugie. Conosceva la sua amica. Non c'era nessuno a cui tenesse così tanto da abbandonare la sua famiglia in quel modo.

"Mia madre è sempre stata molto legata ai suoi figli, ma soprattutto a Sarah. E da anni non sta bene. Da quando mio padre è morto, è diventata sempre più fragile e il suo cuore è debole. Non ho mai dubitato del carattere o della capacità di giudizio di Sarah e temevo che le fosse successo il peggio. Non pensavo che mia madre potesse gestire l'incertezza... o la tragedia".

Il cuore di Phoebe soffriva per tutti loro. Fin dal primo momento in cui aveva appreso l'angosciante notizia, aveva sospettato che ci fosse di mezzo un omicidio. E aveva ragione.

"E lei ha creduto a tutto questo?".

"La sua memoria non è più quella di una volta". Scrollò le spalle. "Con un aiuto sufficiente, chiunque può costruire un castello di bugie".

"Quindi non ha mai saputo che avete trovato i resti di Sarah?".

Scosse la testa. "Non potrei. Non lo farei. Nessun genitore dovrebbe mai essere esposto a questo tipo di orrore".

Le venne in mente il volto di suo fratello Hugh. Come era stato distrutto dopo aver perso suo figlio e la sua prima moglie.

"Ecco perché il funerale si tenne a Edimburgo. Ecco perché vostra madre era assente. Non lo sapeva nemmeno".

Ian appoggiò una spalla alla cabina, le sue labbra erano una linea dura e sottile. Il dolore che aveva sopportato!

"In seguito, ho portato qui la bara di Sarah e l'ho fatta riposare nella cripta della chiesa".

Capiva le sue ragioni per aver deciso che doveva essere così. Tuttavia, l'idealista di Phoebe voleva dire che era un diritto della madre sapere. *Lei* avrebbe voluto saperlo. Ma lei non era Fiona Bell. Non era sposata. Non aveva figli. Non aveva mai amato una figlia, per poi perderla così orribilmente.

Cercò anche di immaginarsi al posto di Ian. Come si fa a dare una notizia così tragica alla propria madre, sapendo che non era forte già in partenza? Non ci riusciva.

"Cosa volete che le diciamo io e Millie?" chiese. "Eravamo amiche di Sarah. I . . . Le volevo bene come a una sorella. Dovremmo chiedere di lei?".

I suoi occhi scuri si illuminarono di sollievo quando la sua mano raggiunse quella di lei. Le sue dita scivolarono nelle sue come se fossero sempre state lì.

"Ne parlerà da sola. Sarah è il suo argomento preferito. E non importa che voi siate stata a Bellhorne spesso e che conosciate già la storia della nostra famiglia", le disse. "Vi mostrerà le rose che ha piantato per Sarah. Tirerà fuori i libri preferiti di mia sorella e condividerà i ricordi delle loro passeggiate. E sentirete le stesse storie più volte nei prossimi due giorni".

Phoebe avrebbe voluto avvolgerlo tra le sue braccia, stringerlo e cercare di lenire la tristezza che lo opprimeva. Lady Bell viveva in una fortezza di sogni. Ciò che preoccupava Phoebe ora era il dolore di suo figlio.

Abbassò invece lo sguardo sulle loro mani unite. "Non la deluderò, Capitano. Io e mia sorella saremo tutto ciò di cui vostra madre ha bisogno durante la nostra visita".

Ian aveva mandato un messaggio da Edimburgo e una carrozza li stava aspettando al molo dei traghetti.

Si sedette di fronte a Phoebe durante il viaggio di 16 miglia verso Bellhorne. Prima che salissero in carrozza, aveva ascoltato alcuni pezzi di conversazione in cui lei raccontava a Millie ciò che le aspettava. Ian non si preoccupò del fatto che quelle due fossero fedeli alla loro promessa. Era anche certo che sua madre sarebbe stata felice di vederle. Quelle giovani donne, soprattutto Phoebe, ricordavano i giorni in cui Bellhorne pulsava di vita e di amicizie.

La carrozza passò davanti alla baia di Inverkeithing e Ian guardò la marea che si ritirava. Aveva detto a Phoebe di aver costruito un castello di bugie, ma sapeva che poggiava su fondamenta di sabbia. Era solo questione di tempo prima che tutto crollasse.

Tutto ciò che stava facendo andava contro la sua integrità, contro il suo stesso carattere. Le continue falsificazioni sul benessere di Sarah, le notizie provenienti da lettere fittizie e i falsi racconti delle sue avventure lo tormentavano costantemente. E ora aveva promesso a sua madre che avrebbe scritto e convinto sua sorella a tornare a casa per una visita.

Bugie e ancora bugie.

Dire a Phoebe la verità non aveva fatto nulla per alleviare il suo senso di colpa, ma aveva sentito il legame tra loro rafforzarsi. Lui conosceva il suo segreto e ora lei conosceva il suo.

Mancava meno di mezz'ora al traghetto quando Millie appoggiò la testa sulla spalla della sorella e si addormentò.

Il ginocchio di Ian sfiorò le gonne di Phoebe. Lei non si era preoccupata di rimettere il cappello dopo la traversata e lui ammirò la danza dei riccioli scuri intorno al suo viso. Gli piaceva osservarla e si chiedeva se lei sapesse quanto i suoi stati d'animo si riflettessero nell'arco di un sopracciglio, nel rossore sulle guance o nell'inclinazione del labbro inferiore ribelle. La sua attenzione era rivolta alla campagna che passava, ma lui sentiva che la sua mente era anche su di lui. Di tanto in tanto, lei si voltava a guardarlo e i loro sguardi si incrociavano.

Era attratto da lei. Non c'era modo di negarlo. E lei era attratta da lui. La scintilla tra loro era inconfondibile, ma quella settimana era stata difficile. Tra la ramanzina che le aveva fatto dopo la visita all'ospedale degli orfani e il fatto di averle detto delle condizioni di salute di sua madre, Ian non avrebbe vinto alcun premio come corteggiatore.

Come corteggiatore. Non aveva mai pensato a sè stesso in quei termini. Ma era la verità.

Millie iniziò a dormire, poi adagiò la testa in una posizione più comoda contro la spalla della sorella. Il suo respiro divenne presto più profondo.

La tenerezza sul volto di Phoebe mentre guardava la donna più giovane era adorabile. Il legame dei Pennington. Non conosceva nessun'altra famiglia che avesse un senso di devozione così forte tra i suoi fratelli.

"Il visconte e Lady Greysteil si sono offesi per il fatto che non sono venuto a cena ieri sera?" chiese a bassa voce.

"No, erano a Edimburgo solo per una notte e hanno capito che il mio invito è stato fatto all'ultimo momento".

"Spero che non *vi* siate offesa".

"Non sono offesa, ma delusa che abbiate rifiutato". Si sbottonò la parte superiore del cappotto da viaggio. "Pensavo di aver già perso la vostra buona opinione su di me".

La sua reazione di due giorni fa, quando gli aveva raccontato la storia dei problemi dell'ospedale, non aveva fatto altro che aumentare il suo rispetto per il suo carattere.

"Al contrario. Ma spero che sappiate che tutte le cose che ho detto dopo la nostra visita all'Ospedale degli Orfani erano suggerimenti, non richieste. La mia intenzione non era quella di imporvi la mia opinione. Volevo solo che foste consapevole della posizione precaria degli enti di beneficenza nei confronti dei loro sostenitori".

"Capisco", disse dolcemente. "Ma sarei molto felice di lasciar perdere l'argomento, almeno per ora, finché non avrò l'opportunità di saperne di più".

Non poteva chiederle altro.

Phoebe Pennington era intelligente, bella, talentuosa e in grado di fare ciò che voleva quando si trattava di scrivere il suo articolo. Ma dopo la loro chiacchierata, si rese conto che lei non cercava riconoscimenti, ma voleva un cambiamento positivo. La ammirava per questo.

l giorno prima aveva mandato a prendere presso gli uffici dell'Edinburgh Review le copie passate contenenti gli articoli di Gaius Gracchus. La notte scorsa li aveva letti. Come si aspettava, Phoebe era molto colta e mostrava un atteggiamento in cui i principi avevano la precedenza sugli interessi personali e il pragmatismo aveva poco valore quando si trattava di fare delle scelte. Non aveva alcun interesse a discutere con Phoebe in quel momento sul compromesso politico e su cosa fosse necessario per gestire una città come Edimburgo. Ma un giorno sentiva che avrebbero avuto delle discussioni vivaci.

Lei aveva altro da dire. Invece raccolse i piccoli guanti dal sedile, li lisciò sulle ginocchia, li piegò e li rimise a posto.

"Siete cambiato", disse infine. "O forse ho avuto un'impressione sbagliata di voi quando ero più giovane".

"A rischio di sembrare vanitoso, mi interesserebbe sapere qual è stata la vostra impressione all'epoca", rispose. "E ancora di più mi interessa sapere in che modo è diversa adesso".

"Ora siete paziente e comprensivo delle posizioni altrui. Della mia, per esempio".

Il suo complimento era rilassante come una brezza leggera. Aveva capito la sua natura. Era definita dalla sua passione. Sarebbe stato molto infelice se lei avesse deciso di abbandonare la loro relazione a causa delle differenze di opinioni.

"E questo è stato inaspettato", continuò. "Se la memoria non mi inganna, avevate la reputazione di essere eccessivamente protettivo e di voler avere l'ultima parola".

"Sembra la percezione che mia sorella ha di me".

Un'ombra di tristezza offuscò l'espressione di Phoebe. Annuì.

Le lamentele di Sarah riecheggiano ancora oggi nella sua memoria. Si era ribellata alle sue richieste di riferire dove andava, con chi e quando sarebbe tornata. Tante volte lo aveva accusato di prendere troppo sul serio la responsabilità della sua tutela. Era solo suo fratello, diceva, e stava rovinando la loro amicizia con la sua "severità draconiana". E poi rideva e faceva comunque quello che voleva. Non c'era da stupirsi che lei e Phoebe fossero così amiche.

"Quanto siete distanti in età voi e i vostri fratelli?" chiese.

"Hugh ha nove anni in più. Gregory, tre anni".

"Sono protettivi nei vostri confronti?"

"Troppo protettivi. Anzi, la maggior parte delle volte sono impossibili", affermò. Rendendosi conto di essere stata troppo forte, controllò la sorella prima di continuare. "Ovviamente parlo soprattutto di mio fratello Hugh. Ma Gregory non è migliore se pensa che nessun altro sorvegli ogni mia mossa".

Guardò di nuovo la forma addormentata di sua sorella. "E intendo ogni *mia* mossa", ripeté. "Si fidano molto di più di Millie".

Ian capì perché si preoccupassero di più per Phoebe, ma decise di non fare commenti.

"Sono come una coppia di mastini che fanno la guardia a turno a un osso. Anche mio padre si aspetta questo da loro. Ne sono certa".

A prescindere da tutta la loro protezione, Ian sapeva in quali guai avrebbe potuto trovarsi Phoebe se non avesse pattugliato le Vault la notte dell'aggressione.

"Padri e figlie. Fratelli e sorelle", disse un attimo dopo. "Capisco il vostro punto di vista".

Non l'avrebbe mai detto a Phoebe, ma il suo più grande rimpianto nella vita era quello di non essere stato *più* protettivo nei confronti di sua sorella. Ma come avrebbe potuto impedire quello che le era successo? Non aveva intenzione di tenerla rinchiusa come una principessa delle favole. La verità era che qualunque cosa si faccia, non è mai abbastanza.

Ian contemplava le dolci colline che si innalzavano a nord. Il mistero della notte in cui Sarah era stata uccisa continuava a tormentarlo. La natura insensata della violenza non spiegava comunque le azioni di lei.

"Siete tornato alle Vault da quella notte in cui io...". Phoebe fece una pausa e le parole rimasero sospese nell'aria tra loro, riportando l'attenzione di Ian su di lei. "Dalla notte in cui mi avete incontrata lì".

"Sono tornato", ammise.

"Molte volte?"

Non voleva dirle che raramente dormiva bene di notte. Girare per le strade della città e andare a caccia nei sotterranei di South Bridge era un atto di necessità. Trovare qualcuno da aiutare o spaventare un potenziale aggressore con la sua presenza sembrava dargli una sorta di tregua dai fantasmi che lo perseguitavano. Fino alla prossima notte insonne.

"Ci andate tutte le sere quando siete in città?", chiese lei, senza arrendersi.

Scrollò le spalle. "Non ci faccio molto caso. Ci vado quando ne sento il bisogno".

Phoebe iniziò a dire qualcosa ma poi sembrò decidere di non farlo. Fissò la finestra. Ma non durò a lungo. I suoi occhi erano tempestosi quando tornò a guardarlo.

"Andate sempre laggiù da solo?".

"Sì".

"Perché?" chiese lei. "Perché non portare un aiutante? O il signor Crawford, il vostro valletto? Potreste anche assumere una guardia del corpo come Duncan Turner. O una compagnia di guardie".

Un altro uomo avrebbe potuto essere divertito dai suoi suggerimenti, ma lui no. Sapeva che le sue preoccupazioni erano legittime. Aveva affrontato un pericoloso assalitore laggiù. Il suo incontro era stato molto più pericoloso di tutti quelli che aveva avuto lui. Tuttavia, pensò bene di non prendere alla leggera le sue paure.

"Mi state davvero chiedendo di assumere una piccola milizia che mi accompagni quando vado laggiù?".

"Perché no".

"Quello che dite è assurdo".

"Mi preoccupo per voi".

Le parole erano un mero sussurro, ma lo trafissero e gli scaldarono il cuore. Cercò la mano di Phoebe e prese le sue dita tra le sue.

"Sono sempre armato. Sono sempre attento".

Voleva ricordarle che, combattendo in guerra, aveva affrontato avversari molto più pericolosi di quelli che avrebbe probabilmente incontrato laggiù. Ma dubitava che qualsiasi cosa avesse detto avrebbe attenuato le sue paure. Iniziò di nuovo a dire qualcosa, ma si fermò e guardò prima sua sorella. Millie stava ancora dormendo tranquillamente.

"Ci sono stati altri... ?" La mano libera si strinse sul grembo.

Sapeva di cosa stava parlando. Uccisioni.

"Nessuno di cui le autorità siano a conoscenza". Ian aveva abbastanza informatori tra i poliziotti da sapere che non erano stati scoperti nuovi cadaveri.

"L'assassino", sussurrò. "Avete detto che è coerente nel *modo in cui* abbandona le sue vittime. C'è coerenza anche nel *momento in cui* attacca le sue vittime? Forse con la luna piena?"

"No, non lo farete. Questo non è un argomento per i vostri articoli", la avvertì, stringendole la mano prima di lasciarla andare. "Gaius Gracchus scrive di politica e corruzione. *Non* vi farete coinvolgere in questa storia".

Doveva essere troppo rumoroso perché Millie si agitò e aprì gli occhi.

"Non vi farete coinvolgere in cosa?" chiese, soffocando uno sbadiglio.

Nessuno dei due rispose e lei guardò da Ian a sua sorella.

"Niente", disse Phoebe, sistemandosi sulla sedia. "Non sono coinvolta, quindi non c'è nulla di cui parlare".

Capitolo Dieci

Sarah era una matura sedicenne la prima volta che Phoebe la incontrò. Ma la somiglianza dei loro gusti e dei loro temperamenti era tale che diventarono subito amiche. Quello fu l'inizio delle numerose traversate del Firth of Forth, quando Sarah veniva a Baronsford e Phoebe si recava a Bellhorne, a volte con Millie, ma spesso da sola.

Mentre la carrozza usciva dalla strada principale e iniziava il lungo viaggio verso il Castello di Bellhorne, i ricordi si agitavano come l'acqua impetuosa che segue la curva di un fiume. Phoebe ricordò le conversazioni che condividevano, le storie che raccontavano, i rifugi tranquilli in cui fuggivano.

Fissò il finestrino della carrozza e ricordò come spesso loro due si allontanavano per raggiungere la cima della collina più alta della tenuta, il luogo preferito per sedersi sull'erba. Guardavano il Firth of Forth alla ricerca delle vele bianche delle navi e parlavano del loro sogno di viaggiare in luoghi lontani. Da lì potevano vedere l'antica quercia dove il padre di Sarah aveva chiesto a sua madre di sposarlo dopo essere tornato dalle colonie americane. Una volta avevano visto il fumo di un fuoco di cucina che si levava da un accampamento di viaggiatori rom e lei aveva raccontato a Phoebe di un matrimonio che i nomadi di passaggio avevano celebrato lì. La musica romantica dei violini e dei tamburelli aveva attraversato i campi fino all'alba.

Anche le loro visite alla spiaggia sassosa erano frequenti. Phoebe ricorda una giornata umida e nebbiosa che avevano trascorso alla ricerca di conchiglie perfettamente abbinate che avrebbero potuto salvare. Era la prima volta che andava a Bellhorne. Sarah le aveva parlato del bel curato del villaggio e poi era diventata cupa, raccontando le ultime lettere di Ian sulle battaglie nel continente.

Ma quando i lampi e i tuoni delle tempeste estive di Fife lampeggiavano e infuriavano all'esterno, di notte si recavano nella torre ovest alla ricerca del fantasma di un audace ribelle giacobita che, secondo la sua amica, si aggirava per il castello alla ricerca di un tesoro perduto.

Una volta tornato a Bellhorne dalla guerra, tuttavia, l'unico spettro che interessava a Phoebe era il Capitano Bell, che poteva apparire inaspettatamente, mostrare il suo bel volto, salutarle con sobrietà e poi andarsene all'improvviso come era arrivato. Eroe nella lotta contro Napoleone, ora era il padrone di Bellhorne, del suo villaggio di pescatori con la chiesa di pietra e delle terre collinose che si estendevano per miglia e miglia. Ma per Phoebe era un cavaliere errante ferito, tornato alle torri della sua fortezza di pietra grigia, in attesa dell'arrivo del suo vero amore.

Molte volte, quando andava a trovare la sua amica, Phoebe cercava di farsi notare dal fratello a cena, l'unico momento in cui si univa alla famiglia per un periodo prolungato. Durante il viaggio di ritorno da ogni visita, si immaginava che la volta successiva lui avrebbe scoperto che era spiritosa e coinvolgente e che meritava di essere corteggiata.

E ora era lì, a Bellhorne, scortata dall'unico uomo che avesse mai desiderato. Era felice di questo, ovviamente, ma Bellhorne non sarebbe mai più stata la stessa. Tutti quei pomeriggi dorati, tutte le loro avventure, tutti i loro discorsi a cuore aperto appartenevano al passato. Un passato che non avrebbe mai potuto recuperare. Sarah se n'era andata. La sua amica era perduta. Portata via e brutalmente uccisa. Era un destino che la sua dolce amica non meritava. E nella sua vita c'era un vuoto che non sarebbe mai stato colmato.

Il nodo nel petto di Phoebe bruciava dolorosamente. Ma non poteva fare nulla per riportare indietro Sarah.

"Eccoci qui", disse Ian. I suoi occhi e il suo tono gentile le fecero pensare che lui sapesse dove la sua mente aveva vagato. Sembrava capire la tristezza che la visita a Bellhorne avrebbe suscitato in Phoebe. Aveva condiviso quella perdita e lei sapeva che l'assenza di Sarah lo tormentava.

Qualunque dolore Phoebe stesse provando, tuttavia, doveva nasconderlo dentro di sé, perché ad accoglierli all'apertura della porta della carrozza c'era Lady Bell, con il viso che brillava di gioia alla vista dei visitatori. Le accolse con lo stesso calore e affetto con cui le aveva sempre accolti quando sua figlia era ancora viva.

"Lady Phoebe! Lady Millie! Rallegrate davvero il nostro tranquillo angolo di mondo, venendo a trovarci qui. Mie care!" Sospirò felice mentre Ian si chinava per baciarle la guancia. "Quanti ricordi preziosi".

Prima che le presentazioni e i saluti potessero continuare, la donna più anziana si trovò di fronte a Phoebe, con dita sottili e fresche che le cullavano il viso. Le toccò la guancia e le accarezzò i capelli, riversando su di lei l'affetto di una madre. "Tu, mia cara. La mia dolce ragazza. Sono così felice che tu sia qui".

Le parole faticavano ad affiorare, le scuse per non essere venute prima, i rimpianti per non averle scritto. Condoglianze che non riusciva a esprimere. Si morse il labbro e quando gli occhi le bruciarono, Phoebe abbracciò Lady Bell prima che potesse scoprire le lacrime che le stavano sfuggendo.

Quando le due si separarono, Ian era in piedi accanto a lei. Le toccò teneramente la schiena, quasi una carezza, mentre presentava lei e Millie a sua cugina, Mrs. Young, e continuava a brontolare bonariamente sul fatto che aveva una fame tale da mangiare un bue.

Mentre tutti si dirigevano verso la casa, Lady Bell si mise in mezzo a Phoebe e Millie e ordinò di servire un pranzo tardivo.

"Mangeremo in giardino vicino alle rose di Sarah, che ne dici?" suggerì, indicando la strada con il suo bastone. "Come facevamo sempre quando il sole faceva capolino".

Mentre passeggiavano intorno al castello ed entravano nei giardini attraverso l'arco, Phoebe si staccò dagli altri due e si fermò a guardare una collina lontana, che si ergeva da una fitta vegetazione di querce. Una volta Sarah le raccontò la storia di un parente che si era nascosto in quella foresta per un'intera estate dopo Culloden.

Phoebe era riconosciuta come una narratrice da tutti coloro che la conoscevano da quando riusciva a tenere la matita sulla carta e a mettere insieme le parole. Sarah provava una grande gioia nel raccontarle le leggende, le storie di fantasmi e i pettegolezzi che permeavano le grigie pietre del castello del XIII secolo. *Con le tue storie farai concorrenza a Lady Radcliffe*, diceva ridendo, *e le farai rimpiangere di aver preso in mano una penna*. Si chiese cosa avrebbe pensato la sua amica della nuova direzione che stava prendendo la sua scrittura. Creare fiction o riportare fatti. Phoebe era stata certa di avere la risposta un mese fa, ma ora non ne era più tanto sicura.

Ian si spostò accanto a lei. "Le Querce Ribelli", disse, seguendo il suo sguardo.

"Mi sono sempre chiesto se una storia che Sarah mi ha raccontato fosse vera o leggenda".

"È vero", rispose. "Quell'uomo ha trascorso quasi due mesi in un tronco d'albero bruciato".

Prendendo la sua mano, la mise sul suo braccio e Phoebe sentì il calore del suo corpo mentre seguivano gli altri.

"Grazie per averci portate a Bellhorne", disse a bassa voce.

"Volevo che vedeste di nuovo questo posto. Per vedere mia madre". Fece una pausa. "Volevo che veniste".

Phoebe arrossì, non essendo affatto sicura di avere il diritto di nutrire la speranza che le si era accesa nel cuore riguardo alle sue intenzioni.

Le cameriere avevano già preparato il pranzo davanti a un muro di clematidi fiorite. I giardini si estendevano intorno a loro.

"Devo mandare un messaggio al dottor Thornton e al signor Garioch e chiedere loro di non venire a cena stasera?". Chiese Mrs. Young mentre si disponevano intorno al tavolo.

"Per niente. Per niente. Li voglio qui", disse Lady Bell alla sua dama di compagnia prima di rivolgersi agli ospiti. "Conoscete il mio medico e il curato. Sarà un piacere riunire questi vecchi amici".

Phoebe scambiò uno sguardo con Ian. Aveva sentito nominare entrambi gli uomini nelle sue visite precedenti, ma non aveva conosciuto nessuno dei due. Non c'era motivo di dirlo. Da quello che aveva visto e sentito finora, non era la memoria di Lady Bell a preoccuparla quanto il fragile stato di salute dell'anziana donna. Camminando verso il giardino, fecero diverse soste per permetterle di riprendere fiato.

"Parlami della tua cara mamma", chiese Lady Bell mentre pranzavano. "E i tuoi genitori si dividono ancora tra i Borders e l'Hertfordshire?".

Mentre Millie aggiornava la padrona di casa su tutte le novità riguardanti i genitori, i fratelli, i matrimoni e le aggiunte alla loro famiglia in crescita, la mente di Phoebe tornò a pensare alla sua amica perduta.

I viali erbosi e le aiuole dei giardini erano brillantemente colorati dai ricordi più belli. Il profumo delle rose evocava un periodo molto diverso della sua vita. Molte notti durante una visita, Phoebe e Sarah si sedevano insieme sul letto e condividevano storie fino all'alba, mentre i profumi notturni del giardino si diffondevano nella brezza estiva.

Phoebe ricordava la sua ultima volta lì. Sarah era stata categorica nel dire che sentiva dei passi in una delle scale a chiocciola. Due settimane prima, aveva detto, le sue pantofole rosse erano scomparse, per poi essere ritrovate due giorni dopo ai piedi della stessa scala. Molto tempo prima, aveva raccontato a Phoebe la storia di una giovane donna di nome Anne Erskine che aveva vissuto più di un secolo fa nel castello. I dettagli non erano chiari, ma in qualche modo era caduta da una finestra in cima alla torre ovest e ora infestava il castello. Sarah credeva che i passi e il furto delle pantofole significassero che lo spirito solitario stesse cercando di raggiungerla e di fare amicizia con lei.

Bellhorne ospitava già almeno un fantasma. Anche se Sarah era morta a Edimburgo, i suoi resti terreni erano stati riportati nella casa che amava. Phoebe si chiese se lo spirito della sua amica avrebbe trovato la strada per tornare lì, dove avrebbe potuto infestare le scale con Anne Erskine.

All'improvviso si accorse che il tavolo era diventato silenzioso. Una domanda era stata rivolta a lei. Guardò discretamente Millie per chiedere aiuto, ma la sorella diresse lo sguardo solo verso il cugino di Ian.

"Mi dispiace, Mrs Young. Mi sono distratta un attimo. Mi avete chiesto qualcosa?".

"Ho trovato dei volumi dei romanzi di tua zia in biblioteca e...".

Lady Bell alzò una mano per zittirla. Il suo sguardo scuro si posò dolcemente sul viso di Phoebe.

"So che non è qui con noi, ma anche tu senti la sua presenza, vero?".

Phoebe cercò di inghiottire l'improvviso groppo in gola. Sarah era davvero con loro, nel ricordo, nello spirito, nella brezza che sfiorava le foglie e i petali dei fiori. Si sforzò. Non riusciva a dare una risposta. Le tornò in mente la conversazione avuta con Ian sul traghetto, sul fatto che sua madre non sapeva della morte di Sarah, la promessa che gli aveva fatto di non distruggere la finzione. Ma in quel momento, guardando gli occhi chiari e intelligenti della loro padrona di casa, Phoebe non poté fare a meno di chiedersi se lo sapesse.

"Come possiamo non pensare a Sarah mentre siamo seduti qui a respirare la dolce fragranza di tutte quelle rose che sono state piantate in suo onore?". Chiese Ian, ponendo fine al prolungato silenzio. Posò il tovagliolo sul tavolo. "Purtroppo, devo incontrare il signor Raeburn questo pomeriggio, se voi signore potete fare a meno di me per qualche ora. Mamma, vuoi riposare prima di cena?".

Le dita sottili si allungarono verso il figlio. "Infatti. In effetti, dovrei. E Alice, saresti così gentile da assicurarti che Lady Phoebe e Lady Millie siano sistemate nelle loro stanze? Chiedi a Mrs. Hume di assegnare delle cameriere che si occupino di ciascuna di loro".

"Me ne occupo io".

Mentre la servitù sparecchiava il pranzo, Ian accompagnò la madre nelle sue stanze, mentre Phoebe e Millie furono accompagnate dalla cugina.

"Sono sicura che deve essere molto difficile, come vecchie amiche di Sarah, portare avanti questa finzione", disse Mrs. Young a bassa voce una volta che furono fuori dalla portata della loro padrona di casa.

Phoebe osservò la donna che le conduceva attraverso il grande salone verso le scale. Dalle informazioni che Ian le aveva fornito durante il viaggio, aveva capito che la compagna di Lady Bell aveva circa trent'anni. Era stata sposata con un ecclesiastico nel Maryland ed era rimasta vedova circa un anno prima di arrivare a Bellhorne su richiesta di Ian.

Forse perché aveva letto tanti romanzi in gioventù o perché lei stessa provava dei forti sentimenti per il capitano Bell, ma a Phoebe era passato per la testa il pensiero che forse Mrs. Young nutrisse un interesse romantico nei confronti del cugino. Ma incontrandola di persona, non percepì alcuna attrazione di quel tipo. Gentile, riservata e concreta, la cugina di Ian appariva come una persona che si basava sulle cose pratiche della vita. E la sua attenzione era concentrata interamente su Lady Bell.

"Voi e Sarah vi siete mai incontrate?" Millie chiese alla donna mentre attraversavano la galleria del piano superiore. I ritratti di famiglia coprivano le alte pareti.

"Purtroppo non ne ho mai avuto la possibilità. Lei è nata a Fife e io a Baltimora. Siamo cugine attraverso suo padre e mia madre", spiegò. "L'ho conosciuta solo tramite le nostre lettere. Ma per come è stata mantenuta questa casa, la presenza di Sarah è innegabile, come ha detto Lady Bell a tavola".

La luce di mezzogiorno che filtrava dalle finestre illuminava i bei tappeti persiani e gli enormi dipinti dei membri della famiglia e degli antenati dal volto severo. Phoebe aveva attraversato quella galleria molte volte e ora si era soffermata davanti a uno dei suoi ritratti preferiti. Ian e Sarah. Lei era un'adorabile bambina di sette anni e lui era una versione giovane del bell'uomo che era oggi. Vestito con l'uniforme militare delle Coldstream Guards, il giovane guardava con ansia alle avventure che lo attendevano. Ma gli occhi di Sarah erano puntati sulle loro mani unite. Le piccole dita stringevano quelle più grandi del fratello. Non era pronta a lasciarlo andare.

Phoebe pensò alla sua conversazione con Ian sul continuo ritorno ai Vault. Tre anni dopo il rapimento di Sarah, non era pronto a lasciarla andare. E lei capiva quel sentimento.

La stavano aspettando nella porta in fondo alla galleria e lei si affrettò a raggiungerle.

"Mi hanno detto di mettervi nella stanza di fronte a quella di Sarah", disse la milady Mrs. Young quando arrivarono a destinazione. "Spero che vi vada bene".

"È perfetta", le assicurò Millie. "Abbiamo soggiornato spesso in questa stanza quando abbiamo visitato Bellhorne".

Non appena la cugina di Ian se ne andò, Phoebe si avvicinò alle finestre e le spalancò. Dal primo momento in cui erano arrivati, le sue emozioni avevano lavorato come una marea, prosciugando le fondamenta sabbiose sotto i suoi piedi. A poco a poco, stava sprofondando e stava diventando meno sicura. Quando Ian a pranzo le aveva interrotte era stato perfetto. Non sarebbe stata in grado di rispondere razionalmente alla domanda di sua madre.

"Cosa pensi che sia peggio?" Millie chiese dolcemente. "Sapere che tua figlia è morta o credere che si sia allontanata a causa di qualche ferita che le hai inflitto ma che non riesci a ricordare?".

Phoebe si voltò verso la sorella. Millie non stava aspettando una cameriera. Aveva già il baule da viaggio aperto e i vestiti stesi sul letto.

"Cosa ti fa pensare che Lady Bell creda che l'assenza di Sarah sia il risultato di qualcosa che ha fatto lei?".

Millie scosse la testa. "Durante il pranzo, so che non stavi prestando attenzione a molto di quello che veniva detto".

"Che cosa ha detto?"

" Lady Bell ha detto *due volte* che tutte le notizie su sua figlia provengono da suo figlio", spiegò Millie. "E proprio come una madre, si è subito giustificata parlando della sua vista e di come Sarah sappia che ha bisogno di aiuto per leggere o scrivere le sue lettere. E di quanto sia felice che fratello e sorella siano così uniti".

"Niente di quello che dici mi fa pensare che lei si dia la colpa per l'assenza di Sarah".

"Le madri si prendono sempre la colpa delle azioni dei loro figli", le disse sua sorella. "E per il loro cattivo carattere, le loro malattie, i loro matrimoni mal concepiti e qualsiasi altra cosa di cui ci si debba assumere la responsabilità".

Avvolgendo le braccia intorno a sè, Phoebe considerò le parole della sorella e pensò alla propria madre. Da quello che ricordava, ogni giorno travagliato vissuto da Millicent Pennington poteva essere ricondotto a qualche preoccupazione o a una vera e propria catastrofe che riguardava i suoi figli.

La maternità. Non ne sapeva quasi nulla. Non riusciva nemmeno a immaginare che tipo di madre sarebbe stata lei stessa.

Phoebe appese i vestiti nell'armadio e si avvicinò alla finestra mentre i suoi pensieri andavano in un'altra direzione. Nello stesso punto in cui si trovavano dalla sera in cui lo aveva incontrato di nuovo.

Ian.

Almeno sembrava che non avesse perso la sua buona opinione di lei. La loro conversazione in carrozza le tornò in mente. Le sue attenzioni, le parole che aveva pronunciato e ogni tocco erano custoditi e impressi nella sua mente.

Il bacio che avevano condiviso nel giardino di Baronsford sembrava essere avvenuto un'eternità fa, ma era ancora molto vivo nella sua memoria. Si toccò le labbra.

Phoebe era preoccupata per lui. Di dove andasse e del pericolo in cui si metteva con le sue sortite notturne negli inferi della città.

La forza, la sicurezza e l'addestramento non servivano a nulla quando un coltello sbucava dall'oscurità. L'uomo contro cui aveva combattuto stava commettendo un omicidio. Era scampata alla morte, così come il giovane Jock Rokeby. Ma pensare a Ian come a una potenziale vittima di quell'assassino le fece arrivare una lama d'acciaio rovente dritta al cuore.

All'improvviso, non riusciva a respirare. Le voci le arrivavano addosso. Volti. Di Sarah. Quello di Jock. Un uomo dal mantello scuro che correva per i corridoi delle Vault.

Il verde e la luce del sole fuori dalla finestra costituivano un richiamo. Phoebe si girò verso la porta. Aveva bisogno di spazio per muoversi e di aria per respirare se voleva liberare la mente ed essere una compagna tollerabile per il loro ospite per il tempo limitato della loro visita.

"Vado a fare una passeggiata".

"Dammi qualche momento per sistemare le nostre cose e verrò con te".

Non poteva aspettare. Non voleva compagnia. Aveva bisogno di pensare.

"Cercami nel roseto", disse alla sorella, prendendo la cuffia e uscendo.

Il corridoio era vuoto e Phoebe si fermò a fissare la porta di Sarah. Le vennero in mente le parole di Ian su come le stanze fossero state tenute pronte per l'imminente arrivo di sua sorella. Non poteva entrare. Non aveva bisogno di promemoria. La sua amica era già con lei in spirito.

"Sarah", sussurrò, premendo il palmo della mano contro la porta prima di affrettarsi lungo il corridoio.

Attraversando la galleria, Phoebe sentì gli occhi dei predecessori di Ian che la fissavano. Scendendo in fretta i gradini, sentì i normali rumori della casa e le venne in mente che avrebbero dovuto essere più confortanti. Ma al di là del familiare, avvertì una strana presenza. Non riusciva a identificarla. Un fantasma che assisteva a ogni sua mossa. Si fermò su un gradino e guardò il pianerottolo che portava alla galleria. Un'ombra si mosse dietro una colonna. Rimase perfettamente immobile per una dozzina di secondi in attesa, ma non c'era nulla.

Si diresse verso il grande salone. Le armi disposte sulle pareti, tra gli arazzi, brillavano in modo scialbo. L'inquietudine che si era insinuata nella sua pelle la fece rabbrividire mentre camminava, poi correva e poi camminava di nuovo verso la luce del sole all'aperto.

Nel roseto non c'era nessuno e questo andava benissimo per Phoebe. Si mosse lungo il filare di rose e il dolce profumo le riempì la testa. Sia Ian che Sarah erano cresciuti lì. Quella era casa loro come Baronsford lo era per lei.

Toccò un fiore bianco su un cespuglio di rose. I petali tremarono e caddero ai suoi piedi.

Sarah. La bella Sarah. Sarah intelligente e saggia, che si lamentava della rigidità del fratello, senza sapere che lui non aveva mai perso la fiducia in lei. Sarah, che per quanto parlasse di ribellione, era la più cauta delle persone.

Phoebe seguì i sentieri ben battuti del giardino fino al vecchio muro. L'odore del fieno appena tagliato nei campi le inondava i sensi. Attraversò un cancello sotto un arco e continuò a camminare, cercando di svuotare la mente dalla tristezza e di ricordare i momenti più felici a Bellhorne. Forse era così che Lady Bell aveva affrontato l'assenza della figlia.

Seguì il viottolo passando per i prati, costellati di fasci di fieno raccolti e accatastati.

Vagò per un po' e all'improvviso capì dove i suoi piedi la stavano portando.

Nessuno di Bellhorne ci andava, diceva Sarah, ma nei giorni d'estate, quando Phoebe era in visita e il tempo era particolarmente bello, le due si allontanavano oltre le alte mura che racchiudevano i bellissimi giardini di Lady Bell. Attraversando i campi e il campo nomadi vuoto e costeggiando il ruscello gorgogliante sopra il lago, arrivavano all'Auld Grove, un parco selvaggio e boscoso che Sarah amava molto.

Phoebe seguì ora il sentiero, tagliando per i campi fino a raggiungere il sentiero che conduceva lungo il ruscello fiancheggiato da felci. Conosceva bene quella strada e presto l'ombra fresca dell'antico boschetto la avvolse.

Un fruscio di rami alle sue spalle attirò l'attenzione di Phoebe. Con il cappello in mano, si coprì gli occhi con la mano e si guardò indietro. Si spaventò quando una mezza dozzina di uccelli si alzò in volo rumorosamente a pochi metri di distanza. Aspettò, aspettandosi che qualcuno emergesse dal sottobosco. Ma non apparve nessuno. Non ci furono altri suoni.

"Druidi", sussurrò.

Phoebe ricordava di aver esplorato i boschi e le rovine di antichi edifici e il cerchio di pietre nella gola vicino alla cascata. Sarah le disse che le pietre erette erano ancora visitate da streghe e stregoni che eseguivano antichi rituali nelle notti di luna e che venivano da tutta la Scozia. Phoebe non vide mai nessuno, ma credette alla sua amica.

Raggiunse la cascata e si fermò su un prato. Macchie di campanule annuivano con la brezza. In un giorno di sole, le due si sedettero proprio lì tra i fiori blu-viola, guardando le nuvole che passavano, e Sarah le disse che aveva un segreto scandaloso da condividere. Uno dei ragazzi del villaggio l'aveva baciata sotto la quercia dove i suoi genitori avevano deciso di sposarsi. *Era bello e forte. Profumava di sale e di vento marino,* aggiungendo la sua risata maliziosa, *e di aringhe.*

Phoebe sorrise al ricordo. La famiglia chiamava il roseto "di Sarah", ma era questo boschetto di fiori selvatici il luogo che la sua amica amava di più.

Il sentiero la portò presto a un'altra radura. Phoebe riconobbe le rovine di alcune capanne che stavano per essere invase dal bosco.

In un pomeriggio d'estate, non molto diverso da quello, si affacciava alla sua memoria. Sarah condivideva le storie di Ian da quando era tornato dalla guerra. Era preoccupata per suo fratello. Stava soffrendo. E la sua amica le disse che sapeva che Phoebe aveva una cotta per lui.

Phoebe si mosse attraverso l'erba alta verso gli edifici in rovina e le si strinse la gola quando ricordò tutto ciò di cui avevano parlato. Dell'amore. Matrimonio. Famiglia. I suoi occhi bruciavano di lacrime non versate. Cose che Sarah voleva ma che non avrebbe mai saputo. Non le avrebbe mai avute.

Spingendosi attraverso un gruppo di cespugli, Phoebe si trovò improvvisamente sull'orlo di un pozzo. Fissò il vuoto nero e pensò ai sotterranei di Edimburgo.

"Perché sei andata laggiù, Sarah? Cosa ti è successo?"

Phoebe non sentì nessun passo, nessun avvertimento che non fosse sola. Ma la mano che la spinse da dietro non apparteneva a nessuna presenza spettrale. E prima che potesse voltarsi, afferrare un ramo o gridare, stava cadendo nell'oscurità, precipitando come una pietra verso il centro della terra.

Fissò il buco. Silenzio.

Era caduta da un po' di tempo. Questo era un bene, anche se il tonfo sordo e duro alla fine lo sorprese. Ma non seguì alcun suono. Anche questo è un bene. Se n'era andata.

Il suo cappello giaceva come un piccione abbattuto nell'erba alta. Lo raccolse e lo gettò nel pozzo.

L'aveva seguita dal momento in cui era scesa dalle scale, cercando la sua occasione. E lei lo aveva condotto lì. Era perfetto. Così isolato. Così silenzioso.

Quella era la sua casa. La sua tana. Non aveva mai cacciato lì. Bellhorne era la sua casa. Cacciava in città. Era pulita. Le prede erano abbondanti. Ed era più sicuro.

Questa, però, questa Phoebe Pennington, si era trovata faccia a faccia con lui. Questo era un motivo sufficiente per morire.

Ma soprattutto, lo aveva colpito, attaccato. E intromettendosi, gli aveva fatto perdere la sua preda preferita. Aveva dato inizio a questa faida di sangue e doveva pagarne il prezzo.

E lei aveva pagato. Se mai avessero trovato il suo corpo, non avrebbero mai sospettato un omicidio. Era un cacciatore esperto. Dotato. Aveva eseguito un'uccisione pulita.

Era fatta. Non avrebbe testimoniato contro di lui.

Nessuno lo avrebbe ostacolato ora. Nessuno avrebbe interferito con la sua ricerca del destino. Nessuno gli avrebbe impedito di fare ciò per cui era stato scelto. Sentiva i sussurri che iniziavano. Le voci si facevano sempre più forti e insistenti. Sentiva le loro dita che raschiavano la sua pelle e poi premevano fino a quando, finalmente, scavavano nella sua carne e raggiungevano la sua anima.

Il momento era quasi arrivato. Pochi giorni. Una settimana. Sapeva che l'ora era quasi giunta. Sarebbe tornato a Edimburgo. Il destino lo attendeva. Il potere lo attendeva. La ricompensa lo attendeva.

Niente lo avrebbe fermato.

Capitolo Undici

Il tempo rallentò fino quasi a fermarsi e Phoebe fluttuò verso il basso. L'oscurità la avvolgeva e sotto di lei si apriva un vuoto infinito. Le braccia e le gambe non le obbedivano, e si agitavano inutilmente intorno a lei. Ma quando la sua mano colpì una pietra che sporgeva dal muro, sentì un dolore acuto alla spalla e poi ruotò come una trottola mentre precipitava verso il fondo. Un urlo le si formò in gola ma non uscì mai, perché un istante dopo toccò l'acqua sul fondo e l'impatto le fece uscire l'aria dai polmoni.

Mentre Phoebe sprofondava nell'oscurità, non esisteva alcun senso di salita o discesa. All'improvviso la sua mente stordita si rese conto che stava per annegare. Lottò contro il panico paralizzante. La volontà di vivere prese il sopravvento.

Scalciò i piedi, con una mano che artigliava quella che sembrava una parete di pietra, e poi il suo corpo iniziò a muoversi verso l'alto. Superò la superficie e si ritrovò in un'aria quasi fredda come l'acqua, ma non riusciva ancora a respirare.

No. No. No. Non morirai.

Cercando di muovere mani e piedi per tenersi a galla, scoprì di non sentire più la spalla sinistra. Il braccio galleggiava inutilmente, come se si fosse staccato dal corpo. Il suo petto era bloccato in uno spasmo doloroso che non ammetteva aria. Si afferrò il braccio e la spalla e un dolore acuto le irradiò la schiena. Sentì un soffio d'aria nei polmoni e cercò di pensare.

Un altro respiro. Guardò in alto. Le pareti di pietra si estendevano dritte per una distanza incredibile. Un pozzo. Era caduta in un pozzo.

L'acqua era molto fredda e il vestito le pesava. Inspirò un altro respiro. Guardò di nuovo verso l'alto e la distanza dalla cima sembrò allungarsi ancora di più.

Iniziò a chiamare aiuto ma si fermò subito. Il suo cappello l'aveva seguita nel pozzo.

Ricordò. La paura formò un nodo stretto nel suo stomaco. Qualcuno l'aveva spinta. E quello stesso qualcuno ora era in piedi in cima.

Il cappello atterrò sull'acqua accanto a lei.

Cercò di muovere di nuovo il braccio sinistro e il dolore acuto le fece smettere di scalciare. Il suo mento si immerse sotto la superficie. Phoebe inghiottì un boccone di acqua dal sapore sgradevole e ebbe un conato di vomito. Scalciando e boccheggiando, grattò la parete, scivolosa di muschio, alla disperata ricerca di qualcosa a cui aggrapparsi. Le sue dita trovarono uno stretto bordo di pietra.

Alzò di nuovo lo sguardo una volta che il rigurgito si fu placato. Qualcuno a Bellhorne la voleva morta.

"Andrò io stesso a Edimburgo la prossima settimana", disse il Dr. Thornton. "Farò in modo che il medico della facoltà di medicina venga con me. Non abbiate paura, Capitano".

Ian avrebbe voluto rimanere composto come il dottore. Era stato via da Bellhorne meno di una settimana, eppure al suo ritorno sua madre appariva ancora più pallida e debole. Far venire uno specialista per visitarla cominciava a sembrare un'impresa critica e lui gli comunicò la sua preoccupazione.

"Capisco la sua preoccupazione", concordò il dottore. "Quando sono arrivato prima, mi sono fermato a vederla prima di venire nel suo ufficio. Il declino che state notando ora potrebbe essere temporaneo. Ma devo dirvi che il cambiamento potrebbe essere stato causato dall'eccitazione di questa compagnia inaspettata".

"Era molto felice di accoglierle". Il benvenuto che sua madre diede a Phoebe aveva toccato Ian più di tutti. Il modo in cui prese Phoebe tra le braccia gli riportò alla mente altri ricordi di Sarah.

Toccava il viso della figlia e la guardava negli occhi come se potesse discernere, con quel semplice gesto, tutto ciò che era giusto o sbagliato.

Il dottore scosse la testa. "A voi sarà sembrato così, ma lei pensava che la casa non fosse pronta a ricevere le figlie di un conte. A quanto pare, la cuoca è tutta in fibrillazione e la governante è in preda al panico per il personale che deve occuparsi di queste giovani signore. Ho dovuto ascoltare ogni sua preoccupazione. Se tienete alla sua salute, risparmiatele questo tipo di agitazione".

Ian sapeva che era nel carattere di quell'uomo dire quello che pensava, a prescindere da chi si rivolgesse, ma sentì che la sua rabbia stava salendo. Nella maggior parte dei giorni, avrebbe permesso al dottore di dire la sua e avrebbe lasciato perdere. Ma suggerire che Phoebe non fosse la benvenuta a Bellhorne significava oltrepassare i limiti della sua posizione.

"Mi preoccupo della sua salute, Thornton", disse bruscamente. "E mi occuperò di qualsiasi confusione in casa, a partire da Cook e Mrs. Hume. Ma per essere chiari, Lady Phoebe e sua sorella sono ospiti gradite a Bellhorne, come lo sono sempre state e sempre lo saranno. Quando le conoscerai, capirai che la loro presenza avrà un impatto positivo sulla vita di mia madre...". Un leggero bussare alla porta fermò momentaneamente Ian. " . . . sulla salute di mia madre".

Quando Ian andò ad aprire la porta, il dottor Thornton brontolò qualcosa sottovoce e si girò verso la finestra. Si aspettava che fosse Phoebe e fu sorpreso di trovare Millie ad aspettarlo fuori. Sembrava pallida e senza fiato. Notò dei pezzi di fieno impigliati in fondo alle gonne, come se avesse camminato nei campi.

"Lady Millie, cosa c'è che non va?".

"Mi dispiace interrompere, capitano, ma speravo che voi sapeste dove è sparita mia sorella".

"Cosa intendete per 'sparita'?" chiese, con il disagio che gli stringeva lo stomaco in una morsa.

"Ha lasciato la nostra stanza subito dopo il pranzo con vostra madre. Dovevo incontrarla in giardino. Ma ho guardato dappertutto e non l'ho trovata da nessuna parte".

Si ricordò di mantenere la calma, nonostante la sua tendenza a immaginare il peggio in quei giorni. Phoebe aveva visitato spesso Bellhorne, mentre Millie aveva accompagnato la sorella solo occasionalmente. La sorella maggiore aveva più dimestichezza con il castello e i suoi dintorni.

"Dove avete guardato *esattamente?*" chiese mentre la accompagnava verso la sala grande con Thornton alle calcagna.

"Il giardino. I frutteti. Ho controllato con gli stallieri nelle scuderie, pensando che Phoebe avesse deciso di fare un giro. Ma nessuno l'ha vista e non manca nessun cavallo".

Apparve un cameriere.

"Chiama subito il signor Singer", ordinò Ian, facendo correre l'uomo verso il maggiordomo. Si voltò di nuovo verso Millie. "Potrebbe essere a passeggiare con mia madre?".

"Non lo è. Ho chiesto a Mrs. Young di controllare. Ha detto che vostra madre sta riposando e che Phoebe non è andata a trovarla".

Il maggiordomo si precipitò nel salone. Ian diede indicazioni per organizzare una ricerca. "Fai venire qui anche il signor Raeburn".

La casa era già in fermento per l'urgenza dei suoi ordini. Apparve la governante. "Cosa c'è, capitano?"

"Non riusciamo a trovare Lady Phoebe. Chiedi alla servitù di cercarla. Cercate dappertutto".

Mentre Mrs. Hume usciva di corsa, Ian si rivolse di nuovo a Millie. "Avete guardato nella stanza di Sarah?".

"Quando non era in giardino, è stato il primo posto in cui ho guardato", rispose. "Non è lì".

Cercò di pensare a tutti i luoghi in cui Sarah amava portare i suoi amici. Bellhorne era una grande casa con un vasto parco e Phoebe non ne era estranea. Ora si sentivano dei passi che correvano e delle porte che si aprivano e chiudevano.

Millie sembrò improvvisamente un po' imbarazzata per lo sconvolgimento che aveva messo in atto.

"Forse ho reagito in modo eccessivo e la mia preoccupazione è inutile. Conosco mia sorella. So che ha una natura avventurosa. Forse è semplicemente uscita per conto suo e tornerà per cena".

Niente avrebbe reso Ian più felice, ma desiderare che fosse vero non faceva diminuire la preoccupazione. Non si sarebbe dato pace finché non l'avessero trovata.

A Phoebe rimaneva poca forza nelle gambe per scalciare e tenersi a galla. Aveva trovato una stretta sporgenza scivolosa sulla pietra e vi si aggrappò per salvarsi. Le sue dita però si stavano intorpidendo e continuava a perdere la presa. Ogni volta affondava nell'acqua. Ma non si arrendeva e ogni volta si dimenava per risalire in superficie.

Non aveva più voce per chiedere aiuto. L'unico suono nel pozzo era il ticchettio dei suoi denti e il vuoto sciabordio dell'acqua intorno a lei.

La sensibilità del fianco sinistro era tornata, ma il freddo e la stanchezza avevano reso il braccio inutile. Il suo corpo sembrava sempre più un peso morto e sapeva che era solo questione di tempo prima di perdere l'appiglio e sprofondare sul fondo.

Tempo. Non sapeva quanto tempo fosse rimasta laggiù, se non che il cielo in alto stava assumendo una tonalità di blu più scura. Chiunque l'avesse spinta dentro doveva essersene andato. Non le piovve addosso nient'altro. Nessun masso. Nessun ramo. Non c'era stato alcun tentativo di coprire la cima. Forse pensava che la caduta l'avesse uccisa.

Non aveva dubbi che a quell'ora si fossero già accorti della sua scomparsa. Millie sarebbe andata a cercarla quando non l'avesse trovata nel roseto. Phoebe non si arrendeva, ma le probabilità che qualcuno cercasse nell'Auld Grove erano scarse. E anche se lo avessero fatto, come avrebbero fatto a trovarla in fondo a un pozzo dimenticato?

Phoebe chiuse gli occhi e appoggiò il viso alla parete scivolosa. Non poteva perdere la speranza. Non poteva morire. No. Non lì. Non a Bellhorne. Il volto di Ian si formò nella sua mente. Aveva già sofferto troppo. Si riteneva responsabile di ciò che era successo a Sarah. Lei non poteva aggiungersi al suo senso di colpa.

"Ti sto aspettando, Ian", mormorò. "Ma trovami".

Bellhorne e la tenuta erano in completo subbuglio. Tutti i membri del personale stavano cercando Phoebe e gli affittuari si erano uniti a loro.

Temendo un ulteriore turbamento per sua madre, Ian decise di allontanarla dal centro dell'azione. Il curato, il signor Garioch, intervenne e invitò la donna anziana a raggiungerlo in paese per la cena.

La carrozza fu portata fuori e Alice Young l'accompagnò in canonica. Millie, tuttavia, non voleva andare da nessuna parte finché non avesse trovato sua sorella.

La casa fu ispezionata di nuovo con cura, stanza per stanza. I cani erano stati portati fuori dalle cucce e i contadini e gli stallieri stavano setacciando i campi.

Ian stava per perdere la testa. Non riusciva a capire dove potesse essere andata Phoebe. Erano arrivati li con la sua carrozza. Non aveva preso nessun cavallo dalle scuderie. Non c'era molta strada che avrebbe potuto percorrere in poche ore a piedi. Ma in quale direzione sarebbe andata?

Non appena le ricerche furono ben avviate, si recò al villaggio per interrogare i pescatori che stendevano il pescato ad asciugare lungo la riva. Preoccupazione su preoccupazione. E se fosse stata rapita contro la sua volontà? Tutti quelli che interrogò risposero allo stesso modo. Nessuno aveva visto una donna che corrispondesse alla sua descrizione. Nessuno straniero era passato di lì. Nessuno l'aveva vista. Tutto ciò che Ian riuscì a fare fu arruolare altri uomini per estendere le ricerche su e giù per la costa.

Non voleva pensarlo. Non c'era alcun parallelo tra la scomparsa di Sarah e quello che stava accadendo ora. Erano a Bellhorne. Non erano a Edimburgo. Li non esisteva nessun pericoloso mondo del crimine. Si fidava dei suoi affittuari e degli abitanti del villaggio, di tutti quelli con cui lei sarebbe potuta entrare in contatto.

Tornando a Bellhorne, pregò che lei fosse lì ad aspettarlo con Millie. Ma se non ci fosse stata? Il terrore gli percorse la schiena e spronò il cavallo.

Ian cercò di mettersi al posto di Phoebe. Sapeva che era sconvolta mentre pranzavano nel roseto. Il suo primo pensiero quando ha saputo della sua scomparsa è stato che potesse aver rivisitato i luoghi in cui era andata con Sarah. Ma avevano già cercato in tutti i posti che gli erano venuti in mente e lei non si trovava.

La sera si stava avvicinando. Presto il buio della notte li avrebbe sopraffatti. Ian sentiva la tensione tendere ogni arto. Riusciva a malapena a pensare, con un nodo di dolore che gli pulsava nella testa.

"Dove sei, Phoebe?", chiamò nel vento. Non ricevette risposta.

Mettiti al suo posto. Le parole riecheggiarono ancora e ancora nella sua mente. Come poteva sparire? Dove sarebbe andata? E perché?

La conosceva. Aveva visto il suo coraggio, la sua volontà di affrontare il pericolo.

Ian era quasi arrivato a Bellhorne e vide i suoi uomini e i loro cani disposti in fila per i campi. Raeburn li stava dirigendo. Non era ancora stata trovata.

"Dove sei andata, Phoebe?".

Gli venne in mente l'immagine del suo corpo svenuto che atterrava ai suoi piedi nei sotterranei. Poche persone che conosceva, uomini o donne, avevano il suo cuore e il suo coraggio.

L'intuizione fu lenta, ma per risolvere qualsiasi puzzle bisognava assemblare i primi pezzi. E lui li aveva.

Aveva trovato Phoebe in abiti maschili per il suo viaggio nei Vault, il luogo più pericoloso di Edimburgo per chiunque. L'aveva seguita per le strade di Edimburgo, per poi raggiungerla presso la Greyfriars Kirkyard, dove i fantasmi senza testa dei Covenanter uscivano dalle loro tombe. Voleva salire in cima all'Arthur's Seat, dove Bonnie Prince Charlie si trovava e sorvegliava la capitale per la quale era venuto a combattere. Era attratta dal pericolo, dal proibito.

L'Auld Grove. Nessuno ci andava più, tranne i viaggiatori che si accampavano nelle vicinanze durante l'estate. Come uno sciocco, aveva mostrato a sua sorella le pietre erette una volta e poi, ripensandoci, aveva cercato di metterla in guardia con storie di streghe e rituali di sangue. Pensava di esserci riuscito, ma ora si chiedeva se Sarah avesse portato Phoebe lì durante le sue visite.

E se avesse avuto ragione e fosse successo qualcosa a Phoebe là fuori, allora avrebbe avuto un motivo in più per bruciare all'inferno.

Phoebe fissò la mano pallida aggrappata alla roccia muschiosa. Le dita insanguinate non le appartenevano. Una vaga indifferenza le offuscava il cervello e si accorse di non essere più preoccupata per il freddo, perché non sentiva quasi più le gambe. Il tintinnio dei suoi denti continuava, ma lo sentiva solo di tanto in tanto. I suoi respiri ansimanti non prendevano abbastanza aria. Ma non le importava nemmeno di questo. L'unica cosa che voleva fare era dormire.

Strofinava la guancia contro una roccia scivolosa e pensava ai suoi rimpianti.

"Rim . . . pianti". Fece fatica a far passare le parole dalle labbra. Il suono le rimbalzava in testa. O era l'eco delle pareti? Non lo sapeva.

Rimpianti.

Era una brava figlia, anche se faceva perdere le staffe al padre ogni volta che litigavano. Era anche una brava sorella. E se Hugh e Gregory sostenevano che fosse stata lei a causare i loro primi capelli bianchi, allora mentivano. Millie e Jo le volevano bene, la tolleravano senza i teatrini invadenti dei loro fratelli. E lei era socialmente consapevole dei problemi dei poveri. Aveva usato il suo dono della scrittura per il loro benessere.

Non aveva rimpianti.

"Un'altra bugia", disse lei.

Chiudendo gli occhi, vide il volto di Ian. Era il suo rimpianto. Non averlo corteggiato. Era sempre stato lui quello giusto. L'unico.

Aveva ventisette anni e i loro pochi momenti da soli - e il suo bacio - erano tutto ciò a cui pensava.

"Ian", sussurrò.

Si era assicurata un posto come scrittrice, nonostante le difficoltà che le si presentavano per il fatto di essere una donna. Scriveva per l'*Edinburgh Review*. Era un grande risultato. Ma che dire delle altre cose che potevano renderla felice?

Matrimonio. Figli. Sesso. Le venne in mente che l'ordine era confuso, ma che importanza aveva? Le era mancato tutto questo. Le mancava la passione che comportava dare a un uomo tutta sé stessa, corpo e anima. Stava morendo in una buca scavata secoli prima in un boschetto dimenticato... e non aveva ancora sperimentato la vita.

"Lasciarmi andare", disse mentre una mano scivolava via dalla roccia. Sarebbe stato così facile lasciare andare anche l'altra.

Il suo corpo implorava di essere lasciato affondare sul fondo. Facile. Phoebe fissò la presa scivolosa che la teneva a galla. Tutto ciò che doveva fare era rilasciare ogni dito.

"Ian". Il suo volto. Non l'avrebbe lasciata stare.

Quindi, aveva dei rimpianti. Ma quali erano quelli di lui? Si chiese. Sua sorella era morta e lui, dopo tre anni, non era ancora riuscito a risolvere i suoi sensi di colpa. E lei? L'aveva salvata nei sotterranei. Si era preoccupato per lei, le aveva fatto la morale, ma l'aveva trattata come un essere umano intelligente e sensibile. E poi l'aveva portata a Bellhorne. Si sarebbe sentito responsabile della sua morte. Non aveva dubbi.

La morte. La tomba. Che importanza aveva se si trattava di una bara in un cortile o dell'acqua in fondo a un pozzo? Fissò di nuovo le dita ostinate che stringevano la roccia.

"Ian", gridò con tutto il fiato che aveva.

Ian non l'avrebbe mai sentito se non avesse seguito i rami spezzati e i ciuffi calpestati di verzura ed erba alta. Il debole grido proveniva dal fondo del pozzo, quasi nascosto dagli arbusti cresciuti.

Mentre guidava un gruppo di uomini verso l'Auld Grove, si era preoccupato che se Phoebe si fosse avventurata qui da sola, avrebbe potuto slogarsi una caviglia. Peggio ancora, avrebbe potuto essere aggredita da un vagabondo di passaggio. Ma il pozzo? Non ci aveva mai pensato.

"Che mi venga un colpo", imprecò.

Mentre si affannava per raggiungerla, stava per entrare lui stesso. Fissando l'oscurità, Ian gridò ai suoi uomini di portare delle corde e una lanterna.

Mettendosi in ginocchio, si sporse nel pozzo e sentì il rumore di uno schizzo sul fondo.

Il sollievo per averla trovata e la preoccupazione per la gravità delle ferite che avrebbe potuto riportare lottarono nel suo cervello.

"Phoebe!", la chiamò verso di sé. Per un attimo il panico lo colpì pensando che forse se l'era immaginato. Aveva desiderato così tanto sentire la sua voce che l'aveva evocata. "Parlatemi, Phoebe".

"No".

Quell'unica parola riverberò lungo le pareti di pietra e il sollievo lo attraversò.

"Questo è lo spirito giusto", disse.

Una lanterna fu accesa e calata nel pozzo. Ian poté vedere il suo viso rivolto verso l'alto. I suoi capelli bagnati erano spinti all'indietro, la sua pelle era pallida come quella di un morto. Gli occhi stanchi lampeggiavano nella luce tremolante.

"Sto arrivando", disse. "Aspettate".

Ian legò rapidamente un grosso anello all'estremità di una seconda corda e scese nel pozzo. Mentre scendeva, gli si spezzò quasi il cuore. Bagnata e tremante, era aggrappata alla parete ricoperta di muschio.

Quando l'aveva quasi raggiunta, allungò il braccio per afferrare la corda, ma le sue dita non si chiusero e il suo corpo affondò fuori dalla vista. Lasciando la presa, si tuffò nell'acqua, pregando di non cadere sopra di lei.

L'acqua era nera e fredda, ma lui la trovò subito. Avvolgendole il braccio intorno alla vita, li spinse entrambi velocemente in superficie.

Voleva baciarla fino a perdere i sensi.

"Phoebe", pronunciò il suo nome. Il suo viso aveva assunto una tonalità grigia simile a quella di una maschera. La sua pelle era come il ghiaccio e tremava in modo incontrollato.

Dannazione, pensò. Da quanto tempo era li dentro?

Mettendola a sedere nell'anello, cercò di farle avvolgere le mani intorno alla corda. Voleva farla uscire dall'acqua, ma lei si aggrappava al suo collo e non lo lasciava andare. Capì la sua reazione. Voleva fare lo stesso.

"Phoebe, dovete lasciarmi andare. Possiamo uscire solo uno alla volta".

Lei scosse la testa e si strinse di più al suo collo.

"C'è una coperta calda che vi aspetta. Vestiti asciutti. Un letto".

"No".

"Prometto di abbracciarti, tesoro. Non ti lascerò mai andare quando saremo fuori di qui".

Lei era ancora titubante. Con la forza le tolse le braccia dal collo e le avvolse intorno alla corda. Le baciò le labbra e gridò agli uomini sopra di lui di tirarla su lentamente.

"Aspetta, amore mio".

I suoi occhi guardarono nei suoi mentre iniziavano a sollevarla. Era viva, si disse. Viva. Era sopravvissuta alla caduta nel pozzo. Un miracolo assoluto. Ordinò alla preoccupazione che lo tormentava di tacere. Non l'aveva persa.

"Nessun rimpianto", disse tra i denti. "Non voglio rimpianti".

Lei continuò a guardarlo mentre saliva e lui non le tolse mai gli occhi di dosso.

Il delirio può far dire cose strane, pensò, ma Phoebe non sembrava delirante.

Nessun rimpianto.

Mentre aspettava che la corda tornasse giù dal pozzo, Ian si chiese cosa intendesse dire.

Capitolo Dodici

Debole per la stanchezza, scossa emotivamente e infreddolita fino alle ossa, Phoebe sentì di aver ottenuto una seconda possibilità di vivere quando la tirarono fuori e la fecero sedere accanto al pozzo. Ian l'aveva trovata e l'aveva salvata, ma lei sapeva di avere ancora abbastanza vita da poter zoppicare fino a casa sulle sue gambe.

Però lui non lo avrebbe permesso. Avvolgendo il suo cappotto intorno a lei, la prese in braccio e la portò con sé, stringendola al petto come se volesse tenerla lì per sempre, proprio come aveva promesso.

Quando attraversarono i giardini di Bellhorne, i domestici corsero loro incontro da ogni parte. Era uno spettacolo, a dire il vero. Le grida risuonarono. Millie apparve e scoppiò in lacrime prima che raggiungessero la casa. Si comportò come se sua sorella fosse morta e ora fosse tornata in vita.

Phoebe non voleva pensare a quanto fosse stata vicina a rinunciare.

Tutto ciò che la circondava era confuso e l'eccitazione la commuoveva, ma non desiderava altro che sprofondare di più nell'abbraccio di Ian. Il suo nome era quello che aveva invocato continuamente in quei momenti in cui ogni speranza sembrava perduta.

Tutte le cose belle, però, devono finire. Una volta portata di sopra, il suo eroe fu spinto fuori dalla stanza. In quello che sembrò un istante, Mrs. Hume e diverse cameriere la spogliarono, la lavarono con acqua calda, la asciugarono con cura e la misero a letto in una camicia da notte con una bevanda calda. Millie rimase con lei, sorvegliandola e preoccupandosi di lei ogni secondo. Era così stanca e infreddolita. Non riusciva a riscaldarsi.

"Il dottore sta salendo", disse la governante mentre lei e gli altri uscivano.

"Lady Bell?" Phoebe chiese alla sorella quando furono sole. Poteva solo immaginare quanto potesse essere sconvolgente per la donna la notizia della sua scomparsa. "Spero che nessuno le abbia detto che sono scomparsa".

"Lei e Mrs. Young sono state portate in canonica". Millie guardò fuori dalla finestra il cielo della sera. "Non so quale storia abbia inventato il capitano Bell per mandare via sua madre, ma è stato tutto organizzato in modo rapido ed efficiente. Non credo che lei lo sappia".

Phoebe si sentì sollevata, ma non ebbe più tempo di parlare in privato con la sorella perché bussarono alla porta. Millie fece entrare un uomo che si presentò come il Dr. Thornton.

"Quindi è viva", esordì, guardando Phoebe dall'ombra che si faceva sempre più scura vicino alla porta. "L'istigatrice di questo putiferio".

Anche se avesse conosciuto bene il dottore, la sua maleducazione non sarebbe stata ignorata. Di altezza media, si portava come un uomo pronto a combattere in qualsiasi momento. Il suo viso era butterato e mostrava una serie di cicatrici biancastre che risaltavano sulla sua pelle rubiconda, ma a parte questo, non c'era nulla di particolare nei suoi lineamenti. Phoebe era certa di non averlo mai incontrato. Ma il modo in cui si fermò quando entrò, fissandola prima di entrare nella luce della candela accanto al letto, le fece pensare che forse si erano già presentati. Forse quando Sarah era ancora viva, pensò.

Millie presentò i due e la freddezza del suo tono indicava che anche lei era stata colta di sorpresa dal comportamento dell'uomo. Il dottore, tuttavia, non mostrava alcuna consapevolezza di come veniva percepito.

"So abbastanza bene chi siete". Guardò Phoebe con cipiglio

mentre le controllava il polso e si chinava per ispezionarle il viso e gli occhi. "Siete ospiti qui e non mi vergogno di dirvi che non c'è nulla di buono nel prendersi delle libertà quando si è estranei".

Non era estranea a questa casa, né ai giardini e ai terreni, e *non si* stava prendendo alcuna libertà. Ma quando Phoebe iniziò a rispondere alla sua impertinenza, lui le prese la mano, le alzò il gomito e procedette a piegarle il braccio in tutti i modi possibili fino a farla rantolare dal dolore. Apparentemente soddisfatto, la lasciò andare senza troppe cerimonie. Rivolgendosi a Millie, che si aggirava come una madre nervosa e osservava tutto ciò che faceva, annunciò che non c'era nulla di rotto, per quanto ne sapeva, il cuore batteva ancora e la respirazione era perfettamente regolare.

"Non saprò quanto sia grave la contusione alla spalla finché il gonfiore non si sarà ritirato. Forse domani o dopodomani avremo un'idea più precisa".

Phoebe allungò il braccio sinistro e flesse la spalla. Ora le faceva più male dopo i maltrattamenti subiti, ma non si sarebbe lamentata con quell'uomo neanche se l'arto si fosse staccato e fosse caduto sul pavimento.

"Quindi", disse, guardando Phoebe, "per aver portato il caos nella casa, aver sconvolto i vostri ospiti e aver sollevato un polverone che ha spinto uomini di due contee a lasciare le loro fattorie per unirsi alle ricerche, le conseguenze del vostro comportamento irresponsabile sono alcuni graffi su un lato del vostro viso".

Era brava a sviare i rimproveri, ma quell'uomo aveva un modo di sferrare i colpi che l'aveva colta di sorpresa.

Spostò di nuovo l'attenzione su Millie. "E i graffi guariranno presto e non lasceranno cicatrici".

"Dottore", esordì Millie in modo brusco, "spero che sappiate che mia sorella-".

"So che stare in un luogo che si conosce poco e vagare da soli in luoghi sconosciuti sono passatempi pericolosi", disse lui, interrompendola bruscamente e lanciando un'occhiata a Phoebe. "Se vedeste l'angoscia che avete causato al Capitano Bell, dopo tutto quello che ha passato".

"Io non..." Phoebe disse a denti stretti. "Non sono entrata in quel pozzo...".

"No?" Girò i tacchi. "Controllate che non abbia attacchi di isteria", ordinò a Millie. "Dimenticanza, febbre, confusione o perdita di memoria".

Nessuna di queste sarebbe stata così sgradevole come sopportare i modi di quell'uomo anche solo per un momento in più.

Il dottore si avviò verso la porta. "Dica al capitano Bell di mandarmi a chiamare se compare uno di quei sintomi". Si fermò con la mano sulla maniglia e guardò Phoebe accigliato. "Siete fortunata ad essere viva, signorina. Goditevi questo momento. La prossima volta potrebbe non esserci nessuno a salvarvi".

Le parole del medico suonarono come un campanello d'allarme. La spinta da dietro. Il modo in cui era stata abbandonata. Chiunque l'avesse fatto pensava che nessuno l'avrebbe mai trovata, figuriamoci salvarla.

La porta della camera da letto si chiuse alle spalle de dottor Thornton e Millie la guardò con assoluta incredulità. "Hai mai conosciuto qualcuno di più sgradevole?".

Lei sì. Loro padre poteva essere piuttosto sgradevole dopo una delle loro discussioni. Ma il cipiglio del conte era generalmente giustificato.

Millie si avvicinò al lato del letto, armeggiando con le lenzuola e le coperte. "Stai ancora tremando e sei molto pallida. Dovresti cercare di mangiare qualcosa e poi dormire. Chiederò Mrs Hume di mandare su una cena leggera. Ti va bene?"

Phoebe prese le dita svolazzanti della sorella tra le sue. Guardò gli occhi grigi ancora arrossati dalle lacrime di prima. "So che eri spaventata. Mi dispiace". Posò un bacio sulle dita. Odiava vedere la sorella minore sconvolta in quel modo.

"Cosa ti è successo?" Millie si sedette sul letto. "Sei avventurosa ma non maldestra. Com'è possibile che tu sia caduta in un pozzo? Non è proprio da te".

Una cosa era condividere le sue avventure e i suoi successi con la sorella. Un'altra era divulgare i pericoli. Così come non poteva dirle cosa era successo nei sotterranei, Phoebe rimase in silenzio.

"Ne parleremo più tardi", rispose lei. "Ma vorresti chiedere al capitano Bell di venire a trovarmi?".

"Certo". Si alzò lentamente. "Vado a chiamarlo subito".

Phoebe aspettò che la sorella fosse sulla porta. "E Millie, se non ti dispiace, ho bisogno di parlare con lui da sola".

"Non avete motivo di preoccuparvi, Capitano. Sua Signoria è abbastanza in forze. Che cos'è una piccola inzuppata per una ragazza della sua età?".

In piedi nella galleria, Ian guardò il dottore con aria accigliata. Thornton si stava impegnando per essere il più sgradevole di tutti stasera. Se era questo il modo in cui quell'uomo parlava a Phoebe, decise, avrebbero fatto meglio a chiudere tutte le porte del castello per evitare che lei tornasse di corsa a Edimburgo la sera stessa

"E la sua caduta? Il suo viso è pieno di lividi. La spalla è stata ferita".

Agitò una mano con noncuranza. "Si riprenderà dalle ferite e dai graffi in un giorno o due. Ho parlato con la sorella delle complicazioni da ricercare, ma non vedo la possibilità che si sviluppi qualcosa".

Ian lo accompagnò alle scale e guardò il dottore scendere nel salone. In occasioni come quella, si chiedeva se Thornton valesse la pena vistal'irritazione che lasciava dietro di sè. Forse era giunto il momento di trovare un sostituto. Scosse la testa. Non poteva. Non dopo quello che aveva sentito quella sera.

Sua madre era tornata dalla canonica solo pochi minuti dopo che lui aveva riportato Phoebe a casa. Per fortuna era andata subito a letto, ignara del caos che si era creato. Non molto tempo dopo, però, Ian aveva ascoltato alcuni frammenti di una discussione nel salone tra Thornton e Alice.

Erano passati quasi tre anni da quando Alice era arrivata dal Maryland, ma quella sera Ian si rese conto di conoscere a malapena quella donna. Era stato completamente cieco sul triangolo romantico che si era sviluppato proprio sotto il suo naso. Le parole arrabbiate di Thornton erano più forti di quelle di Alice, ma era chiaro che sua cugina aveva sviluppato un affetto non corrisposto per il curato, mentre il dottore la corteggiava senza successo.

Non c'era da stupirsi che Thornton fosse più nervoso e irascibile del solito quella sera.

Scrollandosi di dosso i pensieri sui problemi altrui, si diresse verso la stanza di Phoebe. Le rassicurazioni del dottore non significavano nulla. Ian l'aveva trovata nel pozzo e aveva visto quanto fosse fragile e indifesa mentre gli stringeva il collo. Doveva vederla di persona e assicurarsi che si fosse ripresa così rapidamente come Thornton sembrava pensare.

Millie apparve alla fine del corridoio mentre lui la raggiungeva. "Capitano, stavo venendo a cercarvi. Mia sorella vorrebbe tanto parlare con voi, se non vi dispiace".

Anche lui aveva tante cose da dirle. Quelle ore in cui era scomparsa avevano creato scompiglio nella sua mente. Ad ogni ticchettio dell'orologio, Ian aveva immaginato cose sempre peggiori. Fece cenno a Millie di fargli strada, ma la giovane donna esitò.

"Vorrei visitare la vostra biblioteca e scegliere un libro, se non vi dispiace".

"Certo che no. Prego, serviti pure".

"E dopo aver trovato qualcosa da leggere", disse, "devo scendere e chiedere a Mrs. Hume di far arrivare un vassoio per la cena di mia sorella".

Ian iniziò a chiedere se poteva mandare qualcuno in cucina per lei, quando lei lo fermò.

"So che vi ho già ringraziato per aver salvato mia sorella, ma non posso esprimervi la gratitudine della mia famiglia...".

"Per favore", disse. "Non ce n'è bisogno. Sono solo molto sollevato che tutto sia andato come è andato".

Millie si strinse un fazzoletto tra le mani e sparì in direzione della biblioteca.

Qualche momento da solo con Phoebe. Non avrebbe compromesso il suo onore, ma la correttezza non aveva alcun senso in questo momento, viste le circostanze. Ian percorse rapidamente il corridoio e bussò una volta. Sentendola rispondere, entrò lasciando la porta socchiusa dietro di sé.

Ian si fermò all'interno. Phoebe giaceva sul letto, appoggiata a dei cuscini, con le coperte tirate su quasi fino al mento. Onde di splendidi capelli scuri le si allargavano intorno al viso. Maledì silenziosamente il dottore. Qualsiasi sciocco avrebbe potuto vedere dalla pelle pallida e dalla guancia livida che era stata ferita.

"So che devo sembrare spaventata, ma mi sento abbastanza bene", sussurrò, liberando una mano da sotto le lenzuola e allungandola verso di lui.

Ian fece un passo, due ... e poi non riuscì a trattenersi, incurante di tutto ciò che gli era stato insegnato sul comportamento da gentiluomo. In un attimo la raggiunse e lei si alzò a sedere, aprendogli le braccia.

"Stringetemi, per favore. Non riesco a riscaldarmi".

Era perduto. Seduto sul bordo del letto, se la strinse al petto. Il suo fianco sinistro aveva un livido e lui fu prudente. Lei premette il viso contro il suo cuore e Ian accarezzò la morbidezza setosa dei suoi capelli. Una mano scese lungo la schiena e strofinò la camicia da notte lungo la spina dorsale, cercando di creare calore. Lei gli si avvicinò e lui la sentì rabbrividire.

"Non sembrate stare bene. Sto mandando a chiamare un altro medico. Possiamo far arrivare qualcuno da Dunfermline entro l'alba".

"Tacete", sussurrò lei, sollevando il viso prima che lui potesse muoversi. La sua mano non ferita scivolò intorno al suo collo e gli tirò i capelli. "Voi siete ciò di cui ho bisogno. Nessun altro".

Il calore sbocciò sul suo viso. Le loro labbra erano a un soffio di distanza. Ian nuotava nelle profondità azzurre dei suoi occhi e le sue parole penzolavano seducenti tra loro.

Non gli sembrava più malata. Sembrava viva. Molto viva.

In quel momento, in quel momento, non avrebbe voluto niente di meglio che sollevarla sulle sue ginocchia e tenerla in braccio fino a quando il sole non fosse salito alto nel cielo. Per quanto sottile, quella camicia da notte era una barriera che lo teneva lontano dalla pelle pallida che voleva riscaldare con il tocco delle sue mani e delle sue labbra. Se avesse potuto, avrebbe tirato il nodo del cordoncino e avrebbe baciato la sua gola, le sue spalle, i suoi seni e quei capezzoli scuri e duri che trasparivano dalla stoffa in modo così seducente.

Ian voleva fare l'amore con lei. Il suo sangue era caldo, gli stava venendo duro e quella era la donna che voleva. Ma era un mascalzone anche solo a pensarlo, considerando tutto quello che lei aveva passato quel giorno.

Lui cercò di tirarsi indietro, ma lei lo fermò.

"Nessun rimpianto", sussurrò lei, guardandolo negli occhi.

Gli venne in mente il significato delle parole che aveva pronunciato prima. Nessun rimpianto. Nessun rimpianto per loro due. Durante i suoi momenti più difficili nel pozzo, Phoebe aveva pensato a lui. E mentre lei mancava, lui impazziva al pensiero di averla persa per sempre.

Ian non riuscì a pensare ad altro. Abbassò la testa per assaggiare le sue labbra. La bocca di Phoebe si aprì e il suo sospiro di piacere fu la sua rovina. Approfondì il bacio e la bocca di lei ricambiò, dando e ricevendo. Il loro gioco di passione si trasformò rapidamente in una battaglia di volontà. Lui le afferrò la nuca per tenerla ferma e bevve dalla sua bocca arrendevole. Lei lo stava spingendo a perdere il controllo, a vivere il momento senza pensare ad altro che al calore che si stava sviluppando tra loro.

Lei spinse indietro ciò che restava delle lenzuola e spostò una gamba su di lui. Immediatamente si mise a cavalcioni su di lui e Ian si abbandonò alla sua bocca avida. Combatté l'impulso di farla rotolare di nuovo sulle lenzuola e di strapparle la dannata camicia da notte. Voleva passare la lingua su ogni centimetro della sua pelle setosa. Voleva sentirla gridare il suo nome con piacere. La sua mano scivolò lungo le sue gambe flessuose. Lei non riuscì a capire se il sospiro fosse suo o di lui quando i suoi palmi si impossessarono del suo sedere a forma di cuore. La spinse contro il suo membro indurito e il respiro le si bloccò nel petto. Lei sollevò la testa. Gli occhi tempestosi lo guardarono, comprendendo i suoi desideri.

"Phoebe", sussurrò. Le parole si affastellavano nel suo cervello freneticamente. Parole che voleva dire. Voleva lei. Il corpo. Anima. Cuore. La voleva in quel momento. La voleva per sempre.

Lei gli posò una mano sul petto, facendo un segno attraverso la camicia di lino fino al cuore.

Un rumore fuori dalla porta li spaventò. Aveva lasciato la porta parzialmente aperta. Chiunque sarebbe potuto entrare da un momento all'altro. Ian la spostò dalle sue ginocchia e la fece rotolare sul letto, coprendola con le lenzuola. Il suo viso era arrossato, ma non aveva paura di niente e di nessuno. Lui si mise quasi a ridere e le si avvicinò.

"State mettendo a rischio la mia reputazione, Lady Phoebe", sussurrò contro le sue labbra, tirando le coperte fino al mento.

Prima che lui potesse fare un passo indietro, lei gli afferrò il polso. "Non andate. C'è qualcosa che devo dirvi".

Aveva chiesto a Millie di chiamare Ian per raccontargli quello che era successo nell'Auld Grove. Ma quando lui entrò nella stanza, il suo corpo lottò con la sua mente. Dopo lo shock traumatico di essere stata quasi uccisa quel giorno, tutto ciò che voleva era sentire il vortice irresistibile della passione nel suo abbraccio.

Inappropriato. Indecoroso. Malvagio. Poco signorile. Phoebe sapeva come poteva essere interpretato il suo ardente desiderio per lui. Ma stava per morire. *Morire*. E quando lui entrò, con un'aria così preoccupata per lei, tutto ciò che desiderava era sentire le sue mani sulla sua pelle. Sentire le sue labbra sulla sua gola, sul suo seno.

Un calore ardente divampò dal colletto della camicia da notte fino alla sommità del cuoio capelluto, mentre pensava a come lo aveva aggredito e gli era salita in grembo. In un altro momento, avrebbe strappato i vestiti a entrambi.

Avvicinò una sedia al letto, ma sempre a una distanza rispettabile. Stava dando a entrambi un po' di spazio. Riportando Phoebe dall'Auld Grove, aveva avvolto il suo cappotto intorno a lei e il suo caldo profumo di uomo l'aveva avvolta, confortandola.

Si era tolto gli abiti bagnati, ma non si era vestito completamente. Indossava gli stivali con i pantaloni di pelle di daino che abbracciavano le sue gambe muscolose e la camicia di lino bianca era immacolata sotto il gilet marrone scuro, anche se non si era preoccupato di indossare né la giacca né la cravatta. Quando si sedette, lei non poté fare a meno di notare il pronunciato rigonfiamento dei suoi pantaloni. L'aveva sentito premere contro di sè un attimo prima. Voleva sentirlo di nuovo.

"Sono felice di vedere che avete paura di me".

"Avere paura *per* te non significa avere paura *di* te". Sorrise e lanciò un'occhiata alla porta. "Un'altra volta, in un altro luogo, in circostanze più appropriate, vi mostrerò chi ha paura di chi".

Appoggiò le mani sulla pancia, sentendo il calore che emanava il suo corpo. "Terrò fede a questa promessa, Capitano Bell".

"Ci conto".

Per quanto le sarebbe piaciuto, Phoebe non poteva rimanere li a flirtare con lui per tutta la notte. Aveva chiesto a Millie di lasciarle un po' di tempo per parlare in privato. Non aveva dubbi che sua sorella sarebbe tornata a breve.

"Voglio raccontarvi cosa è successo nell'Auld Grove". Il dolore alla spalla era tornato, ora che non era più distratta dalla vicinanza di Ian. Con cautela, estrasse il braccio contuso da sotto le coperte e lo appoggiò sopra. "Non volevo parlarne con nessuno tranne che con voi. E preferirei che non ne parlaste nemmeno con mia sorella".

Immediatamente la sua espressione divenne seria. Ian si chinò in avanti, appoggiando i gomiti sulle ginocchia, e aspettò che lei dicesse altro.

"Sono andata lì perché è il luogo in cui io e Sarah scappavamo durante le mie visite", gli disse Phoebe. "Non credo che qualcuno mi abbia seguito dalla casa. Almeno, non ho visto nessuno. E una volta lì, non ho visto alcun segno di vagabondi nel campo vicino alla cascata".

Si passò una mano tra i capelli e la sua espressione si fece cupa. "Avrei dovuto occuparmene molto prima di adesso. È pericoloso avere..."

"Non sono caduta, Ian". Si sollevò sui cuscini. "Non è stato un incidente. Ho visto il pozzo. Ero in piedi e stavo guardando dentro quando qualcuno mi ha spinta".

"Spinta?" I suoi stivali colpirono il pavimento e lui si mise in piedi.

Phoebe ricordò la mano tra le sue spalle. "Sì. Qualcuno mi ha spinta dentro e poi ha gettato il mio cappello dopo di me. Lui o lei, chiunque fosse, voleva assicurarsi che non mi trovassero mai".

Si dice che un gatto abbia nove vite. Per tre, gioca. Per tre si allontana. E per tre resta. Ma Phoebe Pennington non era un gatto. Sarebbe morta.

Aveva iniziato la faida tra loro quella notte nei sotterranei. E da allora, era diventata un verme nella sua carne, una malattia che gli divorava il cervello. Lo tormentava nel sonno. Era una distrazione. Invece di concentrarsi su ciò che era stato chiamato a fare, pensava a come distruggerla. Si nutriva di lui. Distruggendo i pensieri sulla sua vera vocazione. Dividendolo da sè stesso.

Rimase nell'oscurità mentre le dita spumose dell'abisso nero si spingevano verso il mondo degli uomini addormentati. Le voci si avvicinavano. Le dita fredde erano sulla sua carne.

Ma oh, come lo tormentava questa cosa innaturale!

La creatura era scampata alla morte due volte, ma questo non le dava nove vite. Aveva esaurito tutte quelle che avrebbe mai avuto.

Nove vite. Era tutta una bugia. Aveva visto dei gatti entrare nello stagno del mulino. Non erano mai tornati.

Capitolo Tredici

PHOEBE SI SVEGLIÒ al mattino e trovò la sorella vestita che si preparava a scendere a fare colazione.

Quando passò i piedi sopra la sponda del letto, Phoebe si rese conto di avere più uso del braccio di quanto si aspettasse. La spalla era rigida, ma il dolore al fianco sinistro sembrava concentrarsi sul livido. Guardandosi allo specchio, fu felice di vedere che i graffi sul viso non erano così gravi come quelli con cui era tornata a casa dopo la lotta nei sotterranei.

Non c'era motivo di rivedere l'orribile dottor Thornton e Millie era d'accordo. Per quanto riguardava Phoebe, sarebbe stato meglio ridurre al minimo l'attenzione su di lei e sull'incidente fino a quando non avrebbero lasciato Bellhorne il giorno successivo.

Mentre una cameriera la aiutava a vestirsi, Phoebe sentì che gli eventi del giorno prima si stavano rapidamente allontanando in un regno vago e onirico. Il boschetto. I prati pieni di campanule. Le antiche capanne in rovina. La caduta nell'oscurità. Il tempo infinito nell'acqua gelida. La sensazione di un destino imminente. E poi Ian, come un angelo, che era sceso dall'alto e l'aveva soccorsa.

Fece un respiro profondo, ricordando i momenti di passione tra le sue braccia. Non si era nemmeno accorta delle ferite mentre le sue mani scivolavano sul suo corpo, mentre il desiderio li incendiava entrambi.

E poi gli aveva parlato del pozzo.

Immediatamente, si era trasformato in un grande mastino infuriato. Arrabbiato e impaziente di andarsene, aveva giurato di trovare chi l'aveva aggredita. Più tardi, dalla cameriera che era venuta a portarle via il vassoio della cena, Phoebe aveva appreso che il Capitano Bell aveva portato un gruppo di uomini all'Auld Grove. Armati di lanterne e cani, andavano alla ricerca di qualcosa o qualcuno.

Phoebe cercò di rimanere sveglia e ci riuscì per un po'. Ad ogni rumore, si alzava di scatto e si chiedeva se lui fosse tornato. Alla fine, la stanchezza la colse, ma passò la notte a rigirarsi nel letto. Nelle poche volte in cui riuscì a dormire, Phoebe sognò di correre attraverso le cripte mentre scheletri e mostri la ghermivano. Sarah apparve, avvolta in un sudario e trasportata da un potere invisibile fino alla cima della collina che dominava il fiume. Sognò di cadere nell'oscurità e di atterrare non nell'acqua gelida del pozzo, ma nelle catacombe di pietra del Vault. Ian era in trappola. Lo cercò disperatamente, ma ogni passaggio labirintico era un vicolo cieco. L'odore di morte trasudava dalle nicchie ad arco. Muri di pietra si chiudevano su di lei. E per quanto si sforzasse di correre, non riusciva a trovarlo.

Si svegliò, madida di sudore, sollevata nel vedere la luce del sole.

Era vestita quando Millie tornò dalla colazione con notizie sul Capitano Bell e sulle ricerche. Erano tornati poco dopo l'alba, ma non avevano trovato nulla. Era assente a colazione e non aveva accompagnato sua madre in chiesa per la funzione domenicale.

Tutto questo, la preoccupazione di Ian e la sua caccia a chi l'aveva spinta nel pozzo, la turbavano. Bellhorne era la sua casa. Un rifugio per sua madre. Un rifugio sicuro. Avrebbe potuto facilmente essere un vagabondo di passaggio nel boschetto. Temendo di essere perseguito per violazione di domicilio, aveva reagito male.

Phoebe doveva vedere Ian e pregarlo di lasciar perdere. Non gli aveva mai raccontato tutto quello che era successo nei Vault. Anche questa volta avrebbe dovuto evitargli dettagli specifici. Non avrebbe mai dovuto menzionare il cappello che era stato gettato nel pozzo dopo di lei.

Aspettò che Lady Bell e Mrs. Young uscissero per andare in chiesa. Voleva risolvere la questione mentre erano via.

La brezza che entrava dalla finestra spingeva un tovagliolo sul vassoio della colazione che era stato portato per lei. Millie attraversò la stanza e si drappeggiò uno scialle sulle spalle.

"Ho bisogno di qualche minuto con il capitano in privato", disse lei mentre si preparavano a lasciare la stanza. "Ci vediamo in giardino dopo aver parlato con lui".

Millie appoggiò la schiena alla porta. "Non farò di nuovo questo errore. Ieri hai fatto la stessa promessa e guarda cosa è successo. Incontrerai il Capitano Bell e io aspetterò fuori dalla porta del suo ufficio".

"Sinceramente, Millie".

"Fermati". Il comando gentile assomigliava tanto a quello della madre.

La forza tranquilla dietro le parole risuonava con gli echi di Millicent Wentworth, la moglie maltrattata di un signorotto proprietario di schiavi, che sorse come un alberello dai campi carbonizzati della sua crudeltà e divenne una quercia per molti di coloro che soffrivano sotto la sua sferza. Millicent, che in un momento di indigenza si risposò con la promessa di prendersi cura dell'infelice conte di Aytoun. Millicent, la loro madre, era il legame che teneva unita la famiglia Pennington.

E Millie era così simile a lei.

"Pensi di proteggermi, ma ti conosco troppo bene. Sei troppo sicura di te per cadere in un pozzo. Qualcuno ti ha spinta. Ecco perché il Capitano Bell è tornato là fuori".

Millie era troppo intelligente per non capire cosa stava succedendo. Considerando la reazione di Ian, Phoebe si chiese chi, a Bellhorne, oltre aLady Bell, non lo sapesse.

"Ti voglio bene, piccola mamma". Si unì a sua sorella mentre uscivano dalla stanza.

"Lo so che è così".

Una brezza sibilò lungo il corridoio e Phoebe si fermò davanti alla porta di Sarah. I pensieri sulla madre di Sarah, sulla sua stessa madre e sulle vicissitudini delle loro relazioni aleggiavano nell'aria. La sciocchezza delle lamentele giovanili la assillava. Phoebe si chiese se la sua amica sapesse quanto Fiona Bell avesse sofferto per quelle ultime parole senza senso.

"Mi manca".

"Era la tua migliore amica", disse Millie.

La sua mano si sollevò al ricordo di come Sarah avrebbe sfondato la porta prima ancora che lei potesse bussare, sempre pronta per una nuova avventura.

"Ho sempre dovuto competere con lei".

"Competere con lei?" Phoebe ritirò la mano e si strinse lo scialle sulle spalle.

"Per la tua attenzione. Per la gioia di fare cose con te. Per il piacere di ascoltare e leggere le tue storie. Per la tua fiducia nel condividere i problemi che sembravi sempre trovare. Per la tua amicizia".

Per un attimo Phoebe non riuscì a respirare, la verità della dichiarazione della sorella le strinse il cuore.

"Oh, Millie".

"Lo so... So che mi hai sempre amato come una sorella. Ma quando Sarah diventò tua amica, non sono più stata io la tua confidente. Non ero più quella da cui correvi quando avevi un segreto da condividere, quando volevi parlare del tuo ultimo dolore o quando avevi bisogno di una spalla su cui piangere".

Phoebe scacciò una lacrima e avvolse le braccia intorno alla sorella, abbracciandola strettamente. "Non hai mai detto una parola".

"Non mi sono mai risentita del tuo sentimento per lei. Lo capivo. Ma dopo la sua morte, ho pensato che avremmo potuto ritrovare quello che abbiamo sempre avuto. E così è stato. Ma solo fino a un certo punto".

Voleva negare tutto questo, ma le parole di Millie erano come il bisturi di un chirurgo che toglieva la menzogna e svelava la verità. Nel suo rapporto con Sarah non c'erano conflitti tra sorelle, non c'erano litigi meschini per i nastri o le scarpe e non c'era la preoccupazione di dare il cattivo esempio come sorella maggiore. Con Sarah poteva essere sé stessa. Millie era davvero acuta. Solo dopo che la sua amica se ne andò, Phoebe riscoprì il tesoro dell'amicizia con la sorella minore.

"Mi dispiace, Millie. Mi dispiace per ogni momento di dolore che ho causato trascurandoti. Nessuno mi è mai stato così immancabilmente fedele come te".

"Non avrei mai dovuto dire nulla di tutto questo". Si ritrasse. "La verità è che sei cambiata e maturata così tanto in questi ultimi tre anni".

Phoebe rise, ma le lacrime che le scendevano sulla guancia tradirono le sue emozioni. "Matura? Non mi pare!"

Millie spazzolò via le lacrime. "Ora mi sento in colpa per averti fatto arrabbiare. Ieri, quando pensavo di averti persa, ero distrutta. Persa. E ora... qualcuno ha cercato di farti del male".

"Sono *troppo* problematica". Prese il braccio della sorella e le due si avviarono verso le scale. Non voleva far arrabbiare nessuno e in qualche modo era riuscita a far arrabbiare tutti. "Sono stata a Bellhorne molte volte e non conosco nessuno che possa avercela con me. Non ho fatto del male a nessuno. Quello che è successo è stato sicuramente un atto casuale di qualcuno di passaggio".

Phoebe voleva dire esattamente questo a Ian. Tutti dovevano smettere di preoccuparsi. Aveva saputo dalla governante che la domenica Lady Bell amava che gli ospiti del villaggio si unissero alla famiglia per una cena anticipata. Non voleva sconvolgere la routine della famiglia più di quanto non avesse già fatto.

Quando erano arrivate a Bellhorne, Phoebe sperava di poter essere utile. Ma aveva fallito. Attraversando la galleria, sentì gli occhi degli antenati che la fissavano.

Le sorelle scesero nella sala grande, ma un turbinio di attività nell'atrio arrestò il loro cammino. La porta esterna era aperta e la Lady Bell entrò di corsa con Mrs. Young alle calcagna.

Gli spiragli di luce che provenivano dalle finestre sopra le gallerie che circondavano la sala grande illuminavano poco l'ampia stanza dai pannelli scuri. In piedi all'ombra di un'alta colonna alla base della scalinata, i due esitarono.

"Oh, no", sussurrò Millie. "Sono tornate dalla funzione troppo presto".

"Spero che non stiate male".

Lady Bell si stava togliendo frettolosamente il cappello e il cappotto e la sua voce le raggiunse. "Trovala per me, ti dispiace, Alice?".

La cugina entrò nella sala grande e notò Phoebe e Millie. Guardando prima alle sue spalle e trovando Lady Bell che interrogava la governante, si precipitò subito da loro.

"Sa cosa è successo ieri", disse Alice a bassa voce a Phoebe.

"Come?" Chiese Millie.

"Non appena siamo arrivate e siamo entrate in chiesa, diversi parrocchiani ci hanno avvicinato e hanno espresso il loro sollievo per il fatto che la nostra ospite fosse stata trovata viva".

Phoebe aveva saputo dalla cameriera che l'aveva aiutata a vestirsi quella mattina che tutti gli abitanti della tenuta e quasi tutto il villaggio avevano contribuito alle ricerche del pomeriggio prima. "È stato emozionante come la Fiera di Lammas", le aveva detto la ragazza, aggiungendo con imbarazzo, "quando vi hanno trovata, intendo".

Alice prese la mano di Phoebe. "Quando Lady Bell ha sentito la notizia, è stata fermamente decisa ad andarsene seduta stante. È molto preoccupata per te. Non mi ha creduto quando le ho detto che eravate sana e salva".

Non aveva senso pensare a cosa dire o non dire con la padrona di casa a pochi passi da loro. "La tranquillizzero".

Phoebe lasciò la sorella e Alice e si diresse verso l'atrio dove la governante sembrò molto sollevata nel vederla arrivare.

"Lady Bell", chiamò. "Buongiorno."

Phoebe non ebbe la possibilità di entrare nelle formalità, perché la donna si girò di scatto al suono della sua voce e scoppiò in lacrime.

"Sei viva", gridò. "Sei qui. Grazie al cielo".

Phoebe azzerò la distanza tra loro, abbracciandola. Quello era esattamente il dramma che sperava di evitare. "Certo che sono viva. Non c'è nulla da temere. Non c'è niente da temere. Sono proprio qui".

"Quando mi hanno detto..." Strinse la mano di Phoebe. "Non volevano... Io non..." Non riusciva a finire le frasi.

"Lady Bell. Può vedere che sto benissimo. Sono viva e vegeta". Phoebe si preoccupò per la donna malata. Il suo respiro stava diventando corto e affannoso. Guardò impotente Mrs. Young. "Sono qui con voi".

"Ma andarsene semplicemente in quel modo ... portandoti via da qui ... . . Non potevo sopportarlo ... nel pozzo ... andato ... per non tornare mai più da me ... mai più".

Le lacrime rigavano il viso rugoso. Le parole continuavano ad arrivare in modo frammentario. Sembrava che non sentisse nulla di ciò che diceva Phoebe. Alice e Millie apparvero accanto a loro. Millie le offrì un fazzoletto, Alice aprì la porta in fondo al corridoio.

Anche negli occhi di Phoebe inizarono a brucare le lacrime. Vedere il dolore della madre di Ian le strinse il cuore. Si chiese se Lady Bell stesse pensando a lei o se un po' di questa angoscia avesse a che fare con la figlia scomparsa.

"Vieni nella stanza del mattino dove potrai sederti un momento", suggerì Alice. "Il sole splende forte lì dentro e apriremo le porte del giardino, proprio come piace a te".

"Non posso. Non senza di te", protestò, aggrappandosi alla mano di Phoebe. "Non posso".

"Verrò con voi. Andremo insieme". Phoebe fece cenno alla sorella di prendere l'altro braccio della donna.

Alice le mormorò che avrebbe mandato la carrozza a prendere il dottor Thornton.

La famiglia si fidava sicuramente di quel medico, pensò Phoebe, decidendo che doveva essere più affidabile di quanto le fosse sembrato.

Guidandola e incoraggiandola a mettere un piede davanti all'altro, le due sorelle accompagnarono l'anziana donna nella stanza del mattino, dove si accasciò sul divano più vicino, stringendo il bastone con una mano e Phoebe con l'altra.

Cercando una distrazione, Phoebe si rivolse alla sorella. "Forse Mrs. Hume potrebbe farsi mandare del tè". Con un cenno del capo, Millie si affrettò ad uscire.

"Va tutto bene. Cercate di riprendere fiato", disse in tono rassicurante. Puntellò un cuscino dietro la donna più anziana.

"Il tuo viso. Mia cara, guarda il tuo volto. L'orrore che devi aver sopportato".

Una mano fresca e fragile accarezzò i graffi e i lividi sul viso di Phoebe. Gli occhi scuri si riempirono di nuovo e le lacrime seguirono i percorsi segnati dalle altre.

"Vi assicuro che sto benissimo. Sono completamente guarita". Prese la mano di Lady Bell e le posò un bacio sul palmo. "Per fortuna vostro figlio mi ha trovata e mi ha riportata indietro".

"Il mio Ian", sussurrò. "Ti ha riportata indietro".

"L'ha fatto davvero. E i graffi che vedete sono la parte peggiore. E da domani non li noteremo quasi più".

"Ian ti ha riportata indietro. Che fine hanno fatto tutti i vestiti?".

Phoebe sorrise debolmente, rendendosi conto che la mente della donna stava ancora una volta andando alla deriva. Le tende di pizzo vicino alle finestre aperte ondeggiavano al sussurro del vento e la testa di Lady Bell si girò in quella direzione come se si aspettasse l'ingresso di qualcun altro.

"Gliel'ho chiesto, sai. L'ho implorato. Ma non vuole riportarla indietro".

Le parole in difesa di Ian stentavano a uscire da Phoebe. Voleva dirle che quello che aveva fatto non era una scelta. Ma non ci riuscì e rimase in silenzio, rispettando la sua fiducia.

"So che non può costringerla. Non ne sarebbe capace. E io non lo vorrei. Non importa quanto ci provi o quanto io sia disperata. È fuori dal suo controllo". Appoggiò la mano su quella di Phoebe. "Ma ora sei qui. Possiamo piantare una pianta di rose insieme".

Phoebe strinse le fragili dita tra le sue. La madre di Ian era in bilico tra due mondi, due conversazioni, due periodi di tempo. Era difficile capire da un momento all'altro dove la sua attenzione potesse spostarsi. Sembrava che i pensieri su di lei e su Sarah si confondessero in alcuni momenti.

Phoebe non aveva ancora idea di come la scomparsa iniziale di Sarah fosse stata spiegata alla madre. Un viaggio in America richiedeva una preparazione, mesi di pianificazione. Non aveva mai ricordato che Sarah ne avesse parlato. E senza dubbio l'avrebbe fatto. Come Lady Bell potesse accettare una cosa così assurda era sconcertante.

"È stata colpa mia se è andata a Edimburgo", le disse, con il fiatone.

Rilasciando le mani di Phoebe, raccolse distrattamente il suo bastone, che era appoggiato alla sua gamba. La testa del bastone era in avorio, con foglie intricatamente intagliate che culminavano con un grande bocciolo di rosa parzialmente aperto.

"La mia testardaggine l'ha spinta a farlo".

Il dolore nella voce dell'anziana donna la colpì. Lo sapeva dalle lettere di Sarah, l'ultima delle quali era arrivata poco prima della scomparsa. In quel periodo Phoebe si trovava nell'Hertfordshire con i suoi genitori. La sua amica si era lamentata del fatto che sua madre insisteva perché andasse a Londra per la stagione. Sarah non voleva andarci. Non aveva bisogno di viaggiare così tanto per trovare marito. Era felice a Fife. Ma Fiona non le aveva dato retta e avevano litigato. Così, anche se il suo cuore non era in grado di farlo, scrisse nella sua ultima lettera, sarebbe venuta a Edimburgo per fare shopping ed essere vestita. Sarah firmò la lettera con la scritta: *Al diavolo il ton!* Phoebe ricorda di aver riso leggendola.

Ma non aveva riso a lungo. La notizia della scomparsa della sua amica arrivò presto. E poi cominciarono le voci.

L'attenzione di Lady Bell fu nuovamente attirata dalle finestre. Questa volta si concentrò sulla brezza che arruffava le foglie delle rose in un vaso. "Viene a trovarmi, sai. Molto spesso. Nei miei sogni. A volte, proprio qui in questa stanza".

Il giorno prima Phoebe aveva provato la stessa sensazione. Ovunque camminasse, i ricordi di Sarah la accompagnavano. E si sentiva viva in essi.

"L'ho allontanata, ma è già tornata. Il suo posto preferito è tra le rose del giardino". La madre di Ian sorrise tristemente.

Portò il bocciolo d'avorio alle labbra, lo baciò e Phoebe sentì un grumo grande come un pugno formarsi nel suo petto.

"So che Ian non potrà mai riportarla indietro, ma lei è qui con me. È per questo che odio andarmene".

La consapevolezza si formò e scese come un pesante mantello su Phoebe. Fissò la struttura sottile della donna, il viso rigato e gli occhi che cercavano costantemente la presenza di Sarah nella stanza.

Questa madre, oppressa dal senso di colpa per aver allontanato Sarah, si sentiva responsabile del fatto che sua figlia se ne andasse e non tornasse più. Un fardello terribile da portare.

Ma quanto sapeva Lady Bell? E cosa voleva dire che Sarah era già tornata da lei? Le domande si accumulavano l'una sull'altra, sfidando Phoebe a parlare, ma lei si costrinse a non farlo.

"Non è un vero e proprio inganno se uno ci crede volontariamente".

Phoebe voleva chiederle direttamente cosa intendesse per "inganno". La scrutò da vicino.

"Oggi, quando tutte quelle persone nel kirkyard hanno iniziato a dire cose. A chiedere di te. Volevano sapere cosa ti era successo". I suoi occhi scuri erano spalancati, ma non guardava Phoebe. Continuava a studiare il bastone da passeggio come se la risposta a qualche profondo segreto potesse essere trovata nelle delicate curve delle foglie e dei petali. "Non pensavo che il mio cuore potesse sopportarlo. Non con te. Non di nuovo".

Era esattamente quello che aveva temuto ieri sera e quella mattina. Phoebe non voleva aggiungere altre preoccupazioni e altre infelicità alla vita di questa donna.

"Ian. Il mio Ian non si riprenderebbe mai se ti succedesse qualcosa". Accarezzò la mano di Phoebe. "Tu sei diversa. Quello che lui prova per te è diverso".

Aprì la bocca per rispondere, ma le parole si persero mentre il suo cuore lievitava.

"Sei tu quella giusta, lo sai. Sarah lo ha sempre pensato. Così come lo pensavo io".

Phoebe era andata lì per offrire rassicurazioni e calmare una madre agitata. Ma le loro posizioni si erano in qualche modo invertite. Le lacrime non erano più sulle guance della donna, ma scorrevano sulle sue. La madre di Ian stava dando la sua benedizione.

E Sarah? Lady Bell era più calma ora, ma la confusione precedente nella sua mente pesava su Phoebe. Cosa intendeva con "credere volontariamente"?

"Perché avete detto che Sarah è qui con voi?", riuscì a farfugliare, asciugandosi il viso.

Una leggera brezza entrò, sollevando la tenda.

Phoebe alzò lo sguardo verso la finestra quando una mano calda e invisibile scese sulla sua spalla. Le dita premevano delicatamente mentre percorrevano la sua schiena, distinte e innegabili. Il formicolio rimase sulla sua pelle come il bacio della luce del sole sul viso in primavera. E poi, inaspettatamente, un senso di pace scivolò nel suo cuore.

Sarah era lì.

Lady Bell accarezzò il bocciolo di rosa intagliato. "Credo che tu sappia perché. Ma sono molto stanca, mia cara".

"Per favore, lasciate che vi aiuti". Chiese Phoebe, recuperando la sua compostezza, "Volete salire nelle vostre stanze? Devo chiamare qualcuno?".

La donna si appoggiò alla spalla di Phoebe. Si riposò per qualche istante prima di parlare. "Deve finire".

"Cosa deve finire?" chiese, non osando fare alcuna ipotesi.

Fiona si ritrasse e fece un respiro profondo e tremante.

"La finzione. Digli che so che Sarah è morta. Di' a Ian che sono pronta a piangere la mia ragazza perduta".

Capitolo Quattordici

PARTENDO DALL'ACCAMPAMENTO DEI NOMADI, Ian e i suoi uomini avevano setacciato l'Auld Grove così a fondo che un topo a tre zampe non sarebbe sfuggitoAvevano cercato vagabondi, bracconieri, viaggiatori delle Highlands, chiunque si fosse accampato o fosse passato di lì negli ultimi due giorni. Ma non c'era nessuno. Quella mattina presto, Ian e Raeburn avevano riunito un altro gruppo di uomini e avevano cercato di nuovo. Alla luce del giorno, il risultato fu lo stesso. Niente. Chiunque avesse spinto Phoebe nel pozzo era scomparso senza lasciare traccia.

"Sospetto che si tratti di un bracconiere", gli disse Raeburn mentre tornavano a piedi attraverso i campi. "I vicini si lamentano dei vagabondi che arrivano da Kirkcaldy, e un uomo sulla strada con un fagiano corvino può essere una creatura pericolosa. Se la cattura significa il cappio o la deportazione, non ho dubbi che le darebbe una spinta e scapperebbe come un coniglio. Popolana o nobildonna, non farebbe differenza".

Ian odiava pensare che chiunque camminasse per i campi e le fattorie di Bellhorne non fosse al sicuro, che fosse Phoebe o uno dei suoi affittuari. Ma lo stesso stava accadendo nelle città di tutta la Gran Bretagna. I poveri erano sempre più poveri e un uomo affamato, soprattutto se con una famiglia da sfamare, avrebbe corso grossi rischi anche per un misero pasto.

Il suo pensiero andò agli articoli di Phoebe sull'iniqua distribuzione della ricchezza in Scozia. Una minore povertà portava a una minore criminalità, sosteneva. Ma chiunque l'avesse spinta doveva sapere che sarebbe morta in quel pozzo. Durante la guerra, Ian non aveva mai ucciso per fame, ma molti uomini erano morti per mano sua nella lotta per la sopravvivenza. Gli uomini fanno ciò che devono per vivere. Tuttavia, se avesse messo le mani su di lui, la canaglia si sarebbe pentita di essere nata.

Si passò le dita stanche tra i capelli. Phoebe era al sicuro. Era sopravvissuta alla caduta. Quella era la cosa più importante.

Anche se i suoi affittuari e i suoi braccianti avrebbero dovuto essere più vigili in futuro, alcuni miglioramenti avrebbero potutot rendere il luogo più sicuro per tutti. Cose come la copertura di quel pozzo maledetto e forse la sistemazione dei vecchi cottage nel boschetto per offrire un riparo alle famiglie in viaggio. Non poteva sfamare tutti i vagabondi che arrivavano dalle Highlands, ma se quelli che finivano nella sua terra si sentivano più benvenuti, forse ci sarebbe stata meno necessità di commettere un crimine.

Arrivato al castello, fu sorpreso di trovare il dottor Thornton che attraversava il cortile a gamba tesa per raggiungere la carrozza. Il medico non era atteso prima di cena. L'inquietudine gli oscurò immediatamente l'umore. Phoebe? O sua madre?

"È curioso, capitano, che una carrozza si fermi davanti alla mia porta e interrompa la mia domenica mattina per portarmi qui per affari urgenti", disse il dottore con un inchino di circostanza quando Ian lo raggiunse. "Ma quando arrivo, nessuno si preoccupa di ricevermii".

Da quanto riferito quella mattina, Phoebe stava migliorando e sua madre avrebbe dovuto partecipare alla funzione di domenica con Alice.

"Chi vi ha mandato a chiamare?"

"Non ho mai avuto una risposta chiara a questa domanda. Né alla mia porta né qui fuori", brontolò, lasciando cadere la borsa nella carrozza. "Ma quello che *era* chiaro è che non ero desiderato. Mrs Hume mi ha detto che vostra madre si è barricata nella stanza del mattino con Lady Phoebe, che sono entrambe in buona salute e che non volevano essere disturbate. Anche se sono sicuro di non sapere chi *si dovrebbe preoccupare* di essere disturbato la domenica mattina... nel bel mezzo della sua colazione!".

Ian non cercò di nascondere il suo sollievo. Aveva cercato di proteggere sua madre dal sapere che Phoebe era scomparsa il giorno prima, ma era inevitabile che lo scoprisse. E non aveva molta importanza, in ogni caso, visto che era tornata sana e salva.

La sensazione del suo corpo sul suo grembo la notte scorsa, il calore del loro bacio e la setosità della sua pelle gli tornarono in mente in quel momento, ribadendo che si sarebbe ripresa dalla caduta e dal tempo trascorso nel pozzo. Diede un'occhiata alla casa.

"Allora", sbottò il dottore, costringendo Ian a prestargli attenzione, "vado a cercare Mrs Young, supponendo che possa essere stata lei a mandare la carrozza".

Thornton schiaffeggiò la fiancata del veicolo, spaventando i cavalli.

"E... ?" Incoraggiò Ian, desideroso di chiudere la conversazione.

"E non vuole nemmeno parlare con me". L'uomo lanciò un'occhiata sprezzante al castello. "Ho sprecato un'intera mattinata".

Ian considerò gli stralci che aveva sentito della discussione tra sua cugina e Thornton. Il tono acceso della conversazione gli fece pensare che il dottore si sentisse un po' offeso dalla mancata volontà di Alice di dargli una risposta soddisfacente a qualcosa.

"Voi e Mrs. Young..." iniziò, prendendosi a calci appena pronunciate le parole.

All'improvviso, il brusco e brontolante professionista era scomparso, sostituito da uno scolaro ferito e innamorato. Con la bocca triste e corrucciata, Thornton guardò con nostalgia una finestra del piano di sopra, poi scrostò la ghiaia e fissò le pietre che saltavano via. La trasformazione fu sorprendente.

Il dottore gettò indietro la coda del cappotto e strinse le mani dietro di sé. "Volevo parlarle di una questione delicata".

Ora Ian era più che dispiaciuto di aver affrontato l'argomento. Voleva solo vedere Phoebe. Ma il dottore non si lasciava fermare.

"Spero, Capitano, che non pensiate che abbia oltrepassato la mia posizione facendo una proposta formale di matrimonio a Mrs. Young prima di consultarvi".

"Le avete chiesto di sposarvi?" Chiese Ian, sorpreso. Non era affatto offeso. Alice era sicuramente abbastanza giovane da potersi risposare. Aveva sempre pensato che la decisione di farle fare la dama di compagnia a sua madre fosse temporanea.

"Infatti. E sono due mesi che aspetto una dannata ... che sono in attesa di una risposta. Non mi ha rifiutato, sia chiaro. Ogni volta che ne parlo, mi dice che è molto grata e che sta ancora valutando la mia offerta".

Ian non amava particolarmente il carattere sgradevole di Thornton, ma immaginava che il suo temperamento sarebbe migliorato se solo fosse stato sposato con la mite Alice. Un'unione tra i due avrebbe anche permesso a sua cugina di rimanere vicino a Bellhorne, così sua madre non avrebbe perso completamente la compagnia della giovane donna .

Il dottore si lamentava dell'"indecisione delle donne", ma Ian non lo ascoltava. Il discorso di Thornton sul matrimonio gli aveva fatto venire in mente una certa proposta la cui idea si stava lentamente evolvendo dal giorno in cui lui e Phoebe erano andati all'Ospedale degli Orfani. L'idea si era cristallizzata il giorno prima. Ma prima di chiedere il permesso a Lord Aytoun, voleva chiederlo a lei. Phoebe era orgogliosa della sua indipendenza. Forse non lo avrebbe accettato. Non pensava che avrebbe giocato con il suo affetto come Alice sembrava fare con Thornton.

Phoebe era una donna passionale. La sera prima erano molto andati vicini a gettare il decoro fuori dalla finestra. No, doveva chiederglielo al più presto e definire il loro futuro, altrimenti si sarebbe trovato a combattere duelli con tutti i maschi della famiglia Pennington.

"So che è vedova e che ha delle responsabilità qui a Bellhorne". Le parole del dottore interruppero di nuovo i pensieri di Ian. "Ma le ho dato tutto il tempo di cui una donna possa aver bisogno per decidere".

Ian si strofinò la nuca. Perché diavolo aveva iniziato quella conversazione?

"E mentre aspetto, devo stare a guardarla mentre svolazza e si comporta come una donna con la metà dei suoi anni, ogni volta che il nostro bel reverendo Garioch si trova nelle vicinanze".

Ian non era assolutamente interessato alla direzione che stava prendendo la cosa.

"Garioch è un curato parrocchiale senza un soldo, se non per il sostentamento che gli avete dato", si infervorò Thornton. "Tutto ciò che fa è celebrare il suo servizio la domenica e girare per il paese il resto del tempo, facendo ricerche sul suo libro di storia liturgica che nessuno leggerà. Ve lo dico io, Bell, quell'uomo sta cercando di accaparrarsi una donna benestante. Non ha alcun interesse a sposare Mrs. Young. Ne sono certo. L'ho sentito dire".

Ian aveva aperto la porta. Ora, chiaramente, era lui a dover sopportare la punizione.

"So di non avere molto di cui vantarmi. Sono solo un medico di campagna. Ma sono un uomo rispettabile, istruito, che parla chiaro. Tratterò la donna come dovrebbe essere trattata. A differenza di quel sorridente, bel faccino, che parla senza peli sulla lingua...".

"Ah, ecco il signor Singer", interruppe Ian, mai così felice di vedere il maggiordomo uscire dalla casa. "Credo che mi stia cercando. Ci vediamo a cena, Thornton. E mi scuso per l'inconveniente di questa mattina".

Non aveva fatto una dozzina di passi quando sentì la porta della carrozza sbattere e il "Vai" del conducente ai suoi cavalli. Ma Ian non stava più pensando a Thornton. Stava formulando il suo piano per fare la proposta di matrimonio a Phoebe.

Salutando il maggiordomo, si avviò verso i giardini.

Ian aveva trentatré anni e per la prima volta nella sua vita sentiva il desiderio di sposarsi. Ma non era un semplice matrimonio quello che voleva. E non una moglie qualsiasi. Solo Phoebe. Voleva lei e nessun'altra. Ma lei era una scrittrice, una narratrice, una maestra delle parole. Non poteva semplicemente andare da lei e dirle: "Sposatemi", oppure "A proposito, quando ieri vi ho ritrovata, ho capito esattamente quanto vi amo e, visto che siamo in argomento, sposatemi". No, niente di tutto ciò sarebbe andato bene.

Giusto?

"Capitano Bell".

Lei gli si parò davanti come una visione e lui non avrebbe voluto fare altro che prenderla tra le braccia e baciarla.

Il dolce profumo delle rose che sbocciano gli si impresse nella mente. Non si era accorto di dove i suoi passi lo stessero portando. Ma in quel momento se ne accorse: erano in piedi nei giardini con le rose di Sarah.

Tutte le parole che aveva provato e riprovato erano ora pronte a uscire dalle sue labbra. Voleva che lei sapesse le sue intenzioni. Per l'amor del cielo, era pronto a chiederle di sposarlo. Ma i domestici stavano preparando il tavolo per il pranzo a pochi passi da lui, così si inchinò mentre lei faceva l'inchino. Quasi rise per la formalità.

Sotto il vestito marrone intenso con le sue sottili strisce di filo d'oro, le lunghe curve del corpo di Phoebe erano nascoste, ma la loro perfezione era impressa nella sua memoria. La camicia da notte che indossava la sera prima faceva ben poco per impedire ai suoi occhi e alle sue mani di conoscere i contorni delle sue forme femminili. Lo scialle che teneva sui seni era un ornamento superfluo.

"Ti ho visto camminare qui fuori dalla stanza del mattino", disse lei, indicando la finestra aperta.

Stava per chiederle delle ferite, ma vide gli occhi cerchiati di rosso. Aveva pianto.

"Cosa c'è che non va?" Lui la prese per il gomito. "Dovete sedervi. Il dottore non è lontano. Manderò un uomo a prenderlo. Dopo il trattamento che gli ho riservato, forse dovremo puntargli una pistola alla testa, ma lo porterò...".

"No. Per favore". Lei gli prese la mano e lo fermò. "No. Sto benissimo. Ho appena lasciato vostra madre".

Thornton gli aveva detto che le due stavano parlando tra loro e che non dovevano essere disturbate.

"E va tutto bene? Immagino che mia madre sappia cosa vi è successo ieri".

"Per la maggior parte. L'ho tranquillizzata".

Le tenne la mano, sapendo che c'era dell'altro. Phoebe lanciò un altro sguardo in direzione delle finestre prima che il suo volto cupo tornasse a lui.

"Vuole vedervi. Vorrebbe parlarvi ora, se potete".

"Naturalmente". Ogni volta che Ian era a Bellhorne, sua madre aveva l'abitudine di chiedere la sua opinione su tutte le questioni, piccole e grandi. Quella mattina non era stato disponibile per lei prima che si recasse alla chiesa del villaggio. "Mi aspettereste qui finché non torno?".

Fece un rapido cenno e distolse lo sguardo. "Sarò qui".

"Nel giardino delle rose", sottolineò. "Non si va da nessun'altra parte".

Osservandola, non era convinto che capisse del tutto l'importanza di aspettarlo. Così, ignorò i suoi sguardi interrogativi e la condusse a una panchina di pietra vicino a uno dei pergolati.

"Le domande di mia madre non sono mai lunghe. Prego", disse lui, facendo cenno di sedersi. Lei si sedette. "Tornerò a breve".

Ian non ricordava di esser mai stato così impaziente come in quel momento. Forse a causa della chiacchierata con Thornton. Forse per quello che era successo tra lui e Phoebe nella sua camera da letto la scorsa notte. L'indomani sarebbero tornate a Edimburgo; era essenziale che glielo chiedesse il giorno stesso.

Si voltò verso la casa, ma la voce di lei lo fermò.

"Vuole parlarvi di Sarah".

Si voltò verso di lei.

"Lei lo sa, Ian. Lo ha sempre saputo".

Una grande icona in alabastro scolpito di una madre e di una figlia sorrideva da sopra il caminetto. Il padre di Ian aveva commissionato l'opera da un dipinto di Fiona e Sarah. Guardando l'espressione maliziosa sul volto di sua sorella, Ian provò la stessa struggente sensazione di amore e perdita che gli trafiggeva il cuore ogni volta che entrava in questa stanza.

Questa era la preferita di sua madre e lui sapeva perché. Luminosa e ariosa nei mesi belli, riscaldata dal sole e da un fuoco di legna quando fuori era freddo e umido. Ian le tenne la mano mentre si sedeva accanto a lei.

Un miscuglio selvaggio di emozioni gli martellava il cervello.

Sollievo. Colpa. Responsabilità. Soddisfazione. Preoccupazione. A volte, mentre lui e sua madre parlavano, sembrava che un colpo di cannone lo avesse stordito, lasciandolo ad ascoltare gli echi ovattati della sua voce.

In un certo senso si era tolto un enorme peso dalle spalle, ma temeva anche che, accettando la tragedia della morte di Sarah, sua si sarebbe arresa e avrebbe ceduto alle sue afflizioni.

Prima di lasciare Phoebe in giardino, lei gli aveva suggerito di lasciare che sua madre gli facesse delle domande. E poi avrebbe dovuto rispondere senza trattenersi. Avevano anni di incomprensioni da risolvere.

Fece esattamente come suggerito da Phoebe. Le raccontò di ogni dettaglio che aveva inventato. Dal viaggio di Sarah a Londra quando era scomparsa per la prima volta, ai suoi viaggi attraverso il continente, fino al suo viaggio in America. Le spiegò tutte le elaborate finzioni e le raccontò di come erano diventate sempre più traballanti e meno credibili con il passare dei mesi e degli anni.

Ian aveva immaginato quel momento tante volte negli ultimi tre anni, ma aveva sempre immaginato lacrime di rabbia per il suo fallimento e il suo inganno. Si sbagliava. Lei era più che indulgente.

"Sapevo quando ci è stata portata via", disse infine Fiona, appoggiandosi a lui mentre il suo sguardo si fissava sulla tenda ondeggiante vicino alla finestra aperta. "È morta sei giorni dopo aver lasciato Bellhorne".

Aveva iniziato a cercare Sarah lo stesso giorno in cui la sua amica era arrivata nella sua casa di Edimburgo. Nonostante la sua isteria, aveva capito che sua sorella era scomparsa. Mesi dopo, quando finalmente aprì gli appunti degli anatomisti dell'università, apprese che Sarah era certamente morta proprio quel giorno.

"È stato doloroso rimanere in silenzio". Si attorcigliò il fazzoletto intorno alle dita sottili. "Tutte quelle voci. Tutte le chiacchiere insensate sul fatto che mia figlia fosse fuggita con un amante ".

"Mi dispiace, mamma". Sperava tanto che il pettegolezzo non la raggiungesse mai. Le lettere dovevano essere controllate dalla governante e successivamente da Alice quando arrivò a Bellhorne. I visitatori venivano respinti a meno che Ian non avesse avvisato in anticipo il maggiordomo. "Ho cercato di proteggerti da tutto questo".

Lei agitò una mano come se fosse una cosa insignificante.

"Non c'è antidoto per questo tipo di veleno. Non si può controllare. Nessuno potrebbe", disse. "Un amico di un amico, che si ferma a mangiare alla locanda del villaggio mentre sta andando a Stirling. I cugini di un vicino di casa, che camminavano nel cortile della chiesa dopo la funzione domenicale e si imbattevano in me. Non accettavo visitatori qui, ma in qualche modo i pettegolezzi mi hanno raggiunta. E non potevano farne a meno. Si mormorava ovunque, ma io sapevo la verità. Sapevo che Sarah era morta".

Durante quegli orribili mesi, Ian aveva immaginato il peggio, ma non era certo di quello che era successo a Sarah. Non fino a dopo. "Come facevate a esserne così sicura?"

All'inizio lei non rispose. Il suo sguardo seguì il percorso di una brezza che spazzava tutto ciò che incontrava dalla finestra alla porta e poi si posò su una sedia vuota dall'altra parte della stanza. La sedia su cui sua sorella amava sedersi con i suoi lavori di cucito o i suoi libri.

"L'intuizione di una madre", disse infine, stringendo il braccio di Ian. "La stretta allo stomaco che ci avverte che è successa una tragedia. Il sudore freddo, il terrore, il bisogno impellente di piangere apparentemente senza motivo. E poi, più tardi, qualcosa di più. Il sussurro della sua voce alle mie spalle nei giardini o il dolce profumo delle rose nella galleria".

Sarebbe stato uno sciocco a negare tutto ciò che sua madre stava dicendo.

"Quando sei partito per combattere i francesi, sapevo che avevi sofferto ma - a differenza di tuo padre, che si disperava quando tutti pensavano che fossi morto - sapevo che non lo eri. Ma quando Sarah è partita..."

Si fermò, con la voce strozzata dai respiri che le erano rimasti imprigionati nel petto. Si asciugò le lacrime.

Le mise un braccio intorno alle spalle e avvicinò la sua fragile figura al suo fianco. Quella era la donna che lo aveva messo al mondo. Quella che l'aveva cresciuto, rimproverato, istruito e amato. La amava e gli spezzava il cuore vederla soffrire. Per quanto ci avesse provato, Ian non era riuscito a proteggerla dalla tragedia della morte di Sarah.

Con il fazzoletto si asciugò gli occhi e si schiarì la voce. "Sapevo che Sarah era morta. Sapevo che Sarah era morta. Non era più tra noi già quando tu andasti a cercarla".

Ian pensò di impazzire quando lei scomparve. Durante quei primi mesi, abbandonò la madre e andò a cercarla a Edimburgo e oltre. Seguì ogni brandello di notizia, ogni voce. Attraversò la Gran Bretagna da un capo all'altro. Gretna Green. Londra. Bath. Le Highlands. Andò ovunque sua sorella avesse un amico, persino a Baronsford. Quando non poteva andare di persona, mandava un servitore. Non aveva l'intuito di sua madre a guidarlo. In cuor suo sapeva che le voci erano false, ma non riusciva a trattenersi dall'inseguire ogni possibilità.

"E poi sei tornato da me con quella storia elaborata riguardo i piani di tua sorella. Viaggi, visite alla famiglia di vostro padre. La grande avventura di cui non aveva mai parlato".

Ian osservò un'espressione malinconica sul suo volto. I suoi occhi erano annebbiati dai ricordi di un'epoca passata.

"Mi sono sorpresa quando ho capito che potevo accettare quello che mi stavi raccontando. La tua storia era gentile e delicata. C'era speranza. Anche se nel profondo del mio cuore sapevo che non era vera, mi ha fatto venire voglia di ripiegare la ragione e di metterla nella cassa di cedro insieme alle cose di Sarah. Sarebbe stata un'esistenza più felice, se avessi creduto a ciò che dicevi".

La facilità con cui sua madre accettava le bugie lo aveva scioccato all'epoca, ma lui non ci aveva riflettuto. Ora capiva perché. Tre anni prima, aveva cercato disperatamente di proteggerla e la sua accettazione era stata un sollievo.

"Il funerale di Sarah". La leggera brezza proveniente dalla finestra gli arruffò la nuca. "Mi dispiace di averti lasciato fuori. Ti ho privato della possibilità di piangere la sua morte".

"Non ti biasimo per questo". Sua madre accarezzò il manico a bocciolo di rosa del bastone che appoggiava alla sua gamba. "Che aiuto sarebbe stato essere circondati dalle condoglianze degli altri in quelle circostanze? Per quanto mi riguarda, non so come una madre si possa preparare a una notizia così sconvolgente. Io non ero pronta".

Ian ricordò le parole di Phoebe su quanto fosse stato solo e inavvicinabile quel giorno. Stava piangendo Sarah, ma stava anche soffrendo per le storie inventate che non aveva intenzione di smentire.

"Mi hai risparmiato un dolore profondo. Il mio dolore, spesso nascosto anche a me stessa, è durato a lungo".

Ian si passò le dita tra i capelli e guardò la raffigurazione scolpita di sua sorella. Era solo una piccola ragazza appoggiata alle ginocchia della madre, che guardava lontano. Nel dipinto originale Sarah rideva di un gattino che giocava con un gomitolo che aveva lanciato nella sua direzione.

"Lo sapevo anche quando hai riportato tua sorella a Bellhorne e l'hai messa nella cripta di famiglia".

"Come? Te l'ha detto il curato?".

"No, il signor Garioch ha mantenuto il tuo segreto. Così come il dottor Thornton e Alice. Tutti in questa casa sono stati fedeli alla promessa che ti avevano fatto". Scosse la testa, asciugandosi le ultime lacrime sul viso. "Vado a trovare tuo padre ogni tanto. Ho visto che la cripta era stata smossa. Un nuovo membro della famiglia si era aggiunto alle vecchie ossa dei defunti. Non c'era alcun riferimento a lei, ma sapevo che doveva essere Sarah".

Guardò di nuovo le finestre e il roseto al di là. Se non lo avesse saputo, sarebbe stato facile immaginare che sua sorella fosse lì in piedi a guardarli.

"La mia cara e dolce Sarah. Ho sentito di averla persa in quel momento, con sicurezza".

Anni di raccomandazioni, a chi si avvicinava a Bellhorne, di essere sensibile alla sua fragilità. Ian pensò a tutti i sensi di colpa, a tutte le battaglie che aveva combattuto dentro di sè per non averle detto la verità. Alcune di esse erano molto recenti.

"La settimana scorsa mi hai chiesto di scriverle e di farla tornare a casa, anche se sapevi che era impossibile". Mantenne un tono gentile, ma lo stupì il fatto che avesse creduto che lei non fosse a conoscenza della verità. "Hai pianto per le sue rose che morivano in giardino".

Gli occhi scuri come i suoi lo sfidarono. "Hai costruito un mondo di fantasia e io ci ho vissuto. È giusto che tu conviva con la mia confusione".

Non poteva darle torto.

"E, sempre più spesso, è esattamente quello che mi succede ultimamente. Confusione. Perplessità. Ho vissuto in due mondi". Una mano pallida si agitò nell'aria, indicando tutto ciò che la circondava. "Uno reale e uno fatto di sogni. E con il passare del tempo, mi sono affezionata sempre di più al mio mondo immaginario".

Era stato lui a farle questo. Tutta la colpa era sua.

"A volte ci sono momenti in cui dimentico cosa è reale e cosa è inventato. Quando ho trovato uno dei cespugli di rose che stava morendo, mi sono sentita persa. Non capivo nulla. Per un momento ho creduto che tu potessi riportare indietro Sarah. Volevo crederci. Ma ormai è acqua passata".

Qualunque cosa lei avesse fatto per rendergli pan per focaccia, se l'è meritata. Il suo stato confusionale era anche colpa sua.

"Sei un bravo figlio, Ian". Mise una mano sulla sua, attirando la sua attenzione. "E so che tutto quello che hai fatto per proteggermi non ti ha dato sollievo. So che hai sofferto. So che stai ancora soffrendo. Ma voglio che tu consideri che forse... forse non sarai mai in grado di vendicare la morte di tua sorella".

Non voleva parlare della vendetta o della *sua* sofferenza. Non voleva che sua madre sapesse che da quando era iniziata la sua ricerca di Sarah, aveva conosciuto il lato oscuro della vita. Ogni volta che era sceso in quel mondo sotterraneo della città, aveva visto con i suoi occhi le tragiche condizioni in cui le persone erano costrette a vivere. La povertà paralizzante dei contadini costretti ad abbandonare le loro terre e a cercare disperatamente cibo e riparo negli squallidi rifugi di Edimburgo. I tossicodipendenti da oppio, che gettavano via vite produttive per un'ora di oblio. Gli scaricatori di porto ubriachi, che danno via la paga di una settimana con un solo lancio di dadi. Aveva tenuto le mani di bambini affamati, accanto al corpo senza vita di una madre.

La morte di Sarah lo aveva cambiato sotto ogni aspetto. Certo, continuava a passare notti insonni alla ricerca del suo assassino, ma aveva anche scoperto che nelle ore di veglia poteva fare qualcosa per aiutare chi soffriva.

"Perché ora?" chiese. "Perché hai deciso di porre fine a tutto questo?".

L'attenzione di sua madre si spostò nuovamente sulla finestra aperta.

"Phoebe".

Oltre le tende, seduto su una panchina in giardino, Ian aveva chiesto a Phoebe di aspettarlo. La sua Phoebe.

"Quando stamattina ho saputo che era scomparsa ieri e che era ferita, il mio mondo immaginario si è accartocciato e bruciato in un istante. Improvvisamente il passato si stava ripetendo e non potevo più vivere in un sogno".

Ian aveva sentito la stessa urgenza il giorno prima, mentre la cercava. Era un uomo posseduto.

"Era la più cara amica di Sarah", disse. "Dal momento in cui è arrivata a Bellhorne, la tua reazione alla sua presenza qui...".

Gli mise una mano sul braccio, interrompendolo. "La mia reazione quando ho saputo che era stata ferita non è stata dovuta alla relazione di Sarah con lei, ma alla tua. Tu, Ian. L'uomo che ha sacrificato così tanto della sua vita per questa famiglia, per me... Non potevo immaginare di perdere la nostra Lady Phoebe. So quanto lei sia importante per te".

Perdere Phoebe avrebbe significato la fine della sua sanità mentale, la fine di lui. Fissò l'arredamento della stanza, l'icona di alabastro sulla parete, i ricordi della giovinezza sua e di Sarah sparsi intorno a lui. Ma ovunque guardasse, c'era solo Phoebe. Era viva nei suoi pensieri di oggi, nei suoi sogni di domani, nelle sue speranze di felicità per il futuro.

Si rivolse a sua madre. "Come fate a sapere cosa significa per me? Abbiamo passato così poco tempo insieme in tua compagnia".

Ha sorriso.

"L'intuizione di una madre".

Non aveva una madre.

Fu trovato al fiume. Nessun cesto di giunchi era stato preparato per lui. Non c'era la figlia del faraone ad attenderlo. Nessuno lo chiamò *profeta*.

Ma coloro che lo trovarono, allevarono e disprezzarono avevano sempre un epiteto per lui.

Guai. Spettro. Maledetto. Disastro. Demone. Torturatore. Scuotitore di catene. Piaga. L'ancellino di Satana. Non smisero mai di biasimarlo.

Era sempre considerato la causa di ogni male. Arriva la pioggia... L'orzo appassisce... Il fienile si allaga... Il latte si acidifica... I ratti hanno morso il vecchio... Il vitellino si è congelato..È il ragazzo!

E quando la coppia di anziani si stancò di cercare nomi o crimini da imputare a lui, lui era... era... niente.

Quanti anni? Quanti anni?

Poi arrivarono le voci, sussurrate, mormorate. *Prescelto.* Prima frammenti, poi più forti, più chiari. *Vendicaci.* Non poteva ignorarle. Gli stavano parlando. Lo incitavano. Incalzando. Urlando. *Uccidi.*

Non aveva una madre. Ma poi arrivarono le voci. *Sei stato scelto. Tu più di tutti gli altri. Vendicaci.*

E quel giorno nacque davvero.

Capitolo Quindici

PHOEBE SI TROVAVA ACCANTO alla meridiana in giardino, esortando le ombre a muoversi. Alcune promesse non sono certo destinate a essere mantenute, pensò, osservando il sole luminoso che apparentemente si era fermato nel cielo.

"E aspettare su una panchina per più di qualche minuto è una di quelle promesse inapplicabili", si assicurò, pensando a ciò che aveva detto a Ian. "Ma almeno sto ancora aspettando in giardino. Questo dovrebbe contare qualcosa".

Vagò lungo una delle stradine erbose dove poteva tenere d'occhio la porta che Ian aveva usato per entrare in casa. Per un po' aveva cercato di rimanere vicino alla panchina dove Ian l'aveva lasciata, ma la sua inquietudine si era presto trasformata in preoccupazione. Quando ormai era passata un'ora intera, aveva fatto diversi viaggi avanti e indietro verso la meridiana.

Era difficile credere che fossero arrivate solo ieri. Erano successe così tante cose. Sia brutte che belle, pensò Phoebe, respirando i profumi delle piante. I profumi e i colori delle rose e delle azalee, dei fiori selvatici e delle erbe la rinvigorivano. Il cielo blu brillante e l'aria limpida e pulita offrivano un tale contrasto con Edimburgo, sebbene anche lei amasse davvero la città. Eppure, qui ci si poteva quasi dimenticare dei problemi del mondo. Quasi. Ma capì come, vivendo lì, Lady Bell fosse stata in grado di togliersi il paraocchi e smettere ignorare la dura realtà della morte di sua figlia.

Phoebe aveva già fatto diversi giri del giardino quando la porta si aprì. Non era Ian, ma fu felice di vedere sua sorella uscire con un libro in mano.

"Ti ho vista qui fuori ad aspettare, così ho portato qualcosa da leggere per aiutarti a passare il tempo". Millie sollevò il volume. "*Frankenstein; o, un moderno Prometeo*. È nuovo".

"L'ho letto". Phoebe conosceva il libro. Aveva attirato la sua attenzione perché era stato pubblicato in forma anonima. E una volta letto, capì che l'autore doveva essere una donna. "Era uno dei libri arrivati da Londra quella primavera per la biblioteca dell'Hertfordshire".

"Oh". Millie stropicciò il naso. "Devo essermelo perso".

"È abbastanza interessante. Il cosiddetto eroe è uno scienziato che crea la vita nel suo laboratorio, escludendo completamente le donne dal processo. Vedrai come funzionerà bene, per il suo mostro senza madre e per lui".

Per un po' le due si sedettero sulla panchina dove Ian le aveva chiesto di aspettare, chiacchierando di libri, di Lady Bell e delle cose accadute durante quella visita. Ma ben presto, dopo aver lasciato il libro sulla panchina, fecero il giro del roseto e poi si spinsero nei frutteti e nei lunghi filari di bacche.

Spostandosi lungo i cespugli di lamponi, Phoebe pensò ancora una volta a come stare occupati con le viti, i frutti e i fiori potesse fornire uno scudo per un cuore spezzato, contro le frecce delle calunnie e pettegolezzi offensivi.

Millie stava curiosando tra i fiori dei cespugli alla ricerca di frutti di bosco che potessero essere maturati in anticipo. "Per quanto ti siano sembrate improvvise le affermazioni di Lady Bell oggi, credo che sia una notizia molto incoraggiante. Il capitano deve essere sollevato".

Solo pochi istanti prima, Phoebe aveva condiviso la conversazione avuta con la madre di Ian nella stanza del mattino. Tuttavia, per quanto la dichiarazione di Millie sembrasse logica, era preoccupata. La fine della finzione, a Bellhorne, che Sarah fosse viva, non poneva fine alla caccia di Ian. La madre poteva finalmente piangere la morte della figlia. Ma che ne sarebbe stato di Ian? Quando sarebbe stato in grado di lasciar andare sua sorella?

"Immagino che la sua vita sarà un po' più facile ora che sua madre lo sa", rispose infine Phoebe.

Alla fine del frutteto, decisero di non avventurarsi nei campi, anche se l'odore del fieno tagliato era invitante. A braccetto, le sorelle si avviarono verso i giardini.

"Sei pronta a tornare in città domani?". Chiese Millie mentre attraversavano l'apertura ad arco nel muro.

"Devo esserlo, non è vero?".

"Non lo so". Le due si fermarono vicino a un pergolato dove le viti di rose bianche e rosse si arrampicavano e si attorcigliavano e si intrecciavano indissolubilmente. "Vedo il modo in cui guardi le cose. Gli alberi nei frutteti, i campi, il cielo, i giardini, la casa. Non siamo ancora partite, ma credo che Bellhorne ti manchi già ".

Phoebe stava per usare Sarah come ragione sufficiente per il suo attaccamento a questo posto, ma non ci riuscì. Non era più vero. Il giorno prima aveva voluto ricordare la sua amica. Ma ora... adesso... soprattutto dopo la chiacchierata con Lady Bell e le sue parole di incoraggiamento, vedeva Bellhorne in modo diverso.

Ricordò le parole di Ian mentre la aiutava a uscire dal pozzo: *Non ti lascerò mai andare.* E le sue parole quando aveva messo fine ai loro momenti di passione: *In un altro momento, in un altro luogo, in circostanze più appropriate...* . . Era possibile? Era possibile che un giorno avrebbe chiamato casa quella dimora?

"Ho ragione. Ammettilo", scherzò Millie. "Ti vedo già seduta nel roseto in una mattina di sole con carta e penna a scrivere le tue storie o i tuoi articoli. Più tardi, mangerai un boccone con Lady Bell o cenerai presto quando tuo marito tornerà dopo i suoi giri con il signor Raeburn".

"Non farmi questo", protestò Phoebe.

Suo marito. Il suo viso si incendiò per l'eccitazione di quella possibilità, per quanto remota potesse essere. Per quanto riguardava i suoi sentimenti, Millie era fin troppo vicina alla verità.

"Fare cosa?"

Phoebe era già pentita di aver detto a Millie che Lady Bell aveva dato la sua benedizione. "Mi fa desiderare cose che forse non avrò mai".

"Farti desiderare cosa, per esempio?".

"Smettila, Millie", ordinò. "Non ho intenzione di spalancare il mio cuore".

"Non devi dire nulla. Te lo leggo in faccia".

"No, non è vero". Phoebe strappò un petalo rosso dalle rose rampicanti e lo portò alle labbra. Il profumo del fiore era quasi inebriante. "Sono già colpevole di passare troppo tempo con la testa tra le nuvole. Non peggiorare la situazione incoraggiandomi".

"Sono tua sorella. Perché non dovrei incoraggiarti a perseguire ciò che ti rende felice? A perseguire tutte le tue passioni?".

"La mia passione". Phoebe tenne il petalo di rosa nel palmo aperto e poi lo soffiò via. Per tanto tempo la sua passione era stata la scrittura e aveva sempre pensato che fosse sufficiente. Far scorrere su una pagina i fili delle storie, delle poesie e delle argomentazioni e vedere la rete di pensieri aderire e formare una forma coerente era stata una meraviglia. Era sempre stato abbastanza soddisfacente da rinunciare al matrimonio, ai figli, a un marito... ma ora non più. "Non so se voglio perseguire una passione quando ciò significa che devo rinunciare a un'altra. Perché le donne non possono avere tutto?".

Millie storse l'angolo della bocca e inarcò un sopracciglio. Era il famoso sguardo della loro madre che stava per: *"Puoi fare di meglio"*. Scosse la testa. "Sono sicura di non sapere di cosa stai parlando perché *mia* sorella non accetterebbe mai meno di tutto".

Phoebe batté un piede e si accigliò. Millie avrebbe dovuto essere la sua voce della ragione. La calma, la razionale, la sorella dal pensiero convenzionale che invitava alla cautela e all'attenta considerazione prima di intraprendere qualsiasi tipo di azione. Non conosceva l'estranea che le stava davanti.

"Per avere tutto questo ci vorrebbe qualcuno così alto e così largo di spalle", disse Phoebe, allargando le braccia per mostrare l'altezza e l'ampiezza di Ian. "Ma quell'uomo in particolare, che stiamo aspettando proprio ora, non è così malleabile da poterlo piegare a mio piacimento. Quindi la mia unica opzione è aspettare e aspettare e aspettare finché non sarà pronto a seguirmi".

"Finché non sarà pronto a perseguirti".

Annuì, ricordando la promessa che aveva fatto di non avere rimpianti. Le parole erano abbastanza semplici, ma la sera prima, dopo che Ian aveva lasciato la sua camera da letto, si era sentita mortificata per quello che aveva fatto. Beh, forse non mortificata, ma in ogni caso leggermente imbarazzata.

"Lo ami, Phoebe?".

"Che razza di domanda è?" Ora era *lei* a tenere le mani sui fianchi e a fissare la sorella.

"È una domanda semplice. Per la mia tranquillità. Lo ami?"

"Certo che lo amo".

Emise un respiro frustrato e rovesciò la testa all'indietro, fissando il cielo mentre i ricordi della sua giovinezza le tornavano alla mente. Camminare per quegli stessi sentieri del giardino. Seguire Sarah nella casa in cerca di fantasmi. E poi Ian. Un suo sguardo era bastato a far sciogliere Phoebe. Poche parole amichevoli e sarebbe potuta andare in estasi. Ma quei giorni erano passati. Quello che provava per lui ora era l'amore di una donna.

"Non ho mai amato nessun altro. So che non ci sarà mai un altro. Ian Bell è sempre stato il mio unico vero amore".

Millie sorrise, si girò e si allontanò in fretta.

"Dove stai andando?" Phoebe la seguì.

Fece un passo e raccolse le gonne con l'intenzione di far cadere a terra la fastidiosa creatura, ma una mano sulla spalla di Phoebe la fermò.

Non dovette guardare per capire che era lui. Riconobbe il calore delle sue dita forti, la pressione allettante.

Finalmente trovò la voce, anche se sembrava più il verso strozzato di un'oca. "Da quanto tempo siete in piedi dietro di me?".

"Abbastanza a lungo".

"Perché mi fate questo?".

Considerando tutto quello che avevano passato nelle ultime ventiquattro ore, Ian pensò che la giornata stava migliorando di minuto in minuto.

"Perché non posso starvi lontano", disse, tirando delicatamente Phoebe verso di sé.

Le sue guance erano arrossate e i suoi occhi azzurri si sollevarono lentamente verso quelli di lui mentre la attirava nel suo abbraccio.

"Perché sono stato cieco per gran parte della mia vita", continuò. "Ma ora che i miei occhi sono aperti, non posso fare a meno di voi".

Lei si morse il labbro, osservandolo attentamente, e lui la avvicinò, stringendo le braccia intorno a lei. Che fosse il cuore di lei a martellare o quello di lui, non faceva differenza: erano diventati una cosa sola.

Le parole di lei, mentre confidava a sua sorella di amarlo, erano il dono più prezioso che avesse ricevuto in questa vita.

"Sono un uomo imperfetto. Il mio corpo è segnato. Sono tormentato dal senso di colpa. Non so se sarò mai soddisfatto finché non scoprirò cosa è successo a Sarah". Tracciò la linea del suo zigomo alto, della sua mascella, del suo mento. "Ma vi amo".

Le tenne il viso e la guardò negli occhi mentre le sue parole venivano registrate. Avrebbe potuto nuotare nelle loro profondità blu.

"Mi ami?"

"Sì".

Ian stava per dire tutto quello che aveva intenzione di dire. La conversazione che aveva ascoltato un attimo prima tra Phoebe e sua sorella era significativa. Voleva che lei scrivesse e creasse. Voleva che avessero una famiglia. Voleva che lei avesse tutto.

"Ma non posso chiedervi di sposarmi", disse.

Lei si irrigidì tra le sue braccia, ma lui la tenne stretta.

"Non posso chiedervi di sposarmi perché mi è chiaro che dovreste essere *voi* a chiederlo".

I suoi occhi si restrinsero e le sue labbra si assottigliarono. Il rossore sulle guance di Phoebe si fece più intenso.

"Mi state prendendo in giro?" chiese tesa. "Vi è venuto in mente, capitano Bell, che questo dovrebbe essere un momento romantico?".

Se c'era una cosa che desiderava, era quella di travolgerla e portarla in un luogo incantato e romantico, dove la calda brezza marina li bagnava con la dolce fragranza dei fiori tropicali. Dove vini e frutti esotici provenienti da luoghi lontani erano sempre a portata di mano. Dove il mare azzurro abbagliava gli occhi e il sole baciava ogni centimetro della sua splendida pelle. Dove ogni notte era riempita dai suoni di una musica lontana. Dove avrebbe fatto l'amore con lei finché l'alba non avesse brillato su un orizzonte lontano.

"Temo di saperne poco di romanticismo. Ma a rischio di sembrare ancora meno romantico, dobbiamo affrontare due questioni. Primo, siete la figlia di un conte. In secondo luogo, sono anni che mi proponete la vostra bellezza, la vostra arguzia, la vostra intelligenza...".

"Vi state prendendo gioco di me".

"Non lo sto facendo. Sono stato cieco per anni, ma ora vedo tutto chiaramente. Ecco perché credo sia giusto che voi me lo chiediate, vista l'importanza della questione".

"Ian, non solo siete poco romantico, ma anche poco signorile".

Sorrise. "Se ricordo bene, ieri sera una certa persona non si è interessata alle mie qualità di gentiluomo".

"Ora volete mettermi in imbarazzo".

Temeva che forse il suo tentativo di umorismo fosse andato troppo oltre. Ma lei non stava cercando di sfuggirgli, così lui la strinse a sé, il naso a contatto con il suo, le labbra a rubare un bacio e poi un altro. Un attimo dopo, lei sospirò e ricambiò il bacio, il suo corpo divenne morbido tra le sue braccia. Aprì le labbra e lui approfondì il bacio, sentendo un gemito in fondo alla gola.

Lui si ritrasse leggermente e i suoi occhi blu si aprirono.

"Non sono così alto né così largo come pensate. E non avete bisogno di forzarmi. Ieri sera mi avete detto 'niente rimpianti'", le ricordò. "Vi amo, Phoebe. Sono vostro per quello che volete".

Lei sbattè le mani aperte contro il suo petto. "Farete meglio a dire di sì, o vi strangolerò proprio qui in questo giardino".

"Beh, è un inizio molto romantico per una proposta di matrimonio".

"Dico sul serio". Lei lo stava fissando, ma lui poteva vedere il luccichio del divertimento nei suoi occhi.

"Altre minacce. Altre proposte. Sono pazzo di voi".

"E la mia famiglia pensa che *io* sia eccessivamente drammatica". Sospirò. "Molto bene. Capitano Bell, può... . . ?"

"Aspettate, avete portato un anello per suggellare il nostro fidanzamento?".

"Sapete bene che non l'ho fatto, Capitano. E vi suggerisco di astenervi dall'interrompermi di nuovo".

Ian sorrise. "Non vi interromperò più. Se il cielo si riempie improvvisamente di angeli che suonano le cornamusa e annunciano qualche evento glorioso per l'umanità, dirò loro di aspettare".

Phoebe fece un respiro profondo e ricominciò.

"Volete farmi l'onore, capitano Bell, di diventare mio marito?".

"Sì, Lady Phoebe. Ne sarei onorato".

Lui la baciò e lei ricambiò il bacio. La pressione del suo corpo contro il suo, la morbidezza e il profumo dei suoi capelli e il calore della sua pelle gli parlavano di una vita di amore che li attendeva.

Interrompendo il bacio, si ritrasse e si mise in ginocchio.

"Phoebe, tu sai chi sono. Conosci le cicatrici frastagliate del mio passato. Conosci le ombre che inseguo".

"Ian, non c'è bisogno di...".

"Ma sappi anche questo: Ti amerò finché tutte le stelle non si staccheranno dal firmamento. Ti amerò finché la luna non si fonderà con il sole. Ti prometto che avrai la vita che desideri... con tutta l'indipendenza che desideri e tutto il sostegno che posso darti. Sono tuo, amore mio, ora e per sempre. E suggello questa promessa con questo".

Ian estrasse dalla tasca l'anello che gli aveva regalato sua madre, un cimelio di famiglia che aveva abbellito le mani delle spose della famiglia Bell per generazioni. Il grande diamante, montato in un'intricata montatura d'oro al centro di un letto di petali di rosa, circondato da piccole foglie di smeraldo. E ora avrebbe abbellito l'esile mano di Phoebe.

In piedi, glielo fece scivolare sul dito.

Il sorriso sorpreso e la lacrima che le scorreva sulla guancia gli dissero tutto quello che doveva sapere. Quando lei gli gettò le braccia al collo, Ian la baciò e la sollevò in aria, facendola volteggiare prima di posarla a terra.

"Quindi finalmente vuoi fare di me un uomo onesto".

Phoebe avrebbe voluto le ali. Voleva condividere la notizia con sua sorella all' istante.

Una dozzina di passi misurati, una mezza dozzina di corsa, di nuovo un'andatura contenuta quando passò davanti a una coppia di mezza età che camminava a braccetto nel vestito della domenica.

Phoebe sorrise e cercò di apparire composta e pudica mentre la salutavano. Ma non appena li superò, riprese a correre.

Non riusciva più a controllare la sua eccitazione mentre volava lungo la strada per seguire sua sorella. Millie non era andata lontano e Phoebe la vide aspettare sotto una quercia ai margini dei campi.

"Millie", gridò, salutando mentre correva.

Sua sorella si girò e il sorriso sul suo volto disse a Phoebe che conosceva la causa della sua eccitazione.

"Ti ha chiesto di sposarlo?", strillò mentre Phoebe si scontrava con lei nella foga del momento.

Le loro braccia si avvolsero l'una all'altra. Le risate riempirono l'aria. Per qualche istante non furono adulte, ma di nuovo due ragazzine, che si tenevano per mano e ballavano allegre in un cerchio.

"Ci sposeremo". Phoebe baciò la sorella su ogni guancia e la abbracciò di nuovo forte. Tese la mano affinché Millie potesse ispezionare l'anello. "Mi ha regalato questo".

"È davvero bello!", esclamò lei. "Hai detto sì! Certo, hai detto di sì!".

"L'ho fatto, ma mi ha dato del filo da torcere. Prima mi ha fatto fare la proposta e, dopo aver detto di sì, mi ha offerto l'anello con una proposta tutta sua".

La risatina nel petto di sua sorella si trasformò in una vera e propria risata e lei si tirò indietro per guardare di nuovo l'anello.

"È l'uomo giusto per la nostra famiglia. Non è mai noioso".

Ian era sempre stato perfetto per lei. Lo aveva capito molto prima che lui stesso se ne rendesse conto.

"Ma mi hai incastrata", disse Phoebe accigliata. "Tutte le domande se lo amo o no, e come dovrei perseguire le mie passioni. Gli hai dato tutte le munizioni di cui aveva bisogno".

Millie sorrise, scostò i capelli dal viso di Phoebe e li infilò dietro l'orecchio. "Non so dirti quanto sono felice".

Voleva ballare. Voleva cantare. Voleva gridare e condividere la sua felicità.

Phoebe tirò ancora una volta la sorella minore nel suo abbraccio, ma questa volta si tennero strette l'una all'altra, senza fretta di lasciarsi. Sorelle e amiche. Era davvero felice che fosse Millie la prima persona con cui poteva condividere la sua gioia.

Ian era tornato per dire a sua madre che ci sarebbe stato davvero un matrimonio. Phoebe sapeva che c'erano delle formalità da sbrigare una volta tornati a Edimburgo. Ian voleva parlare con il conte e chiedere la sua mano a lui e alla contessa. Dubitava che qualcuno della sua famiglia avrebbe avuto da ridire. Per molti versi, immaginava che sarebbero stati piuttosto sollevati.

"Jo, Wynne e Cuffe partiranno per la Giamaica tra meno di una settimana", le ricordò Millie. "Non ci andrà se questo significa perdersi il tuo matrimonio".

"Possiamo ovviare a questo problema. Organizzeremo il matrimonio dopo il suo ritorno". Phoebe prese la mano della sorella mentre si incamminavano lungo il viale verso la casa. "L'ultima cosa che voglio è sconvolgere i loro piani o distogliere l'attenzione da loro".

Jo aveva sopportato sedici anni di attesa prima che lei e Wynne Melfort si ritrovassero. La loro sorella maggiore meritava di assaporare i momenti di gioia che aveva atteso tanto a lungo.

"Forse tu e il Capitano Bell potreste organizzare il vostro matrimonio a Natale. Sembra che sia già diventata una tradizione celebrare il matrimonio in occasione del ballo estivo o dell'assemblea di Natale".

Millie aveva ragione. Hugh e Grace si sono sposati un anno prima, la settimana del Ballo d'Estate. Gregory e Freya si erano sposati lo scorso Natale e Jo e Wynne si erano scambiati i voti meno di un mese prima.

Scrollò le spalle. "Sarei felice di scappare a Gretna Green, se è quello che vuole Ian".

"Phoebe", rispose Millie, con una nota di avvertimento nella voce. "Non rovinerai l'occasione alla mamma. Né per me. Né per Jo".

"Lo so. Lo so. Lo so. Sarò gentile. Lo prometto".

Quando raggiunsero il castello, una cameriera le attendeva nel foyer d'ingresso con la giacca spencer di Phoebe, i guanti, una cuffietta e il messaggio che la carrozza era nel cortile.

"Dove stai andando?" Chiese Millie. Mentre Phoebe abbottonava la giacca corta, le sistemò la cuffietta.

"Ho chiesto a Ian se io e lui potevamo andare al villaggio".

Phoebe diede un'occhiata alla porta mentre Ian entrava e veniva verso di loro. "Ti sembro rispettabile?"

"Perfettamente", rispose la sorella. "Ma perché stai andando al villaggio?".

"Volevo condividere . . . volevamo condividere la notizia con Sarah".

Capitolo Sedici

La chiesa di pietra marrone e grigia, con il suo campanile squadrato e tozzo, si trovava su un promontorio ai margini del villaggio e si affacciava sulle acque agitate del fiume. Attraversando un ponte di pietra, la carrozza si snodò attraverso un ordinato cortile, dove una mezza dozzina di pecore pascolava tra le lapidi.

Il cielo soleggiato di questa mattina si era gradualmente riempito di nuvole con l'avanzare della giornata. Quando scesero dalla carrozza, stava cadendo una pioggia leggera e una nebbia si stava addensando lungo la costa.

"Perché non mi aspetti dentro mentre io vado in canonica a parlare un attimo con il signor Garioch?", disse Ian, accompagnando Phoebe su per i gradini della chiesa. "Penso che il curato sarà sollevato nel sapere che mia madre ha deciso di rinunciare ad avere compagnia per cena stasera. È stato molto accomodante nell'intrattenerla mentre ti cercavamo ieri".

Durante il tragitto verso il villaggio, Ian le disse che Lady Bell era allo stesso tempo euforica ed esausta dopo tutto quello che era successo. Quel giorno voleva essere circondata solo dalla famiglia. Anche Phoebe era contenta di quella disposizione. Non si fidava del tutto della sua capacità di sedersi a tavola con il Dr. Thornton a cena e di astenersi dal fare uno o due commenti sprezzanti. Disse a Ian cosa provava per i modi di fare di quell'uomo e lui le confidò quello che aveva saputo dell'affetto del dottore per Alice.

Povero uomo. O forse, povera Alice. Phoebe decise che non spettava a lei giudicare nessuno dei due su una questione di cuore. In ogni caso, avrebbe cercato di pensare al dottore in termini più favorevoli, considerando che la cugina di Ian stava presumibilmente valutando la sua offerta di matrimonio. Era difficile immaginare che una donna non lo rifiutasse del tutto, ma forse il dottor Thornton aveva delle qualità redimibili che Phoebe non aveva avuto la fortuna di sperimentare.

"Puoi aspettarmi qui, al riparo dalla pioggia", disse Ian, tirando Phoebe tra le sue braccia mentre entravano nel piccolo vestibolo vuoto della chiesa.

"Dove potrei andare?" Lei gli sorrise apertamente, ancora scossa dalla felicità di sapere che quell'uomo sarebbe diventato suo marito.

"Niente passeggiate nel cortile, niente ritorno al ponte, niente passeggiate nei campi". Le diede un bacio sul naso, sul mento e sulle labbra, sottolineando ogni luogo in cui non voleva che andasse.

"Se hai intenzione di esporre i tuoi punti di vista in modo così allettante", mormorò lei, facendo scorrere le mani sul suo ampio petto prima di farle scivolare intorno al suo collo. "Mi vengono in mente almeno un'altra dozzina di posti in cui potrei vagare e che tu non hai menzionato".

La guidò di nuovo nell'ombra dell'anticamera finché non si trovò schiacciata contro una parete scura a pannelli. Il respiro di Phoebe le si bloccò nel petto mentre lui la avvolgeva strettamente tra le braccia e le schiacciava le labbra sotto le sue.

Il calore si diffuse in lei. Era esattamente quello che voleva. Il momento, il luogo, il motivo per cui erano andati lì, tutto questo scomparve dai suoi pensieri. Era consapevole solo dell'eccitazione che le scorreva nelle vene.

Le sue mani sembravano muoversi di propria iniziativa, esplorando sotto il cappotto di lui, tastando le linee muscolari della sua schiena. Lui gemette di approvazione. Le sue braccia potenti la strinsero più vicino al suo corpo, tirandola a sé fino a quando non ci fu più nulla tra i loro due cuori, che battevano all'impazzata all'unisono.

Le braci della passione che aveva provato la sera erano stavano ardendo nuovamente, alimentate dal suo abbraccio.

Lui la baciò profondamente e lei rispose. Sentì la sua lingua cercare, assaggiare. Quando la spinse con la schiena contro il muro, il suo corpo riscaldò ogni centimetro di lei con il suo calore. Le sue mani scivolarono sul suo corpo, toccandolo e possedendolo.

"Phoebe". Lui staccò la bocca dalle sue labbra. "Un matrimonio a Natale è troppo lontano".

Ci vollero alcuni istanti per raccogliere le idee e ritrovare la voce.

"Sono d'accordo", sussurrò lei contro la sua gola. Aveva un buon profumo e un buon sapore. "Mio fratello Gregory e mia sorella Jo hanno entrambi stabilito il precedente di sposarsi prima privatamente e di fare una seconda cerimonia pubblica in seguito".

"Questo mi dà un'altra cosa di cui parlare con il curato". Sorrise. "Forse possiamo far sì che ci sposi qui".

"C'è sempre il fabbro di Gretna Green a fare gli onori di casa".

"Credo che tu abbia capito il concetto".

Era ancora eccitata quando Ian la lasciò per andare a parlare con il signor Garioch. Eccoli lì: due adulti, maggiorenni, indipendenti e privi di impedimenti che parlavano di scappare a Gretna Green.

Facendo scorrere le dita lungo la parete a pannelli, Phoebe superò il vestibolo ed entrò nel retro della chiesa. Si sentiva come un viaggiatore che si bagna in un lago fresco e limpido dopo un viaggio polveroso e faticoso. Come un bambino che vede un arcobaleno dopo un diluvio. Come uno scrittore che sente recitare la sua poesia per la prima volta. Era quasi inconcepibile che una notte di orrore nei sotterranei l'avesse condotta sulla strada che portava a quel momento, a quella felicità.

Phoebe si fermò accanto all'ultimo banco. Il legno era fresco e liscio al suo tocco. La chiesa era al buio, con solo qualche raggio di luce che si estendeva sul legno marrone scuro dei banchi e sul pavimento di pietra grigia della navata. Le tre alte finestre ad arco dietro l'altare e il pulpito, all'altra estremità dell'edificio, un tempo avevano sicuramente ospitato vetri colorati, suppose, ma ora erano riempite con pannelli dello stesso legno scuro che racchiudeva il terzo inferiore delle pareti interne. Non c'erano decorazioni visibili da nessuna parte, a parte la pietra intagliata degli spessi e pesanti pilastri e degli archi a tutto sesto che sostenevano il tetto.

Phoebe si diresse verso la navata centrale. Tutto nella chiesa rifletteva la cupa serietà dell'osservanza religiosa, compreso il vago profumo delle candele liturgiche. Il Firth of Forth, con il suo profumo salato e il rumore delle maree a non più di trenta metri di distanza, avrebbe potuto trovarsi a trenta miglia da qui; Phoebe non riuscì a trovarne alcun accenno all'interno. Il silenzio era rotto solo dallo scalpiccio delle sue suole sulle pietre consumate. Quando raggiunse il transetto, vide una piccola nicchia in fondo, composta da ampie scale di pietra che scendevano verso il basso.

La cripta.

Mentre Phoebe si muoveva nella luce crepuscolare verso le scale, il mantello di felicità che aveva indossato intorno alle spalle scivolò e cadde. I ricordi di Sarah si riaffacciarono. La sua amica aveva desiderato che suo fratello e Phoebe si unissero. "Allora saremo sorelle per tutta la vita", diceva sempre. "Inseparabili".

Phoebe respinse la tristezza che le bruciava in gola e pensò alle parole di Lady Bell sul fatto che Sarah fosse con loro. Se fosse stato vero, avrebbe saputo del fidanzamento. Sarebbe stata felice per loro.

Quando i suoi occhi si adattarono all'oscurità, Phoebe riuscì a vedere un accenno di luce ai piedi delle scale. Aggrappandosi al muro, scese e in fondo trovò un cancello di ferro che si aprì con uno stridore inaspettato che la fece sobbalzare quando vi appoggiò la mano. Pochi passi ancora e si ritrovò nella cripta.

Lo spazio lì sotto era più buio rispetto alla chiesa di sopra, poiché solo tre minuscole finestre lasciavano filtrare la luce. Tuttavia, riuscì a vedere due nicchie ad arco su entrambi i lati della navata laterale. Al centro, le effigi in pietra scolpite di un cavaliere e della sua dama giacevano l'uno accanto all'altra, senza dubbio somiglianti agli abitanti del luogo, e guardavano per l'eternità il soffitto nero con il tetto a botte.

Le nicchie a destra e a sinistra ospitavano sarcofagi in pietra con emblemi araldici e nomi di membri della famiglia, ma era troppo buio perché Phoebe potesse leggerne qualcuno.

Sapeva già da Ian che il nome di Sarah era stato omesso per evitare che sua madre scoprisse la verità. Ma ora, con Lady Bell apertamente consapevole di tutto ciò che era accaduto, un amato nome sarebbe stato aggiunto.

L'odore di morte permeava il luogo, ma lei era già stata in posti simili e se lo aspettava.

In piedi nella stanza buia, Phoebe sapeva di dover aspettare che

Ian venisse a mostrarle dove giaceva il corpo di Sarah. Ma per il momento chiuse gli occhi e cercò di chiudere i sensi del tatto, del suono e dell'olfatto e di aprire la mente alla presenza della sua amica.

Nel roseto c'era Sarah. Così come nella stanza del mattino. Ma lì nella cripta, Phoebe non sentiva alcun segno della sua amica. E poi, all'improvviso, un'ombra che non si aspettava scese su di lei, un freddo così gelido che Phoebe rabbrividì e si strinse le braccia intorno al corpo. Immagini di anime perdute, piangenti e prive di speranza, le passarono per la mente. L'infinita oscurità di un pozzo senza fondo sbadigliava davanti a lei. Una sensazione di malvagità permeava l'aria, così vicina e così distinta che aprì gli occhi e fissò ogni sarcofago di pietra, aspettandosi quasi che si aprissero uno ad uno e vomitassero il loro contenuto di ossa frammentate sul pavimento ombroso.

Il suono basso, appena più di un respiro, la fece girare di scatto. Lì, sulla scala inferiore, stava un uomo.

Incorniciato dalla luce fioca che proveniva dalla chiesa sovrastante, era una statua, immobile come pietra scolpita, una creatura di morte, sorta dai recessi torbidi della cripta stessa.

Il panico la strinse alla gola. Era entrata in un incubo. Non c'era nessun posto dove andare. Nessun posto dove nascondersi. C'era solo una via d'uscita.

"Signor Garioch". La voce di Ian risuonò nella tromba delle scale. "Vi stavo cercando".

Il curato non era in canonica e non c'era traccia della sua governante, come era prevedibile, essendo oggi domenica. Tornando alla chiesa, Ian scoprì che Phoebe non era dove l'aveva lasciata, ma non ne fu sorpreso. Una lampada tremolava in cima alle scale che portavano alla cripta. Immaginando che potesse essere scesa prima di lui, fu felice di trovare Garioch con lei.

A quanto pare, aveva fatto sobbalzare il curato.

"Devo dire che non mi aspettavo che ci fosse qualcuno nella cripta questo pomeriggio", disse il curato mentre risalivano tutti in chiesa. "Pensavo di essere in compagnia di un fantasma".

Phoebe si aggrappò al braccio di Ian. Il suo viso era pallido quando arrivarono alla luce della lampada in cima alle scale. Anche lei si era spaventata per l'incontro inaspettato.

"Ovviamente non dovrei usare la parola '*fantasma*' senza ulteriori chiarimenti", disse Garioch.

Sembrava non aver mai perso il modo di parlare soave e composto che faceva impazzire il dottor Thornton, pensò Ian. Neanche vedere un fantasma era stato sufficiente.

"I recenti studiosi delle Scritture ci dicono che la coscienza umana non cessa di esistere quando il nostro corpo muore", spiegò senza problemi. "Lazzaro, ad esempio, mantenne la sua coscienza e rispose quando Cristo lo chiamò dalla tomba".

"Sì, è logico", disse Ian, cercando gentilmente di interromperlo.

"Pertanto", continuò Garioch, "questa esistenza permanente, alla presenza di Dio, deve manifestarsi in una forma più piena e ricca del nostro attuale stato fisico. E sì, crediamo anche che alcune persone scelgano di vivere in un modo che le separa dalla bontà di Dio, una condizione che continua per tutta l'eternità. Questo, amici miei, si chiama *Inferno*".

"Grazie, signor Garioch", interruppe Ian, "per il chiarimento". Non voleva davvero ascoltare l'intero sermone.

Il curato sembrò cogliere il desiderio di Ian di cambiare argomento. "Ma il mio allarme nella cripta deriva da altre fonti. Stiamo vedendo ogni sorta di persone che seguono la costa mentre scendono dalle Highlands". Garioch estrasse un fazzoletto dalla tasca e se lo passò sulla fronte e sul labbro superiore. "Ho pensato che forse dovrei iniziare a chiudere le porte a chiave. Non voglio trovare una famiglia di vagabondi qui o nelle cripte una mattina".

Ian seppe quando Phoebe superò il momento di maggior paura. La sua mano si staccò dal suo braccio e la sua schiena si raddrizzò. Fu sollevato nel vedere che aveva riacquistato un po' di colore in viso. Stava anche prestando molta attenzione alla lezione di Garioch.

"Mi scusi", disse. "Ma non siete stati presentati. Lady Phoebe Pennington, le presento il reverendo Peter Garioch".

"Sono onorato, Lady Phoebe". Ci fu un inchino educato e il famoso sorriso che Thornton incolpava di aver rovinato ogni donna da Edimburgo a St. Andrews. "Ricordo di averla sentita lodare spesso dalla defunta Miss Bell. Era molto affezionata a lei". Esitò e poi continuò: "E non so dirvi quanto sia felice di vedervi in così buona salute dopo... dopo la vostra avventura di ieri".

Quello era un momento come un altro per dire al curato la verità, decise Ian.

"Uno dei motivi per cui sono venuto qui oggi è stato quello di dirvi che mia madre sa della morte di mia sorella. Lo ha sempre saputo, a quanto pare, ma ha preferito rimanere in silenzio. Oggi..." Fece una pausa e prese la mano di Phoebe nella sua. Si commosse ancora pensando alla conversazione con lei nella stanza del mattino. "Oggi l'ha detto a Lady Phoebe. Più tardi ne ha parlato con me. La farsa è finita".

Il curato aprì la bocca per parlare, ma poi si fermò. Ian pensò che forse era la prima volta che vedeva l'uomo a corto di parole.

"Dato che siete il suo consigliere spirituale, sono certo che presto vorrà parlarvi in modo più dettagliato. Ma per ora vi manda le sue scuse e vi prega di ignorare l'invito a cena di stasera".

"Sì, sì. Certo. Deve essere piuttosto sopraffatta dai cambiamenti".

Ian aveva chiesto ad Alice di inviare un messaggio anche al dottor Thornton, annullando l'invito a cena ma chiedendogli di passare a casa domani mattina. Aveva bisogno di parlare con il dottore prima di partire per Edimburgo. Usando l'annuncio del loro fidanzamento per invogliarla, Phoebe aveva convinto sua madre a tornare in città con loro. E dato che Thornton si sarebbe recato a Edimburgo quella settimana, Ian voleva che organizzasse un consulto con lo specialista che conosceva all'università.

"Avevo intenzione di mostrare a Lady Phoebe dove si trovano i resti di Sarah", disse Ian, decidendo che qualsiasi altra cosa dovesse dire al curato sulle condizioni di sua madre, avrebbe potuto aspettare fino al loro ritorno.

"Naturalmente". Il chierico si inchinò, prese la lampada e la porse a Ian. "Vi lascio, dunque".

"Grazie. Ma vorrei che faceste venire il marmista per incidere il nome di mia sorella insieme agli altri".

"Me ne occuperò", disse cordialmente prima di rivolgersi a Phoebe. "E vi auguro di godervi il resto della tua visita qui a Bellhorne".

"Grazie", rispose lei. "Ma sono curiosa, signor Garioch. È possibile che ci siamo già incontrati?".

"No, milady. Le assicuro che non è mai successo".

"Beh, in questo caso...". Scosse la testa come per cercare di schiarirsi le idee.

Ian le prese la mano e fu sorpreso di trovarla ghiacciata. Si rivolse al curato.

"La buona notizia, signor Garioch, è che vedrà molto spesso Lady Phoebe in futuro. Sarà la padrona di Bellhorne".

Intrappolata. Non aveva un posto dove andare.

Pensava di essere così intelligente, venendo qui. Sfidarlo nella sua tana. Non ne aveva idea.

Avrebbe potuto portarla lì. Ucciderla. Finirla. Era talmente vicino. Prima che il capitano arrivasse, stava per avvolgerle le dita intorno alla gola. Stringendo e stringendo fino a quando il suo viso non fosse diventato rosso e gonfio e gli occhi non fossero usciti dalla sua stupida testa.

Tra un'ora, o domani, avrebbero incolpato un vagabondo. Qualcuno che veniva da fuori. Altri. Intrusi che invadono il nostro piccolo villaggio sicuro. Portando con sé i loro modi sporchi e violenti.

Poteva sentire la sua carne pulsante sotto i suoi pollici anche adesso.

In seguito, guardò il volto della Morte e non lo riconobbe. Era cieca. Una sciocca. Avrebbe potuto lasciarla vivere se fosse andata via. Se fosse scomparsa per sempre.

Ma sposata. Sposata. Sposata. Doveva rimanere lì, nella *sua* tana. A sfidarlo. Fissandolo. Concedendogli di parlare con lui. Al sicuro nel suo castello. Nel suo letto di piume. Con la nidiata di marmocchi che avrebbe messo al mondo. Padrona di Bellhorne.

No, questo non andava bene.

Phoebe Pennington doveva morire.

Capitolo Diciassette

POTREBBE VIVERE QUI, pensò felice Phoebe mentre si preparava per andare a letto.

Nessun giorno della sua vita era stato paragonabile a quello. La proposta di Ian - o la proposta di lei, comunque la si voglia vedere - aveva cambiato tutto. Sicuramente avrebbe cambiato le vite di entrambi per sempre. Inoltre, le conversazioni con Lady Bell e la cena di quella sera erano servite ad alleviare le preoccupazioni di Ian riguardo a sua madre e al suo stato d'animo. Non aveva mai accennato al mondo di fantasia in cui viveva.

Il giorno dopo. Un'ondata di festeggiamenti gioiosi sarebbe sicuramente iniziata quando avrebbero raggiunto Edimburgo e condiviso la notizia con la famiglia di lei.

Nonostante l'eccitazione che ancora la pervadeva, una volta che Phoebe si mise a letto, si è addormentò.

I sogni iniziarono immediatamente. Gli incubi erano così vividi e reali. Correva nel buio. Tutti i volti. Ma lui la inseguiva. Poteva sentire i suoi artigli afferrare il suo braccio. Sentiva il respiro caldo del mostro nell'orecchio. Sentiva le sue zanne spietate sul collo.

Sudata e con il fiatone, si sedette di scatto sul letto.

"Millie?" sussurrò in direzione della porta parzialmente chiusa della sorella.

Phoebe si alzò dal letto e attraversò la stanza. Sbirciando, la vide dormire tranquillamente, con la candela accanto al letto spenta. Non aveva idea se fosse andata a letto da cinque minuti o da cinque ore. Phoebe andò alla finestra e guardò fuori. Le nuvole coprivano la luna e i giardini sottostanti erano bui.

Le mani di Phoebe tremavano mentre le infilava nelle maniche della vestaglia e stringeva la cintura. Passò la mano sul punto del collo in cui aveva sentito i denti del mostro. Non c'erano segni, non c'era sangue... a parte quello che rimaneva del piccolo taglio che aveva ricevuto durante la scaramuccia nei sotterranei. Tuttavia, la sua pelle formicolava e il suo cuore batteva forte per l'incubo appena terminato..

Qualche istante dopo, mentre Phoebe attraversava di corsa la galleria, si accorse di aver dimenticato le ciabatte. Ma non le importava. La famiglia dormiva, i suoni e le luci di Bellhorne si erano spenti per la notte.

Sapeva dove andare. Le stanze di Ian si trovavano nella torre annessa. Anni prima era passata davanti alla sua porta molte volte in compagnia di Sarah, immaginandosi sempre abbastanza coraggiosa da alzare la mano e bussare.

Quella sera non ci fu alcuna esitazione. Alzò il pugno e batté sul legno.

Il silenzio fu l' unica risposta. Dove si trovava? Stava vagando per dare la caccia agli assassini nei sotterranei? Alzò di nuovo il pugno e bussò più forte. Niente.

"Cosa ci fai fuori dal letto a quest'ora?".

Phoebe sussultò e si girò di scatto. Una mano andò al suo cuore martellante, l'altra si aggrappò al muro. Ian si diresse verso di lei lungo il corridoio.

Era Giorgio, l'uccisore di draghi. Ercole, l'uccisore di idre. Bellerofonte, il distruttore di mostri.

Phoebe allungò una mano verso di lui e lui la prese, tirandola strettamente tra le braccia.

"Hai freddo. E stai tremando. Cosa c'è che non va?"

Lui le accarezzò i capelli, stringendola a sé, e lei accolse il suo calore, la sua forza, il giuramento silenzioso che non avrebbe affrontato nessun mostro da sola.

"Dimmi, amore mio. Cosa è successo?"

Il mio amore. Il mio amore. Le parole riecheggiarono nella sua mente e un raggio di luce dissipò l'oscurità e l'orrore che avevano tormentato il suo sonno.

"Devo dirti una cosa", sussurrò lei, sollevando il viso dal suo petto. "È importante".

Lui guardò indietro nel corridoio, nella direzione in cui era venuto, ma lei gli tirò la mano, aprendo la porta dietro di sé.

"Phoebe".

"So che sei un gentiluomo", gli disse, tirandolo dentro. "E prometto di fare a pezzi chiunque osi parlare male della tua reputazione".

"Mia leonessa", sussurrò mentre entravano. "Dammi un momento".

Phoebe appoggiò la schiena alla porta e aspettò che Ian facesse il giro della stanza. Una candela tremolava sul caminetto e lui la usò per accendere altre candele. Spostandosi verso il focolare, accese il fuoco. Era estate, ma lei sapeva che lo faceva per riscaldarla. Un grande letto occupava il lato opposto della stanza e intorno al camino erano state sistemate due sedie, un divano e una scrivania. Una porta aperta oltre il letto conduceva agli spogliatoi.

La eccitava pensare a un giorno non lontano in cui avrebbe condiviso queste stanze con lui. Condividere questo letto. Ian sarebbe stato suo marito. Era un sogno che aveva avuto tanto tempo prima.

Ma le creature da incubo nei suoi sogni attuali stavano interferendo con la gioia di essere li con lui in quel momento.

"Vieni". Ian si avvicinò a lei e le prese la mano per condurla alla sedia accanto al fuoco.

Decise di non prendere una sedia e si sedette invece su un divano, tirando Ian accanto a sé.

Il suo braccio la avvolse, tirandola a sé, e lei si appoggiò a lui. Respirò il confortante odore maschile di tabacco e whisky e lui le posò un bacio sulla fronte.

"Dimmi", disse a bassa voce. "Parlami".

L'incubo era vivo ora come nel momento in cui aveva aperto gli occhi, ma non voleva ripetere ogni orribile passo attraverso le cripte e i torbidi passaggi dei sotterranei. Non voleva cercare di descrivere i volti che uscivano dalle pareti gocciolanti, i cui lineamenti cambiavano davanti ai suoi occhi. Non voleva pensare ai denti affilati sulla sua gola.

Fece un respiro profondo. "Hai mai pensato che forse Sarah conosceva il suo assassino?".

Phoebe sentì ogni muscolo del corpo di Ian diventare immediatamente teso.

"L'ho fatto. Continuo a pensare che sia una forte possibilità. Ma non riesco a immaginare nessuno che la conosca che farebbe una cosa del genere", disse. "Questo è ciò che mi frustra. Tu sei sceso nei sotterranei con uno scopo. Ma lei non aveva alcun motivo per andarci, anche se conosceva l'assassino. E chiunque fosse, non avrebbe potuto trascinarla contro la sua volontà in una strada trafficata in pieno giorno. Qualcuno se ne sarebbe accorto e avrebbe dato l'allarme".

Phoebe conosceva molti amici e conoscenti di Sarah e non riusciva a immaginare che nessuno di loro fosse un assassino. Le immagini del suo incubo continuavano a scorrere nella sua testa. Volti che appaiono... e poi cambiano.

Persone diverse.

Si mise a sedere e spostò la sua posizione sul divano. Infilando un piede sotto di sé, lo affrontò. "E se ci fossero due persone?"

I suoi occhi scuri si restrinsero. "Dimmi cosa stai pensando".

Verità. Bugie. Pezzi e pezzetti di ciò che era accaduto quella prima notte nei sotterranei. Non gli aveva mai raccontato tutta la storia e questo la tormentava. Anche il giovane Jock Rokeby era presente nel suo sogno della scorsa notte. Phoebe teneva la mano di Sarah e correvano nel buio dietro al ragazzo. E poi i volti, gli uomini che si trasformavano in mostri. Sarah era sparita e Phoebe stava correndo. Lui la stava inseguendo.

Phoebe non sapeva da dove iniziare o finire, ma non poteva fare a meno di pensare che ci fosse un significato nella follia di quel sogno. Forse la sua amica stava cercando di dirle qualcosa.

"E se Sarah avesse visto qualcuno che conosceva? Un giovane uomo, un conoscente, qualcuno che faceva parte della cerchia sociale della famiglia. Una persona che considerava innocua". Phoebe decise di dire quello che le veniva in mente. Le idee erano vaghe e disordinate, ma dovevano essere esposte per poterle considerare e scatare.

"E supponiamo che lo scopo dell'uomo non fosse quello di farle del male, ma di approfittare di un momento in un vicolo buio per ... non so... qualcosa di non del tutto onorevole. Un bacio, addirittura. Ma Sarah capì subito l'intento dell'uomo e si allontanò, lasciandolo. È stato allora che si è trovata di fronte al vero assassino".

"E quella maledetta canaglia ha deciso di non parlarne quando Sarah è scomparsa".

"Certo. Cos'altro avrebbe fatto, sapendo che l'avresti ucciso se avessi saputo qualcosa?".

"Lo ucciderei. Lentamente e dolorosamente. Morirebbe mille volte prima di esalare l'ultimo respiro. Per ogni momento di paura o dolore sopportato da lei, avrei fatto soffrire lui".

Era arrivato il momento di dirgli il resto. Phoebe indietreggiò sul divano.

"Credo che l'assassino, quello di cui mi hai parlato, scelga le sue vittime in modo casuale. Non sarebbe salito dai sotterranei ai negozi affollati del Ponte Sud per attirare Sarah".

Cioè, concluse in silenzio, se l'assassino di Sarah e quello che ha commesso tutti gli altri omicidi fossero lo stesso uomo.

"La notte in cui mi hai trovato nei sotterranei". Fece una pausa e aspettò di avere la sua completa attenzione. "Non ti ho detto tutto. Voglio che tu sappia esattamente cosa è successo. L'assassino non è venuto a cercare me. Sono stata io a cercare lui".

Se le loro posizioni fossero state invertite, Phoebe sapeva che gli avrebbe urlato contro per non essere stato sincero, per non averle affidato la verità. Ma era già abituata a Ian e al suo silenzio minaccioso. La stava fissando, con l'aria di un grande felino in procinto di balzare, ma prendeva tempo.

Non aveva senso rimandare l'inevitabile. Non aveva senso chiedere perdono per le sue omissioni. Gli raccontò, passo dopo passo, nel modo più chiaro possibile, tutto ciò che era accaduto nei sotterranei quella notte. Gli raccontò di Jock e di come era venuta a conoscenza del suo nome quando si era avvicinato a lei e a Duncan nella sua carrozza a Greyfriars Kirkyard, vicino a Grassmarket. In pochi istanti, gli raccontò tutto.

Tuttavia, rimase in silenzio.

"Non so se l'uomo contro cui ho combattuto sia lo stesso responsabile dell'omicidio di Sarah, ma quella notte l'ho visto con i miei occhi. Va a caccia di chiunque gli capiti a tiro. Ecco perché credo che due persone...".

Lui si muoveva troppo velocemente. Un momento prima era seduta a distanza di sicurezza da lui sul divano, un momento dopo era sdraiata sulle sue ginocchia, con lo sguardo rivolto a un viso a pochi centimetri dal suo. La sua espressione era letale.

"Sconsiderata. Folle. Avresti potuto essere uccisa laggiù", gridò. "Uccisa!"

Lei trasalì, temendo che tutti a Castel Bellhorne lo avessero sentito.

"Cosa ti ha fatto pensare di poter fermare un assassino, disarmata e da sola?".

"Non ci ho pensato. Ho agito", disse lei, mantenendo un tono ragionevole. "Tu avresti fatto lo stesso".

Lui la fulminò con lo sguardo. "*Non* siamo uguali! Io sono un soldato. E quando vado laggiù, sono armato. Sono in grado di staccare la testa di un uomo dalle spalle, se necessario. Sono stato addestrato a uccidere. *Ho* ucciso. Come puoi pensare che siamo uguali?".

"Te l'ho detto. Ammetto di non aver pensato prima di agire", ripeté dolcemente. Allungando la mano, toccò le linee dure della sua mascella e accarezzò la barba ruvida. Non lo aveva mai osservato così da vicino, quando non lo stava baciando. Guardò sopra gli occhi neri e tempestosi. Aveva una cicatrice sopra la tempia che non aveva mai notato. Si avvicinò per tracciarla con le dita.

Lui le afferrò il polso e le fece abbassare la mano. "Smettila di distrarmi, Phoebe. Sono arrabbiato con te e per una buona ragione".

Era stata lei a fargli questo. Gli aveva fatto perdere le staffe. "Lo so. Lo capisco. È per questo che non te ne ho parlato prima".

C'era un'altra cicatrice sul collo, che scompariva nel colletto sopra la cravatta. La punta delle sue dita desiderava toccarla, ma rimase delusa quando lui allontanò di nuovo la sua mano.

"Cos'altro non mi hai detto? Lasciami indovinare. Hai contrabbandato segreti di stato allo zar Alessandro. No? Allora sono certo che sei stata tu a rompere il finestrino della carrozza del Principe Reggente con un sasso l'anno scorso".

L'aveva tirata in grembo per farle la predica, ma lei stava iniziando a notare che il suo umore non era l'unica cosa che ne risentiva.

"Onestamente, Ian. Sei irragionevole. Mi stai dando molto più credito di quello che merito".

Scese dal divano e gli salì in grembo, mettendosi a cavalcioni su di lui. La vestaglia e la camicia da notte le salirono sulle gambe, mostrando la pelle nuda alla luce del fuoco.

"Phoebe, stai cercando di sviare la conversazione. Stai cercando di sedurmi".

"Non ho intenzione di fare nulla del genere. Sono tutt'orecchi". Si sollevò sulle ginocchia e slacciò la cintura della vestaglia. Lentamente tolse l'indumento da una spalla e poi dall'altra e lo lasciò cadere sul pavimento.

Lei gli lanciò un'occhiata. Gli occhi di Ian erano chiusi, ma il suo viso stava quasi toccando la curva del suo seno attraverso la camicia da notte, come se la stesse respirando. L'eccitazione la attraversò mentre pensieri lascivi si affollavano nella sua mente. Il loro matrimonio, a cinque mesi di distanza o la prossima settimana o il giorno dopo, era troppo lontano nel tempo per poterlo aspettare.

Nessun rimpianto, si disse mentre scendeva di nuovo sulle sue ginocchia. La sua virilità che si stava indurendo indicava che era decisamente aperto alla possibilità di essere sedotto.

Stava stringendo il cuscino del divano. "Phoebe, hai qualche risposta pertinente alle questioni di cui abbiamo discusso?".

Il calore bramoso del suo ventre si stava diffondendo in lei. Arrossata e determinata, si avvicinò fino a quando i loro lombi furono separati solo dai pantaloni di lui. Lei era in una posa assolutamente spudorata e sentì l'imponente gonfiore del suo sesso annidarsi nella fessura tra le sue cosce.

Anche alle sue orecchie, la sua voce aveva assunto un tono roco quando rispose. "La mia risposta è che la donna che ha agito in modo impulsivo e sconsiderato era la vecchia Phoebe. La nuova Phoebe non avrebbe mai fatto una cosa del genere".

Lei mosse leggermente i fianchi e l'intima pressione di lui contro di lei provocò un'ondata di calore che la attraversò. Cercò di avvicinarsi ancora di più, ma lui le afferrò la vita.

"Dimmi cosa farebbe la nuova te nella stessa situazione?". Cercò di sembrare severo e concentrato, ma la sua voce era tesa e apparteneva a un estraneo.

Lei iniziò a sciogliere i lacci che tenevano chiusa la scollatura della camicia da notte. Lui osservò i progressi delle sue dita. "Nella stessa situazione? Pensavo che non volessi che tornassi mai più nei sotterranei".

"Infatti no. Mai". Lui spostò una mano dalla vita ai polsi, tenendoli fermi. Ma lei sapeva di aver già vinto, perché stava fissando la scollatura aperta del suo vestito. "Ho bisogno di sapere che penserai prima di agire".

Le venne in mente che il lobo dell'orecchio di lui aveva una forma perfetta. Si chinò in avanti e lo mordicchiò.

Lei si sedette. Lui la stava ancora fissando, con gli occhi fumosi.

"In una situazione simile, solleverei la tenda della fumeria d'oppio - quella a cui non mi avvicinerei mai - e griderei 'Aiuto! Maledetto assassino! Urlerei così forte che mi sentirebbero fino ad Arthur's Seat".

L'attesa ribolliva come lava fusa dentro di lei. La domanda su quanto potesse provocarlo prima che perdesse il controllo era allettante. Phoebe spostò di nuovo il suo peso fino a quando lui non fu stretto ancora di più contro il nodo di piacere nel suo punto più sensibile. Lo sentì pulsare contro di sè.

"È... è soddisfacente per te?", chiese.

Il suo sguardo si spostò languidamente dai seni di lei. "Cosa è soddisfacente?"

Stava perdendo il filo della conversazione. Un senso di potere si fece strada in lei quando liberò la mano e continuò a slacciare i lacci fino a quando il davanti della camicia da notte si aprì. Quando si chinò in avanti, lui poté vedere fino all'ombelico e oltre. Il modo in cui lo sguardo di lui si muoveva su di lei lentamente, soffermandosi sulle ombre dei suoi seni, le fece sentire che apprezzava ogni avvallamento e ogni curva. Phoebe si chiedeva quali cose indecenti le avrebbe fatto una volta che avesse deciso che non ci si poteva fermare.

"La mia risposta. La mia risposta. È soddisfacente?" chiese ancora.

Si sforzò, ma alla fine riuscì ad alzare gli occhi sul viso di lei.

"Phoebe", mormorò. "Non voglio approfittare di te. Dovremmo aspettare".

Lei sorrise. "Non c'è nulla da aspettare, Ian. Ho tutte le intenzioni di approfittare di *te*".

Lui ridacchiò ad alta voce e lei si rese conto che era la prima volta che lo sentiva ridere.

"Perciò ti chiedo di essere un piacevole futuro marito e di permettermi di fare quello che voglio con te".

"E come faccio?"

"Siediti. Permettimi di esplorare il tuo corpo. E non interrompermi".

"Non so se sia possibile".

"Prova". Gli slacciò la cravatta, srotolando la stoffa inamidata che conservava ancora il calore della sua pelle. Quando la gola fu esposta, toccò la lunga cicatrice che l'aveva affascinata in precedenza e la tracciò con un polpastrello delicato.

Avrebbe potuto morire per quella. E per molte delle altre ferite che aveva subito in guerra. Sarah parlava spesso del corpo sfregiato e rotto di suo fratello quando lui tornava a casa da loro.

"Se hai quasi finito...".

"Non ancora. E non voglio essere distratta. È la prima volta che esploro".

Voleva che lui lo sapesse. Aveva ventisette anni e non aveva mai permesso a nessun uomo di fare l'amore con lei... perché nessun altro uomo era Ian Bell.

"Se faccio qualcosa di sbagliato, non voglio che mi si faccia la predica", disse, cercando di sdrammatizzare un momento imbarazzante.

Appoggiò le labbra sulla sua gola, baciando la cicatrice e assaggiando la salinità della sua pelle con la punta della lingua.

"Non potresti mai fare qualcosa di sbagliato".

"Lo dice l'uomo che mi stava staccando la testa poco fa".

Le sue mani si muovevano lungo le sue gambe nude sotto la camicia da notte. La solleticò e fece scorrere un dito lungo la fessura del suo sedere fino al suo sesso dolorante, facendola dondolare più vicino a lui per l'eccitazione.

"Stavamo parlando di un altro argomento". Le baciò la gola.

Le sue dita si avvicinarono ai bottoni del gilet e della camicia e li slacciarono in rapida successione. Spalancò i lembi degli indumenti, mettendo a nudo un torso muscoloso e striato da lievi cicatrici di battaglia.

Lei lo fissò, rattristata ma grata che fosse sopravvissuto e che ora fosse lì. Appiattendo le mani sul suo petto, tastò delicatamente ogni linea e la sua pelle bruciò sotto il suo tocco.

Lui la osservava da sotto le palpebre pesanti e le mani di Phoebe si abbassarono. La consistenza del suo corpo, la pelle ruvida e i muscoli duri, la affascinavano.

"Voglio baciarti e accarezzarti dappertutto", disse.

Gli si avvicinò di più. L'intera lunghezza del suo sesso si inseriva perfettamente tra le sue gambe e lei era impaziente di sentirlo, pelle contro pelle.

"Non prima di averti assaggiato qui". Fece scorrere un pollice all'interno della scollatura della camicia da notte, sopra il capezzolo e giù verso il centro dolorante. "E qui".

Improvvisamente senza fiato, Phoebe afferrò l'orlo della camicia da notte, se la tirò sopra la testa e la gettò via. Si sedette completamente nuda su di lui, con le punte rosa dei seni che si contraevano in sassolini duri nell'aria fresca.

Lui sollevò la bocca e lei premette le labbra contro le sue, facendo scivolare la lingua nella sua bocca calda. Con impazienza, modellò il suo corpo contro quello di lui, gli avvolse le braccia intorno al collo e lo baciò ancora e ancora. E lui le permise di prendere il controllo, di fare ciò che desiderava.

Phoebe si dimenò di nuovo contro di lui, volendo di più, il suo corpo sentiva sempre più un desiderio impellente che non riusciva a soddisfare.

Lui dovette percepire la sua frustrazione, perché la sollevò di più sulle sue ginocchia finché il capezzolo non sfiorò la sua mascella. La consistenza della barba ruvida contro la sua carne sensibile la fece soffrire. La sua bocca si aprì sul tenero capezzolo e lo attirò profondamente nella sua bocca. Lei reclinò la testa all'indietro e sospirò. La sensazione della sua lingua, il dolce succhiare sembravano inviare ondate di piacere direttamente all'attaccatura delle sue cosce. Una squisita tensione stava crescendo dentro di lei, pulsando come il battito di un cuore.

La sua bocca si spostava da un seno all'altro mentre le sue mani le accarezzavano la schiena, le morbide curve del sedere, la carne soda delle gambe. Le sue dita scivolavano delicatamente lungo il suo sesso. Il suo corpo si inarcava contro la sua mano mentre lui alimentava dolcemente il fuoco che divampava dentro di lei. Si dondolava contro il suo tocco, ansimando per la crescente frenesia che si impossessava del suo corpo. Era presa da una corsa incontrollabile di cui non vedeva la fine, ma sapeva di dover correre sempre più veloce.

"Ian", invocò il suo nome, senza sapere cosa chiedere e consapevole che solo lui poteva darle ciò che cercava.

Lei sussultò quando lui si alzò improvvisamente in piedi, sollevandola con sé e avvolgendole le gambe intorno alla vita.

"Dove mi stai portando?" chiese, conoscendo bene la risposta.

"Sono stato un buon futuro marito. Ora tocca a te essere una buona futura moglie".

Un attimo dopo, lei era supina sul letto di lui, sprofondata nel materasso. Lui rotolò su un fianco.

"Ti amo", mormorò lui, con una mano che scendeva verso il basso in un percorso seducente. Quando le sue dita si infilarono nella fessura tra le sue cosce, Phoebe sollevò istintivamente i fianchi, inarcando il corpo e abbandonandosi completamente al suo tocco.

Mentre le baciava l'incavo della gola, stuzzicava e giocava con la sua carne umida più in basso, mentre il calore pulsante di lei continuava a crescere e ad aumentare. Il corpo di Phoebe premeva irrequieto contro di lui mentre la sua bocca si posava sul capezzolo teso.

Trattenne il respiro mentre le sue labbra scendevano lentamente lungo la morbidezza del suo ventre. Si spostò sul bordo del letto e le aprì le gambe. I loro sguardi si incrociarono quando lui si avvicinò alle sue natiche e la sollevò verso la sua bocca.

Il sangue ruggì selvaggiamente nella testa di Phoebe. Quando lei pensava di non poter sopportare un altro momento di quella dolce e sensuale tortura, lui la teneva ancora ferma, assaggiandola, tastandola e stuzzicandola finché lei non gridò e si aggrappò ai suoi capelli.

Qualche istante dopo, quando lo sentì spostarsi accanto a lei sul letto, Phoebe gli aprì le braccia. "Ti voglio tutto".

"Phoebe". La baciò. "Possiamo aspettare fino a quando...".

"No", protestò lei. "La tua futura moglie lo esige".

Lo aveva aspettato troppo a lungo. Sollevandosi sulle ginocchia, gli strappò di dosso la camicia mentre lui si toglieva gli stivali. Spingendolo sulla schiena, lasciò che le sue mani esplorassero le sue spalle, le sue braccia, il suo petto, tracciando le cicatrici e i muscoli mentre lui si toglieva i pantaloni.

Ian gemette quando lei seguì la scia delle dita con la bocca. Lei prese tempo, osservandolo, aspettando la sua reazione all'effetto della sua bocca sulla sua pelle. Lui cercò di toccarla di nuovo, ma lei allontanò le sue mani. Aveva il controllo della sua curiosità, del suo corpo, della sua mente. Lui le apparteneva.

Lentamente, lei si abbassò di fronte a lui e, mentre la sua bocca tracciava un percorso lungo il suo stomaco, lui prese un respiro profondo e lo trattenne così a lungo che alla fine ebbe un sussulto. Il suo membro era grosso, meraviglioso per spessore e lunghezza. Anche quello era suo ora. I loro sguardi si incontrarono.

"Cosa mi stai facendo?", ringhiò.

"Sto mettendo in pratica quello che ho appena imparato", disse, prendendolo in mano e strofinando la cappella calda contro la sua guancia e la sua gola.

Ian gemette.

Nel momento in cui lei fece scivolare le labbra su di lui, prendendolo in bocca, lui si mosse con la velocità di una pantera.

Tirandola su, la fece rotolare sotto di sé e lei lo sentì premere contro l'entrata del suo sesso.

Phoebe sussultò quando entrò in lei, all'inizio lentamente, indietreggiando e scivolando di nuovo dentro, prendendosi il tempo necessario affinché il corpo di lei si abituasse al suo. Con delicatezza, scivolò dentro di lei ancora e ancora finché lei non lo accolse completamente. Poi si fermò, le sue labbra sulle sue, il suo peso sopra di lei. Mentre giacevano immobili, con le braccia di lui strette intorno a lei, lei capì cosa si provava a essere amata e protetta.

Quando Ian ricominciò a muoversi, Phoebe lo seguì. Guardando in alto attraverso la foschia che le annebbiava la vista, le sue mani si spostarono sul petto di lui fino al suo viso e si aggrappò disperatamente a lui mentre si alzavano insieme, due uccelli in volo.

Lei incarnava l'amore, il fascino, la bellezza, la seduzione.

La leggera brezza estiva entrava dalle finestre aperte e sfiorava le loro forme nude. Questa notte era la sua prima volta, eppure avevano fatto l'amore due volte. E se non fosse stato per la stanchezza, avrebbero fatto l'amore di nuovo. Ian si sentì agitare di nuovo al pensiero e immaginò una vita di notti come questa.

Ma prima doveva trovare un modo per domare l'ossessionante senso di colpa che lo perseguitava per la morte di Sarah. Solo perché si stava per sposare, solo perché era innamorato, la colpa non se ne sarebbe andata. E il pensiero di lasciare Phoebe da sola di notte mentre lui inseguiva i suoi demoni lo scuoteva nel profondo.

Era sempre di notte che l'inquietudine lo assaliva. Anche quella notte, mentre la famiglia dormiva, era rimasto al piano di sotto, incapace di spegnere la sua mente. Furono il rumore dei passi e il bussare alla sua porta al piano superiore ad attirarlo su per le scale.

Phoebe. Non avrebbe mai immaginato quello che lo aspettava. Si accoccolò più vicino alla schiena calda che si era adattata ai contorni del suo addome. La gamba di lei si trovava tra le sue. Le sue braccia circondarono il suo corpo e la sua mano si posò sul suo seno perfetto.

"Ti sento pensare", sussurrò.

"Non puoi sentire qualcuno che pensa", le ricordò lui, sollevando la testa e posando un bacio sulla sua spalla.

"Posso", lo sfidò lei. "E anch'io ho riflettuto un po' per conto mio".

Fece rotolare Phoebe sulla schiena. I suoi capelli si riversarono sul cuscino, un groviglio di riccioli neri e setosi. Le sue labbra erano gonfie per i suoi baci, i suoi occhi sognanti. Il suo corpo si agitò di nuovo.

"Dovresti chiedermi: "A cosa hai pensato, bellezza?"".

Lei lo faceva ridere. Le baciò le labbra. "Dimmi, a cosa stavi pensando, bellezza?".

"Il mio articolo sulla visita del Comitato ristretto da Londra e altre cose".

Avrebbe potuto prenderla in giro dicendole che lo addolorava il fatto che il suo modo di fare l'amore le facesse pensare a vecchi inglesi soffocanti che si pavoneggiano nelle case povere scozzesi, ma non le avrebbe fatto questo. Lei era orgogliosa della sua scrittura. E lui rispettava ciò che lei aveva deciso di fare.

"Dimmi".

"Questo potrebbe essere il mio ultimo articolo per il giornale", disse lei, alzando lo sguardo verso di lui.

Non mancava mai di sorprenderlo.

"Sono più una narratrice che una giornalista. Voglio usare il mio talento al meglio delle mie possibilità. Mrs. Edgeworth ha scritto romanzi sui problemi che affliggono l'Irlanda per decenni. Credo sia giunto il momento che qualcuno scriva romanzi sulle lotte dei poveri in Scozia. Non grandi storie di avventura come quelle di Walter Scott, ma storie con un cuore che parlano di lotte personali per superare tragedie e ingiustizie".

Era sollevato e felice per lei. Anche se era pronto a sostenerla nella scrittura per l'*Edinburgh Review*, Ian sapeva che ogni argomento scelto da lei avrebbe presentato nuove sfide, nuovi pericoli e nuovi nemici che le avrebbero dato la caccia.

"Penso che sarai brillante", disse. "Ma hai ancora intenzione di scrivere quest'ultima rubrica?".

"Sì". Si girò e lo affrontò, appoggiandosi su un gomito. "Ma voglio cambiare il punto di vista. Dalle prove in mio possesso, la parrocchia cittadina ha ordinato agli ospizi di fare del male, ma perché incolpare le istituzioni caritatevoli dato che hanno rifiutato queste istruzioni? La colpa deve essere attribuita a chi di dovere".

Aspettò che lei dicesse di più.

"Con il tuo aiuto, vorrei scrivere un articolo di elogio sull'Ospedale degli Orfani e su tutto ciò che sta facendo per i bambini di questa città. Includerò informazioni su come anche le altre istituzioni stiano fornendo servizi preziosi, ma il filo conduttore della rubrica sarà il modo in cui il lavoro nel Bailie Fife's Close continua ad andare avanti senza interruzioni, indipendentemente dalle pressioni del comitato parrocchiale. E il messaggio che trasmetterò è che noi scozzesi non abbiamo bisogno di interferenze da parte di estranei per prenderci cura di noi stessi".

"E se le altre istituzioni della città non avessero agito come l'Ospedale degli Orfani?".

"Se non l'hanno fatto, una rappresentazione positiva del Bailie Fife's Close li incoraggerà, o li farà vergognare spingendoli a fare ciò che dovrebbero fare".

Visto che stavano parlando di affari, Ian decise di dirle quello che aveva già fatto. "Ho già inviato le lettere di cui ti ho parlato prima agli amministratori e ai direttori delle altre istituzioni della città. E quando arriveremo a Edimburgo, mi assicurerò di seguire i contatti con loro. Forse avrai una serie di luoghi che potrai citare nel tuo articolo".

"L'hai già fatto?" chiese lei, con gli occhi spalancati. "E continuerai a portare avanti la questione con loro?".

"Certamente. E penso che il tuo nuovo approccio sia positivo e costruttivo. Anzi, è geniale".

Lei sorrise, lo spinse sulla schiena e scivolò su di lui.

"Eccellente", disse lei facendo le fusa e annusandogli la gola.

Capitolo Diciotto

Lady Bell accettò di accompagnarli a Edimburgo, portando con sé Mrs. Young. La mattina della partenza, anche il Dr. Thornton decise di accompagnarli. Era chiaro che Alice era la causa principale del suo entusiasmo nell'unirsi alla compagnia nel viaggio verso la città.

Ciononostante, il viaggio si svolse senza che né lei né il dottore si aggredissero verbalmente o fisicamente e lei e Millie furono depositate al sicuro nella casa di Heriot Row dei Pennington.

Al loro arrivo, Phoebe fu felice di sapere che i suoi genitori sarebbero arrivati in città entro un giorno o due. Da quando avevano rinunciato a recarsi a Londra per sedere in Parlamento, Lord e Lady Aytoun si divertivano a venire a Edimburgo per una parte del mese di luglio per assistere alle corse annuali di Musselburgh, al teatro e a qualche impegno sociale. Con Lady Bell in città, Phoebe fu sollevata dal fatto che Ian potesse parlare con loro li piuttosto che andare a Baronsford. Fu subito organizzato un consulto con lo specialista che Thornton conosceva.

Phoebe pensava che sarebbe stato meglio mantenere la notizia privata finché non fossero stati tutti insieme e aveva fatto giurare a Millie di mantenere il segreto. Voleva che il fidanzamento arrivasse come una novità ai suoi genitori e non come una decisione già presa. Aveva anche nascosto l'anello per il momento, in attesa dell'annuncio ufficiale.

Una volta arrivati Lord e Lady Ayton, fu organizzata una cena che includeva Ian e sua madre e una manciata di altri ospiti. Se i suoi genitori furono sorpresi dalla partecipazione dei Bell, non ne fecero parola Phoebe.

La sera dell'incontro, Millicent Pennington non avrebbe potuto essere più sincera ed evidentemente contenta di ricevere la visita di Lady Bell. Le due chiacchierarono amabilmente nel salone prima di cena e Phoebe si tenne a debita distanza dal suo promesso, che le lanciava continuamente occhiate provocatorie dall'altra parte della stanza.

Durante la cena stessa, sentì che i suoi nervi cominciavano a cedere, ma riuscì a portare avanti una conversazione ragionevolmente coerente con un'amica di famiglia che era seduta accanto a lei. Dopo essersi ritirata con le altre signore nel salotto, Phoebe sorprese sua madre a lanciarle un'occhiata preoccupata quando si accorse che camminava avanti e indietro tra il pianoforte e le finestre come una tigre in gabbia.

Quando gli uomini entrarono e si riunirono alle signore, Phoebe sentì il sangue defluire completamente dal suo corpo. Ian e suo padre non erano con loro e sentì qualcuno dire a sua madre che i due uomini erano scomparsi in biblioteca un quarto d'ora prima.

I minuti passavano come ore e l'agitazione di Phoebe cresceva. Fissare l'orologio da camino non avrebbe fatto muovere le lancette più velocemente, per quanto si sforzasse.

Perché ci stavano mettendo così tanto, si chiedeva angosciata. Chiedere la sua mano al conte avrebbe dovuto essere una cosa breve. La risposta ancora più breve.

Suo padre non lo avrebbe rifiutato. Non poteva.

Ian era il candidato perfetto per qualsiasi giovane donna. Ciò che gli mancava in termini di titolo, lo compensava con i suoi trascorsi militari, il suo servizio civile come Vice Luogotenente di Fife, le sue notevoli proprietà a Fife e a Edimburgo e la fortuna che suo padre aveva accumulato in America.

Dannazione. Se esisteva un uomo più ideale, lei non lo aveva mai incontrato.

Phoebe smise di camminare, rendendosi conto che alcuni ospiti vicini la stavano guardando. Sorrise debolmente, pregando di non aver detto nulla di tutto ciò ad alta voce.

Tuttavia, le lancette dell'orologio non si muovevano e Phoebe cominciava a chiedersi se quel dannato aggeggio fosse rotto.

Due donne le si avvicinarono e le chiesero se conosceva il nuovo romanzo *Persuasione* e se sapeva che era opera di una donna. Lei ci provò due volte ma non riuscì a concentrarsi abbastanza per dare una risposta comprensibile. Un'altra donna si avvicinò e le chiese di suonare un pezzo al pianoforte. Phoebe andò subito da Millie e sussurrò: "Per favore. Ti prego. Salvami da loro".

La sorella minore, cortese come sempre, annuì e si sedette allo strumento. Un attimo dopo, i suoni della musica riempirono la stanza e Phoebe uscì dalla porta.

"Che ti succede?", le chiese sua madre, raggiungendola nel corridoio fuori dal salotto.

"Ho bisogno di aria, mamma". Phoebe guardò in direzione della biblioteca e poi tornò da sua madre.

"Non stai bene?"

Nel punto in cui si trovavano, erano protette dagli occhi e dalle orecchie dei commensali. Phoebe guardò di nuovo la porta della biblioteca. Da quanto tempo quei due erano rinchiusi in quella stanza? Suo padre aveva un caratteraccio, ma non aveva motivo di criticare il Capitano Bell. Non ne aveva affatto.

"Mamma", disse, "credo che dovresti andare subito lì e dire a papà che si sta comportando da maleducato, ignorando gli ospiti come sta facendo".

Millicent mise una mano sul fianco, un sopracciglio alzato, guardando Phoebe come se le fosse cresciuta una seconda testa.

"Dimmi, signorina. Cosa c'è?"

Phoebe fece un respiro profondo.

"Sto per sposarmi", sussurrò, anche se sembrava più uno strillo. "Con il capitano Bell. Sempre che tu e papà siate d'accordo. Ma sono preoccupata. Non capisco cosa li prenda così...".

Le altre parole si persero quando la madre la attirò a sé in un abbraccio.

"Ma se dice di no?" Disse Phoebe in preda al panico, tenendosi stretta. "Sono sgradevole, capricciosa, indipendente e impertinente. E se papà cercasse di convincerlo a non sposarmi?".

"Santo cielo! La mia Phoebe. Una donna sposata".

Millicent parlava come se il loro matrimonio fosse una possibilità reale. Phoebe avrebbe voluto condividere l'entusiasmo di sua madre. Tuttavia, si aggrappava al pensiero che la contessa avesse una grande influenza sul marito.

Prima che potessero scambiarsi un'altra parola, la porta della biblioteca si aprì e Ian ne uscì. Lei e sua madre erano in piedi con le braccia intorno alla vita. Lui non le fece alcun cenno e chiuse la porta alle sue spalle. Suo padre non era con lui.

"No", sospirò. Lasciata la madre, si diresse verso Ian, con un milione di argomentazioni che le venivano in mente e con le quali avrebbe bombardato il conte.

Compromesso. La parola le arrivò come un fulmine a ciel sereno. Il compromesso era all'ordine del giorno.

Avrebbe supplicato suo padre, promesso di cambiare, di essere la figlia che lui voleva, ma in cambio lui avrebbe *dovuto* acconsentire a questo matrimonio.

Era troppo turbata per notare il sorriso sul volto di Ian finché non si incontrarono in mezzo al corridoio.

"Allora?", sussurrò lei mentre lui le prendeva le mani tra le sue.

"Non ha rifiutato. Ma vorrebbe parlare con te prima di dire altro".

Phoebe guardò verso la biblioteca e si fece coraggio. Non c'era momento migliore di quello. Con uno sguardo alla madre, che le fece un cenno di incoraggiamento, si diresse direttamente verso la biblioteca, bussò una volta ed entrò, chiudendo la porta alle sue spalle.

Il Conte di Aytoun era in piedi al centro della stanza, stringendo il suo bastone da passeggio con il manico intagliato a forma di testa di leone. Rimproverò con veemenza sua figlia.

"Phoebe", esordì bruscamente, "cosa stai facendo per rovinare la vita di quel ragazzo?".

"Rovinare?" In lei nacquero delle obiezioni, ma non riuscì ad esprimerle. Le sue parole l'avevano ferita .

Suo padre però non perse tempo e continuò.

"Ti ho fatta seguire. So cosa fai. Dove vai. So che scrivi per l'*Edinburgh Review*. So *cosa* scrivi e con quale nome. So che assumi un ex poliziotto come guardia del corpo. È una brava persona, ma a quanto pare non è sufficiente. So che metti in pericolo la tua vita".

Il suo tono tagliente fece le capire che tutte le sue informazioni provenivano da un informatore pagato, e non da Grace e Hugh.

"Mi hai fatta *seguire?*" chiese lei, lottando contro una valanga di emozioni mentre cercava di capire la sua prima affermazione.

"Ti sei presentata al matrimonio di tua sorella il mese scorso, malconcia e piena di lividi. E non hai voluto dire una parola su come è successo".

Ricordò la discussione con suo padre il giorno successivo al suo ritorno a Baronsford, dopo l'incidente nei sotterranei. Non aveva risposto alle sue domande, non aveva nemmeno tentato di inventare una storia, come aveva fatto con Ian. Solo grazie a Jo e al suo matrimonio, i due avevano messo da parte il loro litigio.

"Certo, ti ho fatta seguire. Quale padre non lo farebbe?".

Phoebe ha ricordato i momenti in cui, mentre era seduta in carrozza nel Grassmarket, pensava di essere osservata. C'era stato anche il giorno in cui, al Bailie Fife's Close, aveva avuto la sensazione che qualcuno la stesse seguendo. E dovevano esserci altri momenti.

Si appoggiò al bastone da passeggio, sembrando improvvisamente stanco. "Ero preoccupato per te. Lo sono ancora. Non passa giorno che non immagini qualche guaio in cui potresti cacciarti. E capisco il tuo desiderio di indipendenza. Lo rispetto. Questo è il modo in cui io e tua madre ti abbiamo cresciuto. Abbiamo cresciuto tutti i nostri figli. Ma esiste una linea di demarcazione tra il perseguire una vita per sè stessi e il rischiare quella vita inutilmente".

Per tutto quello che aveva saputo su ciò che Phoebe stava facendo, si rese conto che non la stava censurando per il suo lavoro, ma per i pericoli a cui si stava esponendo. Alzò lo sguardo verso quell'uomo alto e imponente che aveva sempre adorato e che aveva reso infelice per gran parte dei suoi anni da adulta. Sua madre diceva sempre che loro due erano "fatti della stessa pasta". Testardi. Orgogliosi. Appassionati. Guardando suo padre ora, lo vedeva anche invecchiare, stanco, ma stoico di fronte agli anni che avanzavano. E ancora pieno di amore per lei, nonostante tutti i problemi che gli aveva procurato.

Il suo cuore soffriva per quello che aveva fatto a lui e a sua madre; sapeva che non c'era dolore che potesse essere sopportato da uno senza che anche l'altra lo sentisse.

"Padre, ti ho sempre considerato un grande uomo". Fece un passo verso di lui. "Un uomo lungimirante, un romantico, un eroe, una voce per la giustizia e il bene. Posso citare un centinaio di qualità che ho sempre saputo esistere in te e nella mamma. E da adulta ho desiderato di poter emulare una parte di ciò che siete e di ciò che avete fatto".

Phoebe si sforzò di mantenere la voce ferma mentre pronunciava le parole che avrebbe dovuto pronunciare molto tempo fa.

"Mi dispiace", sussurrò lei, con il cuore e l'anima in mano. Fece un altro passo verso di lui. "Per tutto il dolore. Per tutte le preoccupazioni. Per non aver riflettuto sulle mie azioni e per non aver visto come si ripercuotevano su coloro che mi amano, su coloro che amo".

Lui le tese una mano e lei colmò la distanza, entrando nel suo abbraccio.

"Capitano Bell", disse burbero, abbracciandola. "Quell'uomo è ancora in lutto per la morte della sorella. Quando ho detto "rovinar"...".

"Lo so", interruppe lei, ricordando i suoi pensieri quando era stata pronta a perdere la speranza nel pozzo. Le conseguenze della sua morte su di lui l'avevano tormentata. Ma il suo amore per lui l'aveva anche rafforzata. "Non posso essere avventata, non più. Lui significa troppo per me. Cautela, attenzione e azioni responsabili. D'ora in poi questa sarà tua figlia".

"E sei disposta a fare tutto questo? Per lui? Per te stessa?"

"Sono più che disposta. Sono determinata", gli disse, premendo il viso sul suo cuore. "Lo amo, papà".

Lui sorrise e l'abbracciò con forza prima di lasciarla andare.

"Sai", le disse, tenendole la mano mentre si sedeva su un tavolo da scrittura, "ho cercato di metterlo in guardia sulla tua testardaggine e sulla tua natura incontrollabile. E lui mi ha detto che non c'è nulla di te che non conosca. Senza arrossire o balbettare, mi ha detto che in tutto ciò che sei e che fai, ti ama e ti adora".

"Ti ha detto questo?", chiese lei.

"Phoebe..." Suo padre sorrise. "Ian Bell è l'uomo perfetto per te".

Capitolo Diciannove

ANCHE CON LA normale foschia fumosa che aleggiava su Edimburgo e la massa di nuvole che si stava addensando, il South Bridge con i suoi negozi di lusso sembrava molto diverso dall'ultima volta che Phoebe era stata lì. In piedi all'interno del negozio di fronte alla sartoria, scrutò l'attività della strada. Non era più un viale buio e vuoto, dove la nebbia e la foschia nascondevano ogni suono tranne le ruote della carrozza di Ian che la portava via dai Vault. Oggi la strada era piena di colori e di rumori di pedoni, carrettieri e veicoli di ogni forma e dimensione.

Come sempre, si meravigliava del fatto che quella vivace e prospera arteria cittadina, e gli alti edifici che la fiancheggiavano su entrambi i lati, si trovassero in realtà su un ponte... e che i più poveri tra i poveri di Edimburgo languissero nei Vault sotto quella stessa strada scintillante.

Tuttavia, Phoebe si scrollò di dosso quel pensiero e si allontanò dalla grande vetrina del negozio. Non voleva rovinare la gita a sua madre e a Millie. Quel giorno doveva farsi fare un vestito da indossare quando avrebbe sposato Ian.

La chiesa di Melrose Village stava per ospitare un altro matrimonio dei Pennington. L'annuncio del loro fidanzamento era perfettamente sintetico, per quanto riguardava Phoebe e Ian. *Il capitano Ian Bell di Bellhorne, Fife, sposerà Lady Phoebe Pennington con una licenza speciale.* Erano entrambi sollevati dal fatto che le famiglie avessero acconsentito in modo così amichevole ai loro desideri. Solo i parenti stretti e gli amici più intimi avrebbero partecipato alla cerimonia. Nei giorni precedenti l'Assemblea di Natale a Baronsford era prevista una festa molto più grande.

Phoebe aveva dato una lettera con la notizia a Wynne, chiedendogli di consegnarla a sua sorella una volta arrivati in Giamaica. Aveva anche inviato delle lettere a Gregory e Freya a Torrishbrae, nelle Highlands. Erano appena tornati a Sutherland con la piccola Ella dopo il matrimonio di Jo. Phoebe non poteva nemmeno chiedere loro di tornare a Baronsford così presto, considerando che Freya era ormai al sesto mese di gravidanza.

"Una settimana", ripeteva Phoebe sottovoce mentre passava accanto a sua madre e a Millie, che stavano ispezionando i rotoli di raso variopinto, di cotone, di mussola e di seta ricamata. Non riusciva a entusiasmarsi per i nuovi abiti, le fasce, gli scialli, i cappelli e i guanti. Non importava cosa avrebbe indossato. Ma pensando al matrimonio con Ian ... emise un sospiro di piacere.

Quella sera la famiglia di lei avrebbe cenato con la famiglia di lui nella casa di Melville Street dei Bells. Phoebe immaginava che molto presto avrebbe condiviso quella casa con lui. Sarebbero andati insieme a Fife. Avrebbero cenato insieme ogni giorno. Avrebbero passeggiato nei giardini e cavalcato nei campi insieme. Avrebbero dormito nello stesso letto. Il suo viso si riscaldò quando ricordò la loro ultima notte nelle sue stanze a Bellhorne. L'amore appassionato e insaziabile che avevano condiviso le scaldava ancora il sangue.

Si avvicinò a un bancone e lasciò scorrere la mano su file di nastri.

"Sei giorni per l'esattezza", sussurrò sottovoce. Sei giorni per avere un marito, un amico e un amante per l'eternità. Sei giorni prima di poter andare a letto con lui a qualsiasi ora del giorno e della notte. Tra sei giorni avrebbe potuto chiamare la Lady Bell 'madre' e sedersi con lei, leggerle e aiutarla a superare il dolore.

Il medico dell'università, un amico del Dr. Thornton, era andato da Fiona. Un altro esperto l'avrebbe visitata tra due giorni. Ma quel viaggio in città, o forse l'intensa attività dei preparativi nuziali, aveva già migliorato la sua salute. Lady Bell appariva più robusta nel corpo e molto più stabile nella mente. La confusione era sparita.

Purtroppo, non si sentiva ancora abbastanza in forze per unirsi a loro quel giorno.

Il tintinnio della porta che si apriva sulla strada attirò l'attenzione di Phoebe sul giovane ragazzo che stava entrando. Il suo cuore si spezzò alla vista del volto sudicio, dei vestiti a brandelli e dei grandi occhi scrutatori sul suo viso magro.

"Fuori, mascalzone. Fuori, subito. Mi senti?", chiamò il proprietario del negozio da dietro le pile di materiale.

Lasciando cadere un bastone ai piedi di Phoebe, si voltò e corse fuori con la stessa urgenza con cui era entrato.

"Solo un monello di strada, Lady Phoebe. Mi scuso. Nella Città Vecchia ci sono bande di questi ragazzi che dominano interi quartieri. Non possiamo fare nulla per fermarli. Spero che non vi abbia disturbata, milady".

L'attenzione di Phoebe si era già spostata dalle scuse del proprietario al bastone che giaceva ai suoi piedi. Un bastone con un manico d'avorio, intagliato con un bocciolo di rosa parzialmente aperto. Lo raccolse e lo fissò. Era il bastone di Lady Bell. O uno che gli assomigliava.

Si avvicinò alla porta del negozio, la aprì e guardò fuori.

"Dove stai andando?", le chiese sua madre.

"Torno subito".

Il marciapiede si era riempito di folla di acquirenti e il ragazzo sembrava essere svanito nel nulla.

Era possibile, supponeva, che altri possedessero un bastone intagliato in modo simile. Ma sembrava così improbabile.

Phoebe continuò a scrutare la folla in cerca di qualche segno del ragazzo... o di Lady Bell,. Mentre si metteva in punta di piedi, qualcuno la urtò da dietro con una tale violenza che sarebbe caduta se non fosse stato per un paio di mani forti che la presero per il gomito, sostenendola.

"Oh, mio... Lady Phoebe!"

Fu stupita di trovarsi di fronte al bel viso del curato. Non si era accorta che i suoi occhi fossero color nocciola. Lui si tolse il cappello. "Ma, signor Garioch".

Ian le aveva detto che il curato era arrivato ieri da Bellhorne e che sarebbe rimasto con loro. "Ho sentito che siete arrivato in città.

Che sorpresa incontrarvi qui. Stasera ceneremo insieme, a quanto ho capito".

"Devo scusarmi, milady, per essere stato così brusco". L'uomo guardò davanti a sé lungo la strada. "Ma non posso trattenermi. Lady Bell e Mrs. Young stanno guardando dei cappelli in una modisteria a cinque porte di distanza, e uno scippatore è scappato con...".

"Questo?" Chiese Phoebe, tenendo in mano il bastone.

"Ce l'avete voi", disse eccitato l'uomo. "Avete catturato il ladro".

"Non esattamente", spiegò lei. "Sembra che abbia preso una strada sbagliata e mi abbia trovata lui".

"Beh, dobbiamo restituire immediatamente il bastone da passeggio aLady Bell. Ci è molto affezionata, sapete". Garioch si guardò alle spalle. "È in fondo alla strada".

"Dove?" chiese, guardando nella direzione indicata dal curato, ma la folla le bloccava la visuale.

Prese Phoebe per il gomito e iniziò a condurla in quella direzione. " Lady Bell sarà felicissima di vedervi. In realtà credo che la modisteria fosse solo una scusa per raggiungere voi e la vostra famiglia".

"So che scegliere nastri e pizzi non è il modo in cui preferiresti passare il tuo pomeriggio", disse la madre di Ian. "Ma apprezzo molto il fatto che tu mi abbia portato qui".

"Assolutamente, mamma. Non dirlo nemmeno".

Era molto felice di accompagnare sua madre in quella piccola spedizione di shopping. Inizialmente, quando Fiona aveva deciso di non sentirsi abbastanza bene per uscire con Phoebe e la sua famiglia, Alice, la cugina di Ian, aveva organizzato una passeggiata a Charlotte Square con il dottor Thornton. Ma più tardi, sentendosi più in forma, sua madre cambiò idea. A Ian non serviva un motivo migliore. Voleva vedere Phoebe, indipendentemente dall'occasione.

Sua madre accarezzò distrattamente il sedile accanto a lei, cercando il bastone mancante.

Lui le prese la mano. Il suo bastone da passeggio preferito era stato smarrito quel giorno e lei si sentiva persa senza il suo conforto.

Prima di partire, aveva chiesto alla servitù di prenderne uno diverso, ma Fiona si era rifiutata di prenderlo.

"C'è stato un giorno in cui ho immaginato che avrei portato Sarah a comprare il suo abito da sposa". Guardò fuori dal finestrino la folla di persone. Stavano superando la Tron Church e Hunter Square e si stavano avvicinando al South Bridge. "Ma non era destino".

La pesante mano della responsabilità stringeva ancora una volta l'intestino di Ian. Dopo tre anni di ricerche, non aveva mai trovato la risposta. Il mistero della morte di sua sorella era ancora irrisolto. Da quella strada, da questi stessi negozi, era scomparsa. Si chiese se sarebbe mai riuscito a liberarsi dal senso di colpa.

"Ma ora" - sorrise, illuminandosi mentre si voltava verso di lui - "Phoebe sarà mia figlia".

E sua moglie. Phoebe era la chiave di un futuro che un giorno avrebbe potuto sconfiggere il tragico passato. Quella era la sua speranza.

"E devi sapere che tua cugina ha intenzione di accettare l'offerta del Dr. Thornton oggi", disse sua madre, dando un colpetto al ginocchio di Ian. "Questo è il motivo della loro passeggiata di oggi pomeriggio. Con il tuo matrimonio e la presenza di Phoebe nelle nostre vite, Alice si sente più sicura di non lasciarmi senza una compagna. Le ho detto, comunque, che sarà sempre la benvenuta".

"Cosa ci fa il signor Garioch sul South Bridge?" chiese mentre la loro carrozza passava. Il curato disse che stava passando il pomeriggio a consultare gli archivi della chiesa di St. Andrews in George Street.

Ma soprattutto, perché Phoebe camminava al suo fianco?

Il curato parlava della folla, dei negozi e dei mendicanti ad ogni angolo, ma Phoebe non riusciva a capire granché di quello che diceva. Una mano invisibile le stringeva lo stomaco e non riusciva a capire perché. Ma ad ogni passo che faceva per allontanarsi dalla sua famiglia nella sartoria, quella mano stringeva sempre di più.

Il bastone. Il bastone di Lady Bell era stato portato nel negozio e lasciato cadere ai suoi piedi. Perché?

Phoebe rallentò. "Credo che abbiamo superato le cinque porte, signor Garioch".

"Avete ragione, milady. Correndo dietro al piccolo furfante, ho perso le tracce e mi sono espresso male. Ma eccoci qui". Indicò un edificio più avanti. Phoebe poté vedere un'esposizione di cappelli in vetrina. "Lady Bell e Mrs. Young dovevano aspettare in quel negozio".

Il curato cercò di dirigere i suoi passi verso un vicolo che costeggiava l'edificio.

"Le ho lasciate proprio dentro la porta di questo vicolo. L'ingresso laterale è proprio qui sotto, milady. Molto comodo".

Phoebe si fermò. "Un momento, signor Garioch".

La paura si fece strada nella sua gola. Sarah era uscita da un negozio ed era scomparsa lì vicino. Doveva conoscere il suo assalitore. Qualcuno di cui si fidava. Gli incubi di Phoebe tornarono a galla. Volti che si trasformavano in altri volti. Uomini che diventano mostri.

Guardò negli occhi di Garioch e capì che aveva ragione.

"Porti le mie scuse a Lady Bell". Le sue parole erano affrettate. Aveva bisogno di allontanarsi da lui, ma lui la stava spingendo verso il vicolo. "Mia madre e mia sorella... Devo tornare da loro".

Phoebe cercò di aggirarlo, ma lui le tagliò la strada. La luce scintillava sul suo coltello mentre lui estraeva l'arma dal cappotto. Lei fissò, congelata nel tempo, la lama.

Rivide l'attacco nella sua mente. Lì, alla luce del giorno, con una folla di persone intorno a loro, se qualcuno avesse prestato la minima attenzione a una donna piegata in due per il dolore, Garioch avrebbe rassicurato con calma che erano insieme, che si sarebbe ripresa in un attimo e che non aveva bisogno di aiuto.

Phoebe fece un balzo indietro, evitando per un pelo la punta del coltello, ma inciampò nel vicolo. Mentre riprendeva l'equilibrio, lui continuava ad avanzare, con la lama bassa, e la spingeva verso il vicolo. Phoebe inciampò su una scatola abbandonata e cadde all'indietro, rotolando sulle mani e sulle ginocchia. Fu veloce a saltare in piedi, ma lui continuò a muoversi verso di lei. Diede un'occhiata alle sue spalle nel vicolo che si stava oscurando. Pochi metri ancora e il vicolo svoltò. Nel buio, vide dei gradini che scendevano tra muri diroccati.

I sotterranei.

"Perché? Perché lo state facendo?", gli urlò.

Il suo volto era impassibile. Non disse nulla, ma continuò senza sosta.

Ricordò la promessa fatta a Ian e gridò aiuto, ma nessuno la sentì. Il wynd era troppo isolato. Non arrivava nessuno. Nessuno sembrava sentire. Non poteva credere di essere caduta nella sua trappola così facilmente.

Era lui. Il brivido del male si faceva più evidente a ogni passo. Il modo in cui teneva il coltello. La sua stazza, il modo in cui si muoveva di proposito, inesorabilmente, verso di lei, le riportarono alla mente quella notte orribile.

"Vi ho visto. Ho combattuto con voi quando avete cercato di uccidere il ragazzo. È per questo che lo state facendo, vero?".

Ancora nessuna risposta. Con la coda dell'occhio scorse una porta nel muro. Forse, pensò disperata, si apriva su un negozio. Persone. Si scagliò con la spalla contro di essa, ma non si mosse. Era sbarrata dall'interno. Ne vide un'altra e corse verso di essa. Prima di raggiungerla, lo sentì alle sue spalle.

"Garioch!"

Phoebe si girò e alzò il braccio per difendersi mentre il coltello si dirigeva verso di lei.

"Garioch!"

Le grida fecero trasalire l'assassino e Phoebe scivolò di lato, respingendo il colpo della lama verso il basso.

Ian! Lui era lì. L'aveva trovata. L'avrebbe salvata.

La testa di Garioch si girò di scatto mentre Ian correva verso di loro.

"Fermati!"

Il curato le passò davanti e, prima che Phoebe potesse muoversi verso Ian, sentì il filo della lama alla gola.

"Non ci si può fermare. Sono stato scelto. *Scelto!*" gridò Garioch. "Si è intromessa nell'opera di Dio. Deve morire. Perché io devo vendicarli".

Maledetto, Ian imprecò. Maledetto demone. Il curato. L'uomo che era stato il benvenuto nella loro casa. Un mostro nella casa di culto.

Il male invisibile, di cui tutti si fidavano. Non c'era da stupirsi che Sarah fosse caduta nella sua trappola. Phoebe aveva quasi fatto la stessa cosa.

"Le voci mi cercano", gli disse Garioch, allontanandosi lungo il sentiero e portando con sé Phoebe. "I cinque martiri. Sono morti per mano dei corrotti. Erano puri e innocenti, ma gli eretici li hanno massacrati e bruciati".

Ian non voleva sentir parlare di eretici o di macellai. Voleva che quell'uomo lasciasse andare Phoebe.

Lo spregevole impostore l'aveva in suo potere. Guardò il volto di Phoebe, il coltello nella mano di Garioch. Il sangue colava dal punto in cui teneva la lama contro la gola. Si avvicinò.

"Mi comandano loro. Non ho scelta. Devo eseguire i loro ordini. Sono un soldato di Dio. Sicuramente lo capite".

"Non capisco. Dovete lasciare andare Phoebe. Lei non ha nulla a che fare con tutto questo".

Si stava allontanando, trascinandola con sé.

"È lei l'impicciona. Non è Sarah. Tua sorella non sarebbe dovuta morire. È stato un incidente. Non avrebbe dovuto vedermi".

La furia di Ian ruggì alla vista del sangue, ma doveva controllarla.

"Resta dove sei", lo avvertì Garioch. "Un passo in più e le stacco la testa proprio qui".

Avevano quasi raggiunto la scalinata che portava ai sotterranei.

Ian gli concesse qualche passo, ma non aveva intenzione di lasciare che la portasse laggiù. Una volta varcata la porta nell'oscurità labirintica, sarebbero spariti. Non sarebbe mai riuscito a raggiungerla in tempo.

"Impazzirò se non eseguo i loro ordini", disse il mostro, aumentando l'intensità della sua voce. "Non ho scelta".

"Hai sempre una scelta".

Era una follia. Aveva la stessa altezza, lo stesso peso e indossava gli stessi vestiti. Ma sotto la sua pelle viveva una creatura diversa.

"Il mio odio per lei è una mia scelta", ruggì Garioch, scuotendo la testa di Phoebe all'indietro. "Lei è il diavolo che pensa di avere nove vite".

"Mi hai spinta nel pozzo", sputò a denti stretti.

"Sareste dovuta morire lì, ma non è troppo tardi. Le insegnerò come morire".

L'uomo si fermò. Una dozzina di passi li separavano da Ian. Il terrore lo attraversò. Non poteva perderla. Non ora. Lei meritava di meglio. Meritava la vita.

Non avrebbe discusso con un pazzo. Ma Ian non poteva deluderla. Per tutta la vita era stato un uomo perso. Ferito, schiacciato dalla guerra, dal dolore, e lei lo ha salvato. Non poteva lasciarla andare.

Garioch indietreggiò verso la porta aperta. "Gli uomini devono morire. Gli uomini devono pagare per il sangue dei martiri".

Mentre Ian caricava, un ragazzo alto e magro sbucò dal nulla, brandendo con forza un randello che risuonò nella penombra quando colpì la testa dell'assassino. Garioch barcollò all'indietro solo per un secondo, ma fu sufficiente. Ian era su di lui e stava conficcando il coltello ancora stretto nella sua mano assassina nel cuore del mostro.

Capitolo Venti

Due mesi dopo

PHOEBE SMISE DI leggere per un attimo e inspirò profondamente. La brezza di settembre portava dalle colline l'odore dolce e terroso dell'erica. Il sole del pomeriggio le scaldava il viso in quel luogo protetto. Amava Bellhorne.

Nel giardino sotto la terrazza di pietra dove Phoebe era seduta a leggere a per Lady Bell, una figura solitaria stava lavorando, scavando la terra, aggiungendo compost, rivoltandola e preparando il terreno per il cespuglio che si trovava nel viottolo erboso vicino.

"Abbiamo giardinieri in grado di fare i lavori più duri", disse la donna, seguendo il suo sguardo.

Phoebe chiuse il libro e accarezzò l'esile mano della suocera. "Credo che debba farlo da solo".

Il sudore bagnava il retro della camicia di Ian. Le maniche erano arrotolate sugli avambracci muscolosi. Si alzò, si stiracchiò e si passò le dita sporche tra i capelli non pettinati, completando l'aspetto rozzo e indisciplinato che lei amava. Capiva il suo bisogno di portare a termine quel compito, di lavorare in quei giardini, di spiegare a Sarah come il suo assassino avesse finalmente ricevuto la punizione che meritava.

Peter Garioch, un uomo che aveva condotto due vite così diverse che nessuno, durante i suoi quattordici anni di ministero lì, aveva mai avuto il minimo sospetto della corruzione presente nel cervello dietro il suo volto attraente.

Dal giorno in cui il padre di Ian portò Garioch a Bellhorne, sua moglie, i suoi figli e tutti coloro che entrarono in contatto con lui nel villaggio lo amarono e lo rispettarono. Ma mentre lasciava il suo segno predicando la parola di Dio lì a Fife, a Edimburgo lasciava la sua orribile firma su decine di corpi. Molti di loro non erano mai stati identificati.

Alcune settimane dopo l'uccisione del curato, Ian e un agente di Edimburgo scoprirono i diari di Garioch nascosti sotto le assi del pavimento nell'ufficio della canonica. Si trattava di un resoconto chiaro e privo di emozioni degli omicidi che aveva commesso per decenni. La sua follia era agghiacciante.

Phoebe tremò ricordando quanto era stata vicina a diventare una delle sue vittime.

Ian alzò lo sguardo verso di lei, ma anche da lì poté leggere il lato struggente del suo sorriso.

Lady Bell rimase in piedi a scrutare il figlio. La sua voce tremò quando capì quale delle piante era deciso a sostituire quel giorno.

"Sta sostituendo la rosa che Sarah stessa ha piantato il giorno del suo ventesimo compleanno". Si appoggiò al bastone. "Penso... Penso che questo significhi che saprà di essere la benvenuta e che può continuare a farci visita".

La madre di Ian sapeva la verità, ma allo stesso tempo era convinta della presenza di Sarah a Bellhorne. Nessuno lo trovava strano, soprattutto Phoebe.

"Una rosa di Scozia bianca a doppio fiore", disse alla suocera mentre si alzava. Era insieme a suo marito quando aveva scelto la pianta da portare a Bellhorne.

Suo marito. Amava il suono di quelle due parole. Erano davvero marito e moglie, i loro cuori uniti, le loro anime unite. Presto sarebbero partiti gli inviti per la celebrazione delle loro nozze nel periodo natalizio a Baronsford, ma si trattava semplicemente di un dettaglio in più per la famiglia e gli amici. Per Phoebe e Ian, la loro unione non sarebbe potuta essere più amorevole e sicura.

Con la morte violenta di Garioch, l'inquietudine e il senso di colpa di Ian si erano attenuati. Non frequentava più le Vault, se non per aiutare Duncan a radunare le bande di monelli di strada per poter parlare con loro. Una nuova scuola con dormitori era già in cantiere, finanziata da Ian e Phoebe e da alcuni altri che si erano uniti alla causa. Per soddisfare le esigenze immediate di alcuni dei ragazzi più grandi, era già stata istituita una struttura temporanea e si erano iscritti sette studenti, il primo dei quali era Jock Rokeby, che aveva contribuito a salvare la vita di Phoebe quel giorno sul South Bridge.

Phoebe sapeva che quello che stavano facendo era una goccia in un oceano di disgrazie. Il mondo non cambiava da un giorno all'altro. Il suo ultimo articolo pubblicato aveva ricevuto qualche cenno di approvazione, ma i politici che criticava continuavano a sedere comodamente nelle loro posizioni di potere. Tuttavia, era un inizio.

Le voci del dottore e di Mrs Thornton li raggiunsero attraverso le porte aperte della casa.

"I nostri ospiti per la cena sono arrivati presto", disse la madre di Ian.

La compagnia del dottore era più tollerabile ora che Alice si occupava della sua vita. A volte Phoebe lo trovava davvero divertente. I coniugi vivevano nelle vicinanze e molto spesso Alice si recava lì e si sedeva con Lady Bell.

"Credo che il dottore desideri visitarla prima di sedersi a tavola".

Lady Bell agitò il suo bastone in aria con sufficienza, come se tutta questa attenzione non fosse necessaria. I medici di Edimburgo non potevano offrire nulla di più di quello che già sapeva. Il cuore di Fiona era debole e doveva stare attenta a non fare troppo e a non preoccuparsi troppo.

Phoebe e Ian se ne erano assicurati, soprattutto ora che trascorrevano più tempo a Bellhorne.

"Vai a chiamare tuo marito e digli che mi aspetto che si lavi, si vesta e sia pronto per la cena. Non voglio che faccia tardi".

"Glielo dirò". Posò un bacio sulla guancia della sua nuova madre e la guardò entrare con più vigore di quanto ne avesse visto da giorni.

Phoebe si girò verso Ian, mentre lui spianava il terreno intorno al cespuglio di rose appena piantato.

C'erano delle parole che Ian voleva dire a sua sorella. Scuse e chiarimenti. Voleva anche che lei sapesse che dal momento in cui era scomparsa fino alla morte di Garioch, non aveva mai dubitato di lei.

Lavorando sullo stesso pezzo di terra dove Sarah aveva piantato il suo cespuglio di rose preferito, Ian percepì che lei sapeva già tutto questo. Mentre si inginocchiava e spingeva le dita nel terreno, la sentiva seduta accanto a lui.

Nella brezza, sentì un sussurro. Nella leggiadra danza delle foglie che cadono, sentì una risata. I segni erano lì e lui ne capiva il significato. Sua sorella era morta, ma la sua presenza sarebbe vissuta per sempre con lui, con loro, a Bellhorne.

Schiacciò la terra un'ultima volta e alzò lo sguardo per trovare sua moglie accovacciata accanto a lui.

Aveva lottato per trovare un modo per dire a sua sorella ciò che aveva nel cuore. La sostituzione del cespuglio di rose era stata un'idea di Phoebe.

"È fatta".

Si chinò in avanti e lo baciò mentre gli cullava il viso. "Sono orgogliosa di te e ti voglio bene".

Sorrise alla macchia di sporcizia che il suo viso aveva lasciato sul naso di lei. "Grazie, amore mio".

Si alzò e aiutò Phoebe a mettersi in piedi. Lei lo abbracciò, senza badare allo sporco, alla polvere e al sudore. "Oggi non hai reso felice solo Sarah. Hai rallegrato anche tua madre".

Guardò di nuovo il cespuglio di rose. "Cosa succede se questa muore come l'altra?".

"Ne pianterai un'altra in primavera".

"E se muore anche quella?"

"Continuiamo a sostituirle". Lei unì il suo braccio a quello di lui mentre si avviavano verso la casa. "La speranza è il fiore degli arbusti che piantiamo. Cos'altro possiamo fare se non avviarli, coltivarli e pregare che producano... per tua madre, per le nostre famiglie, per i meno fortunati in Scozia... solo il più dolce dei fiori".

Mentre camminavano insieme, Ian osservò tre foglie che cadevano, si alzavano, rotolavano e turbinavano nell'aria.

"Penso che Sarah approverebbe", disse lui, stringendo la sua mano.

Phoebe ascoltò la brezza per un momento. "Credo che lo sappia già".

Grazie per aver letto *Insonne in Scozia*. Se ti è piaciuto, ti invitiamo a lasciare una recensione online.

E assicurati di cercare *Carissima Millie*, il prossimo capitolo della serie della famiglia Pennington.

Un lettore ha scritto,

"Un racconto scritto magnificamente... pieno di emozioni profonde che spaziano dalla tristezza, all'incredulità, alle risate, alla speranza e all'amore per sempre. Ho riso per gli scherzi di Dermot e ho pianto per la malattia di Millie. Speravo che i due riuscissero a trovare un'intesa e l'autrice non mi ha deluso. È una storia affettuosa e commovente di due persone che si innamorano in circostanze non proprio ideali. Ho adorato l'ultimo capitolo. Consiglio vivamente questa storia".

Altro su *Carissima Millie...*

Lady Millie, la più giovane della famiglia Pennington, ha sempre vissuto all'ombra dei suoi talentuosi e potenti fratelli. È stata la roccia della stabilità e dell'ordine per le sue sorelle e i suoi fratelli. Il suo futuro sembra luminoso fino a quando il destino non le riserva una mano tragica.

Dermot McKendry è un ex chirurgo della Royal Navy che è tornato nella sua casa nelle Highlands per aprire un ospedale. Tanto disorganizzato quanto appassionato, è un uomo con delle ferite e un passato segreto che ha cercato di nascondere per tutta la vita.

La Provvidenza li fa incontrare, ma il loro futuro potrebbe essere al di là della redenzione. *Carissima Millie* è la storia struggente di due innamorati, delle calamità della vita e del potere di guarigione del cuore umano.

Nota dell'autore

Speriamo che ti sia piaciuto leggere di Phoebe Pennington e Ian Bell in *Insonne in Scozia.*

Edimburgo nel 1818 era un luogo vibrante e dinamico. Negli anni successivi alla caduta di Napoleone, questa città medievale era cresciuta rapidamente fino a diventare una delle città più importanti della Gran Bretagna. Conosciuta come l'"Atene del Nord", la città ospitava Henry Dundas, Lord Melville (che governava la Scozia per conto della corona inglese), e Walter Scott, amico del Principe Reggente e luce letteraria nascente. La sua università l'aveva resa una forza trainante nel campo della medicina, della scienza e della legge. Con la sua crescente ricchezza e influenza, era diventata anche una città tumultuosa e sovrappopolata dove re malavitosi, giacobiti e riformatori violenti, giornalisti, poliziotti e politici egoisti si scontravano in una continua lotta per la sopravvivenza e il dominio.

Come romanzieri e storici, non potevamo fare a meno di cercare di catturare un pezzo di questa incredibile città.

Abbiamo preso in prestito il fantasma, i giardini e parte della storia del Castello di Kellie, nel Fife, per creare il Castello di Bellhorne, situato vicino a Kinghorn.

Per la sua amichevole assistenza nel rispondere alle nostre domande sul Firth of Forth e sull'attraversamento di Queensferry, vorremmo ringraziare Richard Hopper. Se abbiamo commesso qualche errore, non dare la colpa a Richard.

Per i lettori che non conoscono la serie Pennington, *Insonne in Scozia* è uno dei romanzi e novelle che compongono la serie multigenerazionale della famiglia Pennington.

Se sei interessato, ecco l'elenco completo:

La Promessa (*USA Today* Bestseller) - In fuga per la sua vita in un viaggio disperato verso l'America, Rebecca Neville promette alla moglie morente del Conte di Stanmore di crescere e prendersi cura del figlio appena nato, James. Dieci anni dopo, il conte di Stanmore viene a sapere del bambino. Invia nelle colonie il suo giovane erede in modo da poterlo crescere come un pari del regno. Con nessuna intenzione di rinunciare al suo voto, Rebecca torna in Inghilterra con James per affrontare un futuro senza il suo amato figlio, ma deve anche affrontare il suo tumultuoso passato.

Il Ribelle - Jane Purefoy, figlia di un magistrato inglese, assume le sembianze del famigerato ribelle irlandese Egan e guida una banda segreta di rivoluzionari contro la brutalità delle truppe coloniali. Sir Nicholas Spencer si sta recando in Irlanda per corteggiare la sorella minore di Jane. Quando si imbatte in Egan, Sir Nicholas smaschera il leggendario ribelle e scopre Jane. Ammaliato da lei, decide di mantenere il suo segreto e si imbarca in un rischioso piano di seduzione che getterà la famiglia di lei nel caos, il paese nella ribellione e il suo cuore in preda a un amore che non potrà mai essere.

Sogni Presi in Prestito (RT Award for Best British-Set Historical) - Spinta a rimediare al male causato dal marito defunto e a dover affrontare la rovina finanziaria, Millicent Wentworth deve contrarre un matrimonio di convenienza con il famigerato "Signore dello Scandalo" Lyon Pennington, il Conte di Aytoun. Lyon è un uomo devastato da un tragico incidente che ha ucciso la sua prima moglie e lo ha lasciato gravemente ferito. Pieno di disperazione, si lascia convincere con riluttanza a partecipare a un matrimonio indesiderato. Una nuova versione de "La Bella e la Bestia".

Sogni Catturati - Portia Edwards è disposta a tutto pur di ritrovare la famiglia che non ha mai conosciuto. E quando incontra il mercante Pierce Pennington - il fratello minore di Lyon Pennington - Portia ha l'occasione perfetta per chiedergli aiuto. Ma il suo orgoglio testardo la fa tacere. Questo fino a quando non riconosce la sua forte attrazione per l'uomo coraggioso che, di notte, è conosciuto come il famigerato Capitano MacHeath, che contrabbanda armi via mare sotto la coltre delle tenebre, tutto in nome della libertà...

Sogni del Destino - Ferito dallo scandalo e dall'omicidio irrisolto di sua cognata, David Pennington è esteriormente insolente e arrogante. Ma nulla gli impedisce di accompagnare la sua amica d'infanzia, Gwyneth Douglas, in Scozia per salvare l'ereditiera scozzese dai cacciatori di dote. Ma il loro arrivo in Scozia comporta un terribile pericolo. Ora, se sperano di soddisfare desideri a lungo nascosti, dovranno sventare il male che minaccia di distruggere le loro vite...

Il Mio Amante Scozzese - Hugh Pennington, un eroe delle guerre napoleoniche, è ora un vedovo addolorato con un desiderio di morte. Quando riceve una cassa attesa dal continente, rimane scioccato nel trovare all'interno una donna quasi morta. La sua identità è sconosciuta e la manciata di monete americane e il prezioso diamante cucito sul suo vestito non fanno che infittire il mistero. Grace Ware è una nemica della Corona inglese. Cercando di sfuggire agli assassini di suo padre, non si sarebbe mai aspettata che la sfortuna la depositasse nella casa di un aristocratico nei Borders scozzesi. Mentre si sforza di mantenere segreta la sua identità, un duello d'ingegno si trasforma rapidamente in passione e romanticismo... fino a quando il pericolo si presenta alle porte di Baronsford, minacciando di separare i due amanti o di distruggerli entrambi.

Il Dolce Natale delle Highlands (Finalista al RITA© Award) - Freya Sutherland è una zia disperata che cerca di mantenere la custodia della sua giovane e precoce nipote, Ella, anche se questo significa sposarsi per sicurezza invece che per amore. Il capitano Gregory Pennington, da poco in pensione, non desidera altro che tornare a casa in tempo per Natale, ma gli viene chiesto di scortare alcuni viaggiatori dalle Highlands ai Borders. I suoi piani non includono una moglie e un figlio, e Freya ha delle responsabilità come tutrice di Ella. Con Ella che cospira per farli incontrare, Penn e Freya potrebbero vivere un po' di magia natalizia.

Accadde Nelle Highlands - La vita di Lady Josephine Pennington fu quasi distrutta quando si diffusero voci sulla sua discutibile discendenza. Anni dopo, quando riceve un pacco dalle Highlands contenente gli schizzi di una donna molto simile a lei, Jo crede di aver trovato un indizio sull'identità della sua madre naturale. Quando il capitano Wynne Melfort fu costretto a porre fine al suo fidanzamento con Jo Pennington sedici anni fa, non avrebbe mai immaginato di rivederla. Ma soprattutto, non si aspettava che i sentimenti a lungo ritenuti morti sarebbero riaffiorati. Mentre si sforzano di svelare il mistero della sua nascita, Jo deve imparare a fidarsi di Wynne. E quando i segreti del passato iniziano a venire a galla, le forze del male non si fermeranno davanti a nulla per impedire a Jo di scoprire la verità e reclamare la sua eredità.

Insonne in Scozia - Lady Phoebe Pennington rischia la vita per smascherare i leader politici corrotti di Edimburgo, scendendo persino negli inferi della città. Una notte, poi, sfugge per poco alla morte e finisce tra le braccia del fratello della sua migliore amica assassinata. Il capitano Ian Bell è un uomo tormentato che sta lottando contro il dolore e il senso di colpa per la perdita di sua sorella e sta ancora dando la caccia al suo assassino. Il destino li ha fatti incontrare, ma la fiducia è sfuggente e il pericolo si nasconde nei vicoli bui della città. Phoebe è l'unica ad aver visto il volto dell'assassino della sua amica e le sinistre ombre del male sono più vicine di quanto lei e Ian immaginino.

Carissima Millie - Il futuro di Lady Millie Pennington sembra luminoso finché il destino non le riserva una tragica mano sotto forma di cancro. Dermot McKendry è un ex chirurgo della Royal Navy che è tornato per aprire un ospedale nelle Highlands. La Providenza li fa incontrare, ma le calamità della vita metteranno a dura prova il potere di guarigione del cuore umano.

Come Scaricare un Duca - Lady Taylor Fleming è un'ereditiera con un pretendente alle calcagna. Il suo piano passo dopo passo per scaricarlo è semplice. Ma il Duca di Bamberg non è affatto semplice. Taylor cerca di fuggire nel rifugio delle Highlands, ma i suoi piani si complicano quando il duca arriva alla sua porta e i suoi fedeli alleati la abbandonano. E anche con i piani migliori, le cose possono andare storte...

Un Principe Nella Dispensa - Il principe Timur Mirza, erede al trono persiano, è in missione diplomatica in Inghilterra per scegliere una sposa. Piuttosto che partecipare a un grande ballo, Timour desidera un'ultima notte di libertà. Pearl Smith è cresciuta nell'élite londinese. Ma un rovescio di fortuna ha fatto finire il padre nella prigione dei debitori e lei si è ridotta a lavorare come serva, vittima inconsapevole dell'invidia velenosa di un vecchio amico. Ma c'è magia nella luce della luna piena e l'amore può arrivare quando meno te lo aspetti...

E se ti interessa una storia d'amore di seconda opportunità con un colpo di scena, assicurati di dare un'occhiata a *Jane Austen Non Può Sposarsi!*

Come autori, amiamo il feedback. Scriviamo le nostre storie per i nostri lettori e ci piacerebbe sentire il tuo parere. Siamo in costante apprendimento, quindi ti preghiamo di aiutarci a scrivere storie che apprezzerai e consiglierai ai tuoi amici. Iscriviti per ricevere notizie e aggiornamenti e seguici su BookBub.

Come sempre, se ti è piaciuto *Insonne in Scozia,* lascia una recensione online e non perdere la storia di Millie Pennington in *Carissima Millie.*

Also by May McGoldrick, Jan Coffey & Nik James

NOVELS BY MAY McGOLDRICK

16th Century Highlander Novels

A Midsummer Wedding *(novella)*

The Thistle and the Rose

Macpherson Brothers Trilogy

Angel of Skye (Book 1)

Heart of Gold (Book 2)

Beauty of the Mist (Book 3)

Macpherson Trilogy (Box Set)

The Intended

Flame

Tess and the Highlander

Highland Treasure Trilogy

The Dreamer (Book 1)

The Enchantress (Book 2)

The Firebrand (Book 3)

Highland Treasure Trilogy Box Set

Scottish Relic Trilogy

Much Ado About Highlanders (Book 1)

Taming the Highlander (Book 2)

Tempest in the Highlands (Book 3)

Scottish Relic Trilogy Box Set

Love and Mayhem

18th Century Novels

Secret Vows

The Promise (Pennington Family)

The Rebel

Secret Vows Box Set

Scottish Dream Trilogy (Pennington Family)

Borrowed Dreams (Book 1)

Captured Dreams (Book 2)

Dreams of Destiny (Book 3)

Scottish Dream Trilogy Box Set

Regency and 19th Century Novels

Pennington Regency-Era Series

Romancing the Scot

It Happened in the Highlands

Sweet Home Highland Christmas *(novella)*

Sleepless in Scotland

Dearest Millie *(novella)*

How to Ditch a Duke *(novella)*

A Prince in the Pantry *(novella)*

Regency Novella Collection

Royal Highlander Series

Highland Crown

Highland Jewel

Highland Sword

Ghost of the Thames

Contemporary Romance & Fantasy

Jane Austen CANNOT Marry

Erase Me

Tropical Kiss

Aquarian

Thanksgiving in Connecticut

Made in Heaven

NONFICTION

Marriage of Minds: Collaborative Writing

Step Write Up: Writing Exercises for 21st Century

NOVELS BY JAN COFFEY

Romantic Suspense & Mystery

Trust Me Once

Twice Burned

Triple Threat

Fourth Victim

Five in a Row

Silent Waters

Cross Wired

The Janus Effect

The Puppet Master

Blind Eye

Road Kill

Mercy (novella)

When the Mirror Cracks

Omid's Shadow

Erase Me

NOVELS BY NIK JAMES

Caleb Marlowe Westerns

High Country Justice

Bullets and Silver

The Winter Road

Silver Trail Christmas

Informazioni Sugli Autori

Gli autori bestseller di *USA Today* Nikoo e Jim McGoldrick hanno realizzato oltre cinquanta romanzi dal ritmo incalzante e ricchi di conflitti, oltre a due opere di saggistica, con gli pseudonimi di May McGoldrick, Jan Coffey e Nik James.

Questi popolari e prolifici autori scrivono romanzi storici, suspense, gialli, western storici e romanzi per giovani adulti. Sono quattro volte finalisti del Rita Award e hanno vinto numerosi premi per la loro scrittura, tra cui il Daphne DuMaurier Award for Excellence, un Will Rogers Medallion, il *Romantic Times Magazine* Reviewers' Choice Award, tre NJRW Golden Leaf Award, due Holt Medallion e il Connecticut Press Club Award for Best Fiction. Le loro opere sono incluse nella collezione Popular Culture Library del National Museum of Scotland.

Milton Keynes UK
Ingram Content Group UK Ltd.
UKHW031143121124
451094UK00006B/524

9 798330 534241